La trahison du Dr McGregor

*

L'invité inattendu

CAROLINE ANDERSON

La trahison du Dr McGregor

HARLEQUIN

COLLECTION BLANCHE

Cet ouvrage a été publié en langue anglaise sous le titre :
A FAMILIAR STRANGER

Traduction française de
M.P MALFAIT

Ce roman a déjà été publié dans la collection
BLANCHE (N° 336/2)
en janvier 1996.

83-85, boulevard Vincent-Auriol, 75013 Paris — Tél. 01 42 16 63 63
Service Lectrices — Tél 01 45 82 47 47
ISBN 2-280-12723-7

1.

— Il est revenu, tu sais.

Les mains de Janna s'immobilisèrent sur le pansement. *Il* était revenu... Finn était de retour au village et tous les habitants s'en réjouissaient. Tous, sauf elle.

D'un geste sec, elle coupa un morceau de sparadrap et fixa le bandage sur l'ulcère qu'elle venait de désinfecter.

— C'est ce que j'ai entendu dire, en effet. Vous devez être ravie de le revoir, après une si longue absence.

Le visage de Jessie McGregor s'éclaira.

— Oh oui... contrairement à toi, je suppose, ajouta-t-elle avec un petit soupir.

Janna se força à rencontrer le regard de Jessie. Elle y vit de la sympathie, de la compréhension, et aussi autre chose. De la mélancolie, peut-être...

Mal à l'aise, Janna se leva et lissa sa jupe du plat de la main.

— C'est du passé, Jessie. C'est une histoire ancienne, à peine commencée, mais bien terminée.

— Je ne suis pas sûre que Finlay soit de ton avis, Janna... et je ne suis pas sûre que tu penses vraiment ce que tu dis.

Janna rassembla ses affaires.

— Vous avez tort, Jessie. Finn et moi sommes amis à présent. Il n'y a rien de plus entre nous.

— Si tu le dis, Janna chérie, murmura Jessie en posant le pied à terre. Veux-tu une tasse de thé ?

Janna prenait toujours le thé avec la mère de Finn, mais, aujourd'hui, elle se sentait incapable de rester plus longtemps dans cette maison, sachant que Finn pouvait arriver d'un instant à l'autre.

— Non merci, dit-elle d'un ton précipité. J'ai encore plusieurs visites et le Dr MacWhirter donne un petit cocktail d'adieu ce soir. Je ferais mieux de partir tout de suite si je ne veux pas me mettre en retard.

Elle referma sa sacoche, embrassa Jessie et quitta la maison, luttant contre l'envie de s'enfuir à toutes jambes.

Installée au volant de Betsy, sa vieille Austin, elle prit la route de Port Mackie. Le patient qu'elle devait voir maintenant habitait à une quarantaine de kilomètres et Janna poussa un long soupir en songeant aux petites routes tortueuses qu'elle devrait emprunter.

Oh, elle aurait pu s'offrir une voiture neuve, plus appropriée aux reliefs escarpés des Highlands, un 4x4 flambant neuf, par exemple, avec l'héritage que sa grand-mère lui avait laissé. Mais la coquette somme reposait sur un compte bloqué qui lui permettrait d'acquérir une maison, le moment venu. Pas n'importe quelle maison, non : la maison de ses rêves, pas moins.

L'Austin toussota et Janna secoua la tête. L'image de l'ancienne grange de Camas Ciuicharan s'imposa à elle. Si seulement le vieux MacPhee acceptait de la lui vendre ! Elle transformerait cet endroit en une magnifique demeure...

Mais, en attendant, elle devait se contenter de sa vieille voiture qui serpentait cahin-caha entre les montagnes écossaises. Cela ne comportait pas que des désavantages : à cette vitesse, elle ne perdait pas une miette du somptueux paysage qui l'entourait. Et la sensation d'être seule au milieu de cette nature sauvage l'emplissait de sérénité. Une sérénité qui ne tarderait pas à voler en éclats...

Sa visite fut de courte durée. Le malade, un vacancier qui avait abusé de *haggis* et de whisky pur malt, souffrait d'une violente migraine et de maux de ventre. Elle le rassura sur son état, lui prescrivit un médicament réputé pour son effet rapide et prit congé en souhaitant au malade et à son épouse une bonne fin de vacances.

— Je sais que nos spécialités sont excellentes, mais elles sont encore meilleures à petites doses ! lança-t-elle avant de remonter en voiture.

Au lieu de rentrer directement au village, Janna bifurqua sur Camas Ciuicharan — la Baie des Lamentations. Le site, impressionnant de beauté et de rudesse, tenait son nom du gémissement du vent qui s'engouffrait entre les rochers. On disait aussi, qu'au siècle dernier, un marin venait tous les soirs sur cette plage pleurer sa jeune épouse morte en couches. Romantique dans l'âme, Janna préférait cette version à l'autre, trop prosaïque à son goût.

C'était là, dans la petite grange qui surplombait la mer, nichée au creux des dunes herbeuses, qu'elle habiterait bientôt. Enfin, quand le vieux MacPhee se déciderait à lui vendre le terrain !

Il y avait une autre voiture garée près de la grange, une Range Rover vert émeraude immatriculée à Edimbourg. Janna s'arrêta à côté du véhicule vide.

Aspirant de grandes bouffées d'air, la jeune femme dévala le sentier qui menait à la petite crique de sable blanc à demi dissimulée par des rochers. La mer scintillait sous les rayons du soleil ; sa couleur turquoise invitait à la baignade. Janna songea aux nombreuses fois où, enfant puis adolescente, elle avait cédé à la tentation de goûter l'eau, avec Finn et leurs autres camarades. Et ce fameux été, aussi...

Après un rapide coup d'œil alentour, elle ôta ses ballerines et ses bas, retroussa sa jupe d'uniforme et s'enfonça dans l'eau avec un soupir de félicité. C'était l'Atlantique, frais, vivifiant, revigorant. L'espace d'un instant, Janna songea à se déshabiller complètement pour plonger dans les vagues ourlées d'écume.

Ça n'aurait pas été la première fois, mais, aujourd'hui, la pudeur l'empêchait d'aller au bout de ses envies. La pudeur, et aussi — surtout ! — la réputation qu'elle devait maintenir au sein de la communauté puritaine des Highlands. Ces considérations lui importaient peu lorsqu'elle avait quinze ans, au grand dam de ses parents ! Mais elle n'était plus l'adolescente libre et insouciante qui se moquait des convenances. Non, elle avait beaucoup changé en quelques années.

Janna contempla longuement les eaux transparentes avant de remonter vers la plage. Plusieurs îles flottaient au loin, enveloppées d'une brume argentée. Plissant les yeux, Janna aperçut le mât d'un voilier qui tanguait au rythme des vagues. Les voix et les rires de ses occupants s'élevaient dans l'air cristallin.

Elle aimait passer ses soirées à Camas Ciuicharan. Le ciel embrasé de rose orangé, l'océan aux reflets changeants, l'obscurité qui tombait lentement sur les dunes, prêtant aux arbres des silhouettes fantomatiques... Ce spectacle lui apportait un plaisir chaque fois renouvelé.

Un éclat de rire résonna à ses oreilles, témoin de la gaieté qui régnait sur le voilier. Soudain, un terrible sentiment de solitude teinté d'anxiété la submergea. Comment réagirait-elle en revoyant Finn ? Il avait tant compté pour elle. Et elle continuait à penser à lui souvent. Trop souvent, à son goût. Savait-il au moins à quel point il l'avait blessée en rejetant son amour ?

Sept ans s'étaient écoulés depuis. Chacun de leur côté, ils avaient évolué, mûri. Le chagrin se serait-il estompé ? Probablement pas, hélas. Ils auraient pu vivre heureux tous les deux, unis par l'amour, le désir et la tendresse. Le regard de Janna s'embua et elle essuya une larme d'un geste rageur.

Après toutes ces années, Finn arrivait encore à la faire pleurer ! Si seulement elle avait réussi à adopter la même attitude que lui, lorsqu'il était rentré pour Noël, quelques mois après son dix-huitième anniversaire. Après lui avoir fait l'amour, lui avoir promis qu'ils ne se quitteraient plus... Il était rentré pour Noël et l'avait traitée en amie, sans plus. Comme si le merveilleux été qu'ils avaient passé ensemble n'avait jamais existé.

D'abord déconcertée, puis profondément blessée par cette réserve inattendue, Janna avait pris soin de l'éviter tout au long des vacances, puis à chacun de ses séjours dans les Highlands.

A présent, elle ne pouvait plus lui échapper. En tant qu'associés dans le même cabinet médical, ils seraient amenés à se côtoyer tous les jours et Janna devrait surmonter sa peine, sa colère et sa frustration.

La jeune femme demeura un long moment immobile, le regard perdu dans l'immensité bleutée. Avec un soupir, elle pivota sur ses talons et remonta vers les rochers.

Un curieux frisson la parcourut et elle leva les yeux. Il n'y avait personne, bien sûr. L'émotion qui lui nouait la gorge était due aux souvenirs qui peuplaient encore cet endroit, après tant d'années.

Elle frissonna de nouveau et inspecta les collines avec attention. Quelques moutons paissaient autour de la grange en ruine — la grange où Finn et elle s'étaient abandonnés à la passion sept ans plus tôt en échangeant des serments d'amour éternel.

A cet instant, elle l'aperçut, dans l'encadrement de la porte, grand et large d'épaules, vêtu d'un T-shirt gris chiné et d'un jean délavé qui mettait en valeur ses hanches étroites et ses longues jambes musclées. Le soleil jouait dans ses cheveux bruns. « Rien n'a changé », songea Janna, secouée par un violent tremblement. Finn était exactement tel qu'elle se le rappelait et l'effet qu'il produisait sur elle était toujours aussi désarmant.

Pétrifiée, Janna le regarda s'approcher de sa démarche féline. A chacun de ses pas, elle sentait les battements de son cœur s'accélérer. Incapable d'esquisser le moindre geste, elle attendit. Il enjamba un rocher, puis un autre, et s'immobilisa à un mètre d'elle.

— Janna...

Ce simple mot lui coupa le souffle. Sa voix non plus n'avait pas changé ; elle était toujours profonde, douce, légèrement rauque. Ensorcelante.

Au prix d'un effort surhumain, Janna se força à croiser le regard bleu de Finn. Un cercle sombre entourait ses iris presque transparents. Autrefois, elle se plaisait à croire qu'avec des yeux aussi perçants, il pouvait lire chacune de ses pensées. Mais elle s'était trompée : il n'avait pas déchiffré son désespoir...

— Bonjour, Finn.

Il l'étudia en silence avant de froncer les sourcils.

— Tu as maigri.

Janna laissa échapper un petit rire.

— C'était nécessaire.

— Non.

Finn secoua la tête.

— Tu étais parfaite. Oh, Janna, comme c'est bon de te revoir !

En un éclair, il franchit la distance qui les séparait et la prit dans ses bras. Une bouffée de son after-shave mêlée à l'odeur de sa peau assaillit Janna et elle posa instinctivement les mains sur son dos musclé.

Une douce chaleur l'envahit aussitôt. Il était encore plus grand, plus puissant que dans son souvenir et elle ne résista pas à l'envie de se blottir contre lui, souhaitant que leur étreinte ne prenne jamais fin. L'espace d'un instant, ils redevinrent les deux jeunes gens amoureux qu'ils avaient été, quelques années auparavant.

Mais c'était fini, à présent. Janna s'écarta à contrecœur. Les mains de Finn retombèrent. Il la dévisagea avant de déclarer d'un ton inquiet :

— Tu as l'air fatiguée.

Janna haussa les épaules.

— C'est la haute saison ici. Les touristes ont envahi la région, et on dirait qu'ils se sont tous passé le mot pour tomber malades. Dieu merci, ce ne sont que des « bobos » sans importance la plupart du temps. Ils sont tellement bêtes, parfois !

Une lueur d'amusement traversa le regard de Finn.

— Pas si bêtes que ça. N'ont-ils pas choisi le plus bel endroit du monde pour leurs vacances ?

Il se tourna vers l'océan où se réflétaient les nuages.

— Tout ceci m'a tellement manqué, avoua-t-il au bout d'un moment. La mer, les mouettes, les gens... Et toi, Janna.

La jeune femme retint son souffle, touchée malgré elle par la sincérité de son ton.

— Moi ? répéta-t-elle d'une voix à peine audible.

— Ça t'étonne ?

A quoi s'attendait-il après ce qui s'était passé ? Après les promesses, les serments d'amour puis l'indifférence qui leur avait succédé ? S'imaginait-il qu'elle avait oublié les longues années de souffrance qui avaient suivi leur brève histoire d'amour ? Pensait-il vraiment qu'elle allait le croire quand il disait qu'elle lui avait manqué ? Oh non... Les blessures étaient encore là, à peine cicatrisées, et elle n'avait aucune intention de les rouvrir.

— Il y a longtemps que tu nous as quittés, Finn.

Il acquiesça gravement.

— Douze ans.

Et sept ans depuis cet été mémorable...

— J'ai changé, tu sais, dit-elle, les yeux fixés sur l'horizon.

— C'est normal, nous avons changé tous les deux. Ce

n'est pas pour ça que nous devons oublier ce qui comptait pour nous autrefois.

Faisait-elle partie des personnes qui comptaient pour lui ? Une vague d'optimisme la submergea, puis la raison reprit ses droits. Aux yeux de Finn, elle n'était qu'une femme qu'il avait bien connue et qui était encore seule, après toutes ces années. Un reste de désir — et rien de plus — le pousserait peut-être vers elle. Comme il serait facile de le suivre s'il lui tendait la main et l'entraînait vers la grange pour...

Non ! Elle devait se montrer forte, lui prouver qu'elle avait changé et que rien ne serait jamais comme avant. Absolument rien...

— Je dois y aller. Un dernier patient à voir, dit-elle, mentant sans se troubler, en ramassant ses bas et ses chaussures.

— Est-ce que je te verrai à la réception de Bill MacWhirter ce soir ?

Janna tressaillit. Il avait été invité, bien sûr. Après tout, n'était-il pas le successeur du vieux médecin ? Désormais, il serait partout. Chaque fois qu'elle se retournerait, chaque fois qu'elle lèverait les yeux, il serait là. Chaque fois qu'elle inspirerait, son parfum lui emplirait les narines. Combien de temps supporterait-elle cette situation ?

— Oui, j'y serai, répondit-elle enfin, consciente du silence qui se prolongeait.

Sans un mot de plus, elle tourna les talons, feignant d'ignorer les picotements sur sa nuque. Elle atteignait sa voiture quand Finn l'appela.

— Oui ? dit la jeune femme en pivotant sur elle-même.

— Tu ferais mieux de baisser ta jupe si tu ne veux pas affoler ton patient, répondit Finn avec un sourire espiègle.

Janna baissa les yeux et rougit violemment. Sa jupe était toujours remontée sur ses cuisses et elle la baissa d'un geste maladroit avant de s'engouffrer dans son Austin. Elle enfila ses chaussures, sans prendre la peine de remettre ses bas. De toute façon, aucun patient ne l'attendait.

Ses mains tremblaient tellement qu'elle dut s'y prendre à deux fois pour boucler sa ceinture de sécurité. En évitant soigneusement de regarder dans le rétroviseur, elle démarra et roula quelques kilomètres avant de s'arrêter sur le bas-côté.

— Maudit sois-tu, Finlay McGregor.

Elle revit la fossette qui creusait sa joue quand il souriait. Son sourire ravageur, son regard limpide... En dépit de ses affirmations, rien n'avait changé. Elle se sentait toujours aussi vulnérable face à lui. Vulnérable, et incapable de résister à son charme.

— Pourquoi es-tu revenu ? Pourquoi ? demanda-t-elle en frappant le volant du bout des doigts.

Avec un soupir, elle enclencha la première et déboîta. Il y eut un crissement de pneus aussitôt suivi d'un bruit de verre cassé.

Le cœur battant, les jambes tremblantes, Janna sortit de la voiture. Finn venait à peine de descendre d'une Range Rover verte, immatriculée à Edimbourg, qui avait terminé sa course contre un rocher.

— Essaierais-tu de te débarrasser de moi pour de bon, Janna ? demanda-t-il d'un ton mi-figue, mi-raisin.

Janna recouvra ses esprits.

— Est-ce que tu vas bien ?

— Oui... par miracle. Heureusement, j'avais ralenti pour m'assurer que tu n'étais pas tombée en panne. A vrai dire, j'aurais presque préféré que ce soit ça...

Janna commença à trembler, en proie à un tumulte d'émotions. Comment avait-elle pu commettre une telle imprudence ? Si seulement Finn n'était pas revenu !

— C'est ta faute ! s'écria-t-elle sans réfléchir. C'est toi qui m'as appris à conduire !

Le sourire moqueur de Finn ne fit qu'accroître son exaspération.

— Tu as raison, je suis le seul responsable de cet accrochage. Quoi qu'il en soit, je n'aimerais pas te mettre en retard pour ta visite. Vas-y ; je te suivrai à une distance raisonnable.

Janna le fusilla du regard.

— D'accord. Laisse-moi une avance d'une demi-heure, répliqua-t-elle sur le même ton sarcastique.

— C'est bien ce que je compte faire, ne t'inquiète pas.

Il remonta dans sa voiture, la dégagea rapidement puis sortit pour examiner les dégâts.

— Envoie-moi la facture ! lança Janna.

— Je n'y manquerai pas. A présent, nous devrions nous mettre en route si nous ne voulons pas bloquer John-Alec plus longtemps.

Interloquée, Janna se retourna et vit l'éleveur de moutons au volant de sa Land Rover, un sourire indulgent aux lèvres. Etouffant un juron, la jeune femme remonta en voiture et démarra, laissant à Finn le soin d'expliquer l'incident.

— Alors, Janna, que penses-tu de ce garnement qui s'apprête à prendre ma place ?

Bill MacWhirter avait posé un bras sur les épaules de Janna d'un côté, l'autre sur celles de Finn, et la jeune femme aperçut le sourire amusé de l'intéressé.

— Moi, un garnement ? répéta-t-il avec une moue faussement offusquée.

Le vieux médecin hocha la tête.

— Oui, un sacré garnement, si vous voulez mon avis... Le meilleur braconnier de truites qu'il m'ait été donné de rencontrer. Mis à part ton père lorsqu'il était jeune, Dieu ait son âme.

Finn laissa échapper un petit rire.

— Il y a toujours eu trop de poissons dans nos étangs...

— C'est vrai. En tout cas, le spectacle valait le détour. Tu pouvais taquiner le poisson des heures durant, sans jamais montrer le moindre signe de fatigue !

Ils rirent en chœur, Janna un peu distraitement car le souvenir du premier baiser qu'elle avait partagé avec Finn s'était brusquement imposé à elle. Ils étaient assis au bord de l'étang de Bill MacWhirter et riaient aux éclats. Janna venait de réaliser un « exploit », aux dires de Finn : sa première truite saumonée frétillait encore dans l'herbe.

— Bravo, petite Janna, avait-il murmuré en se penchant vers elle.

L'atmosphère s'était chargée d'électricité. Doucement, Finn avait capturé ses lèvres. Elle avait quinze ans, Finn en avait vingt. Par ce seul baiser, celui qu'elle idolâtrait depuis sa plus tendre enfance s'était changé en prince charmant.

— Alors, Janna, tu n'as pas répondu à ma question, reprit Bill MacWhirter. As-tu été surprise de découvrir l'identité de mon successeur ?

Encore troublée par ce souvenir vivace, la jeune femme haussa les épaules.

— Finn a toujours dit qu'il reviendrait au pays. Il paraît que c'est un excellent praticien et les patients semblent satisfaits de sa nomination.

— Et toi, qu'en penses-tu ?

Janna émit un rire sans joie. Comment avouer au vieux médecin qu'elle redoutait sa collaboration avec Finn ? Finn qui venait la hanter jusque dans ses rêves, abattant toutes les défenses soigneusement érigées au cours de ces dernières années...

— Oh, je m'habituerai à sa présence, répondit-elle d'un ton léger.

A sa grande surprise, elle décela un peu de souffrance dans le regard clair de Finn. Décontenancée, elle murmura une vague excuse et s'éclipsa discrètement vers la terrasse encerclée de verdure et de fleurs en pots. Elle avait besoin de quelques minutes de solitude pour mettre de l'ordre dans ses pensées. Si elle commençait à se sentir désolée pour Finn, elle était perdue. Irrémédiablement.

« N'oublie pas que c'est lui qui t'a blessée. C'est lui qui a mis un terme à votre belle histoire, sans un mot d'explication. » Une lueur de douleur dans le regard de Finn n'effacerait pas les années de chagrin qu'elle avait endurées. Non, c'était trop facile !

Janna ferma les yeux et s'appuya sur la balustrade, inspirant à grands traits l'air de cette douce soirée d'été. Pourquoi était-il revenu ? Jusqu'à présent, elle menait une vie agréable, dépourvue d'amour, certes, mais pleine de petites joies qui embellissaient son quotidien.

Hélas, cette sérénité durement acquise était maintenant menacée. Elle se retourna soudain, alertée par un léger picotement à la base de sa nuque. Finn se tenait près de la porte-fenêtre. Il l'observait. Elle agrippa la balustrade en pierre comme s'il s'agissait d'une bouée de sauvetage et attendit.

— Tout va bien, Janna ?

— Oui, pourquoi ?

Dans la lumière pâle qui baignait la terrasse, elle le vit hausser les épaules.

— Je ne sais pas... Tu as l'air un peu fatiguée. J'avais peur que tu ne te sentes pas bien, voilà.

Il s'approcha doucement. Comme pétrifiée, Janna le regarda avancer, consciente de la tension qui grandissait à chacun de ses pas. Il s'arrêta devant elle et leva la main pour caresser sa joue. Frissonnante, Janna passa la langue sur ses lèvres sèches. Elle retint son souffle quand le pouce de Finn effleura lentement sa bouche.

Un gémissement monta dans sa gorge, mais il était trop tard... Déjà, Finn l'attirait contre lui. Une onde de chaleur se diffusa dans les veines de Janna et elle n'opposa aucune résistance quand il emprisonna ses lèvres dans un baiser plein de fougue et de tendresse mêlées.

Au contraire, elle avait envie de nouer les bras autour de son cou et de se presser contre lui. Elle avait envie de s'abandonner corps et âme à ses caresses si sensuelles... Pourtant, un sursaut de lucidité l'empêcha de céder à ces envies et elle demeura parfaitement immobile lorsque les lèvres de Finn descendirent le long de sa gorge, traçant un sillon de feu sur sa peau veloutée.

Incapable de supporter cette délicieuse torture sans y répondre, elle s'écarta brusquement. Un vide immense l'envahit aussitôt et elle rencontra le regard assombri de Finn. Son expression était indéchiffrable.

Le silence s'étira un long moment, ponctué des rires et des murmures qui leur parvenaient du salon.

— Pourquoi, Finn ? demanda enfin Janna d'une voix étranglée. Pourquoi as-tu fait ça ? Pourquoi tiens-tu tellement à bouleverser ma vie ?

Finn laissa échapper un long soupir.

— Je suis désolé. Ce n'est pas dans cette intention que je suis revenu, tu sais. Et quand je t'ai vue, tout à l'heure, seule sur la terrasse, je n'ai pas pu résister... Pardonne-moi, Janna.

De nouveau, il leva la main vers elle et saisit son menton entre le pouce et l'index.

— Pardonne-moi, répéta-t-il d'un ton suave. Tu savais que je devais revenir, n'est-ce pas ? Je l'ai toujours dit ; ce n'était un secret pour personne.

D'un geste sec, Janna se libéra.

— Et bien sûr, tu tiens *toujours* tes promesses, lança-t-elle en appuyant sur le mot « toujours ».

Finn haussa les sourcils.

— Je suis là, n'est-ce pas ?

L'irritation perçait dans sa voix, à présent.

— Bon sang, Janna, vas-tu enfin m'expliquer ce que j'ai fait pour mériter ce ton dédaigneux ?

Janna tomba des nues. Etait-il en train de se moquer d'elle ?

— Ce que tu as fait ? Je t'en prie, Finn, ne joue pas l'innocent ! Qu'attendais-tu en revenant ici après une absence de sept ans ? Que je te tombe dans les bras, peut-être ?

Finn passa la main dans son épaisse chevelure brune.

— Et toi, Janna, qu'attends-tu de moi ?

Elle se mordit les lèvres pour retenir la réponse qui lui venait spontanément à l'esprit.

— Rien. Absolument rien. Pourquoi ? Que devrais-je attendre de toi ?

Finn soupira de nouveau avant de se tourner vers l'océan qui étincelait sous les derniers rayons du soleil.

— Je croyais que nous partagions tout. Je croyais que nous étions liés, toi et moi...

— Peut-être... avant que tu partes, il y a sept ans. Sept longues années au cours desquelles il s'est passé une foule de choses, pour toi comme pour moi, Finn.

— Je n'avais pas terminé mes études, à l'époque, murmura-t-il d'une voix empreinte de nostalgie. Je ne savais pas encore où j'allais m'installer. Quant à toi, tu commençais à peine ta formation. Nous ne pouvions rien construire.

— Mais tu avais promis de revenir...

Finn l'enveloppa d'un regard pénétrant.

— Je suis là, non ?

— Tu as attendu sept ans pour revenir, Finn ! On ne peut pas effacer tout ce temps d'un revers de la main !

Sa voix vibrait de colère. Troublée malgré elle par la profondeur de son regard, elle recula d'un pas, comme pour échapper à son emprise.

— Te rends-tu compte que tu as disparu pendant sept ans ? ajouta-t-elle en se forçant à ne pas baisser les yeux.

— C'est faux ! Je n'ai pas *disparu*, et tu le sais ! Chaque fois que je revenais pour un week-end ou des vacances, tu trouvais un prétexte pour t'absenter. Ce n'est pas moi qui cherchais à t'éviter, Janna, c'est toi qui ne voulais pas me voir ! Lorsque j'ai enfin compris, j'ai respecté ta décision et je t'ai laissée tranquille.

Les choses s'étaient-elles vraiment passées ainsi ? L'avait-elle rejeté, inconsciemment ? S'était-elle méprise sur son attitude lors de ces fameuses vacances de Noël ?

Janna secoua la tête pour chasser ces pensées déroutantes. Non, elle n'avait pas rêvé sa froideur, sa distance soudaine. Il y avait eu une rupture incontestable.

Finn tendit la main vers elle, mais la laissa retomber avec un soupir.

— Ecoute, j'aimerais que nous parlions calmement de tout cela. Pas ici, bien sûr. Je pourrais peut-être te raccompagner chez toi après la réception.

— Je ne crois pas que ce soit une bonne idée. Tu viens à peine de rentrer et déjà nous repartirions ensemble...

Finn sourit.

— Tes parents nous serviront de chaperons !

Les grands yeux verts de Janna s'arrondirent de surprise.

— Mes parents ? Je n'habite plus chez eux depuis un an.

L'étonnement s'inscrivit sur les traits volontaires de Finn.

— Ah bon ? Où habites-tu maintenant ?

D'un geste vague, Janna indiqua une bâtisse qui se découpait dans la pénombre.

— Dans la maison que la commune a toujours louée à l'infirmière, à côté du cabinet médical.

Il y eut un bref silence.

— Je suis désolé, murmura Finn. Je croyais seulement que...

— Tu crois beaucoup de choses à mon sujet, Finn, mais tu oublies l'essentiel : j'ai beaucoup changé en sept ans. Je ne suis plus la même. A présent, si tu veux bien m'excuser, j'aimerais retourner à l'intérieur.

Elle inspira profondément, releva le menton et trouva la force de s'éloigner de Finn.

Janna passa une grande partie de son week-end à revivre sa discussion avec Finn. Bizarrement, elle aurait voulu reconstruire avec lui l'amitié qui les liait lorsqu'ils étaient enfants. Une amitié tendre et affectueuse, dépourvue de toute ambiguïté. Mais apparemment, Finn avait autre chose en tête. La meilleure solution serait de feindre l'indifférence. « L'histoire se répète... », songea-t-elle en se rendant au cabinet de consultation le lundi matin.

Ils se saluèrent d'un ton courtois et les visites commencèrent, au grand soulagement de Janna. Hélas, son répit fut de courte durée. A 11 h 30, Finn entra dans son bureau.

Occupée à faire une prise de sang, elle demanda d'un ton léger, sans lever les yeux vers lui :

— Il n'y a plus personne ?

— Si. Un vacancier qui a glissé sur un sentier de randonnée ce matin. Il est tombé sur un vieux morceau de fer qui lui a entaillé le mollet. Je vais devoir suturer la plaie. Peux-tu venir m'aider ?

Janna hocha la tête.

— Bien sûr. J'arrive dans un instant.

Un moment plus tard, elle le rejoignit dans l'autre pièce. Oubliant pour un moment leurs soucis personnels, ils s'occupèrent du patient et lui demandèrent de revenir dans deux jours pour le pansement.

Après son départ, Janna rangea rapidement les instruments qu'ils avaient utilisés avant de regagner son bureau, laissant Finn penché sur ses dossiers. Elle était sur le point de quitter le cabinet lorsqu'il fit son apparition.

— Que se passe-t-il? demanda-t-elle d'un ton un peu trop sec.

Finn haussa légèrement les sourcils.

— Excuse-moi, je ne te retiendrai pas longtemps. En fait, je voulais te parler de Betty Buchan. Il paraît que la pauvre femme perd la tête.

— En effet. Ses voisins se font du souci pour elle, mais ils la surveillent et ils ont promis de m'avertir en cas de problème.

— Il paraît qu'elle ne distingue plus le jour de la nuit. On m'a dit qu'elle avait fait ouvrir l'épicerie à 4 heures du matin pour faire quelques courses.

Janna était au courant de l'incident. Si elles avaient été amusantes au début, les facéties de la vieille dame devenaient inquiétantes.

— Je passerai la voir tout à l'heure, déclara-t-elle. Il serait plus raisonnable de la placer dans une maison de retraite, mais je redoute sa réaction.

Elle soupira.

— Enfin, je peux toujours essayer de lui proposer cette solution.

— Qu'en pense sa famille?

— Ils s'en moquent éperdument! Il est pourtant grand temps de prendre une décision pour Betty, mais ils refusent de s'en charger.

— Ils n'arrivent peut-être pas à s'y résoudre..., suggéra Finn.

— Dis plutôt qu'ils refusent de consacrer du temps à cette pauvre femme! Enfin, nous trouverons bien une solution. Y a-t-il autre chose? demanda-t-elle en rencontrant son regard clair.

Un sourire espiègle joua sur ses lèvres.

— Oui... Est-ce que je souffre d'une maladie contagieuse, Janna ?

La jeune femme prit un air étonné.

— Contagieuse ? Pourquoi cette question ?

— Arrête, Janna. Tu sais parfaitement ce que je veux dire. Il faut que nous parlions.

Janna rassembla son courage.

— Non, Finn, ce n'est pas nécessaire. En revanche, je dois commencer mes visites. Ferme la porte derrière toi.

Sur ce, elle sortit de la pièce, la tête haute. En l'espace de deux jours, c'était la troisième fois qu'elle parvenait à lui échapper. Connaissant la ténacité de Finn, ce serait sans doute la dernière fois. A moins qu'il ait vraiment changé, ce dont elle doutait de plus en plus...

2.

Janna commença ses visites à domicile en s'efforçant de ne pas penser à Finn. Comme d'habitude, elle se rendit chez des touristes négligents qui, stupéfaits de découvrir qu'il n'y avait pas de pharmacie à moins d'une heure de voiture, appelaient l'infirmière dans l'espoir qu'elle les sortirait de ce mauvais pas.

Ce fut le cas d'une vieille dame qui séjournait dans les Highlands avec un couple d'amis.

— J'ai oublié mes médicaments chez moi et je n'ose pas demander à mes amis de m'emmener à cette pharmacie perdue au bout du monde, avoua-t-elle avec une moue penaude.

Janna hocha la tête.

— Avez-vous l'ancienne ordonnance afin que je puisse la renouveler ?

Les joues de la vieille dame se colorèrent.

— Non... Pour tout vous dire, j'ai oublié le nom des médicaments. Ce sont ces petites pilules rose et blanc, vous savez... Et il y a aussi des espèces de pastilles jaunes avec une inscription dessus.

Janna réprima un soupir. Il ne lui restait plus qu'à contacter le médecin traitant de la patiente, à Manchester. Quand celui-ci lui eut fourni les renseignements nécessaires, elle téléphona au cabinet médical de Craigmore afin qu'ils commandent rapidement les médicaments.

Une fois dans sa voiture, Janna consulta son carnet de visites. La prochaine patiente était une petite fille de sept ans qui se plaignait de maux de ventre. C'étaient également des vacanciers qui résidaient dans un hameau voisin. Un moment plus tard, elle se gara dans l'allée d'un joli cottage noyé de fleurs et d'arbres. A peine avait-elle gravi les marches du perron que la porte d'entrée s'ouvrit sur une femme blonde au sourire chaleureux.

— Bonjour, je suis madame Harvey. Mon mari est parti se promener avec nos deux autres enfants pendant que je vous attendais avec Julie. Venez, elle est dans le salon.

Allongée sur le canapé, la petite fille était plongée dans un livre de contes. Elle était pâle et, malgré la fraîcheur qui régnait dans la pièce, de grosses gouttes de sueur perlaient à son front. Janna pensa aussitôt à une crise d'appendicite, mais, après un examen minutieux, elle dut revenir sur son diagnostic : les douleurs n'étant pas assez vives pour le confirmer.

— Depuis combien de temps souffre-t-elle de maux de ventre ? demanda-t-elle en se tournant vers la mère qui affichait une expression alarmée.

— Oh, elle se plaignait déjà avant notre départ en vacances. En fait, cela lui arrive fréquemment, et notre médecin traitant nous a parlé de douleurs « nerveuses ». Julie déteste qu'on bouleverse ses habitudes et elle était un peu angoissée à l'idée de quitter la maison pour les vacances. D'autant plus qu'elle a été obligée de laisser son lapin à une amie...

En dépit du voile de transpiration qui baignait son visage, la fillette n'avait pas de fièvre et son pouls était normal.

— Est-ce que tu te fais du souci à propos de quelque chose, Julie ? demanda Janna d'une voix apaisante.

La jeune malade hocha gravement la tête.

— Oui, c'est à cause de mon lapin...

Janna esquissa un sourire avant de s'adresser à Mme Harvey.

— Pourriez-vous appeler les voisins qui s'occupent du lapin afin qu'ils rassurent votre fille à son sujet ? A mon avis, il s'agit en effet d'une petite crise d'angoisse qui se répercute sur l'état de santé de Julie. Rien de bien grave, rassurez-vous.

— Oh, je suis confuse de vous avoir dérangée pour ça, mademoiselle ! Je ne voulais pas vous faire perdre votre temps, mais elle était si pâle que je me suis inquiétée...

Le sourire de Janna s'élargit.

— Vous avez eu tout à fait raison de m'appeler, madame Harvey. Il vaut mieux se montrer doublement prudent avec les enfants. En l'occurrence, je pense que Julie se portera mieux dès qu'elle aura eu des nouvelles de son lapin. Toutefois, n'hésitez pas à m'appeler si les symptômes persistent. Auquel cas je demanderai au médecin de passer vous voir dans la soirée, d'accord ?

Après avoir pris congé de la fillette et de sa maman, Janna décida de rendre visite à Mme Buchan. Vêtue d'une robe de chambre en pilou, l'octogénaire vint lui ouvrir. Son visage ridé comme une vieille pomme refléta la surprise lorsqu'elle reconnut Janna.

— C'est toi, mon enfant ! Je me demandais bien qui pouvait sonner au beau milieu de la nuit. Rentre, je t'en prie. Je sais qu'il est tard, mais je vais tout de même préparer un peu de thé.

— Betty, il est midi, dit Janna d'une voix douce. Regardez, le soleil est déjà haut dans le ciel.

La vieille femme leva la tête et plissa les paupières. Une ride supplémentaire creusa son front tandis que son regard s'emplissait de larmes. Sans mot dire, elle se détourna brusquement.

— Tu as raison. Entre, Janna. C'est bon de te voir, quelle que soit l'heure.

Janna lui emboîta le pas en secouant la tête. Pauvre Betty, elle était en train de perdre ses facultés mentales alors que son corps était en parfaite santé... Quelle ironie du sort !

Meublée et décorée avec simplicité, la petite maison était d'une propreté immaculée. Sur la table de la cuisine trônait un pain de campagne doré à point qui sortait à peine du four.

— J'ai dû cuire mon pain moi-même, reprit la vieille femme en s'affairant devant la cuisinière. Il n'y en avait pas à l'épicerie.

« A 4 heures du matin, ce n'est guère étonnant », songea Janna. Déjà, Betty reprenait.

— En plus, Moira s'est mise en colère parce que je l'ai réveillée au milieu de sa sieste. Franchement, Janna, a-t-on idée de faire une sieste alors qu'on tient une boutique ?

— J'ai entendu dire qu'il était 4 heures du matin, Betty, répondit Janna de la même voix apaisante.

Betty fronça les sourcils.

— C'est ce que Moira prétendait aussi.

Janna enveloppa la vieille femme d'un regard compatissant.

— Vous ne savez plus bien où vous en êtes, n'est-ce pas, Betty ?

— J'ai du mal à garder mes repères avec le temps qui passe, répondit-elle avec un soupir. J'ai pourtant une horloge, mais elle ne m'indique pas s'il fait jour ou nuit. Les nuits sont si courtes en été... Et puis, je ne peux pas m'empêcher de somnoler pendant la journée. Au bout du compte, je suis complètement décalée, j'ennuie tout le monde avec mes histoires et...

Sa voix se brisa et Janna glissa un bras sur ses épaules frêles.

— Ne dites pas de sottises, Betty. Vous n'ennuyez personne, vous le savez bien. Au contraire, nous sommes tous prêts à vous aider. Je vais demander au Dr McGregor si je peux vous prescrire un somnifère léger pour vous aider à retrouver un rythme de vie normal.

Attablée devant une tasse de thé, elle bavarda un moment avec la vieille dame puis rentra chez elle pour avaler un déjeuner tardif. Dans sa boîte aux lettres, elle trouva un mot de Finn. L'écriture ferme et volontaire s'étalait sur deux lignes :

« Je t'invite à dîner au pub ce soir. Je passerai te chercher à 19 heures. Sois là, s'il te plaît. Finn. »

Le cœur de Janna fit un bond dans sa poitrine. Il avait souligné une bonne dizaine de fois le « s'il te plaît ». Manifestement, il n'accepterait aucune excuse.

Avec un soupir résigné, Janna écouta les messages de son répondeur. Un de ses patients d'Inverberg avait appelé. Sans plus tarder, elle se mit en route.

Mac McDougall était un vieil homme buté mais terriblement sympathique. Veuf depuis quelques années, il refusait de quitter sa maison, malgré sa santé fragile. Heureusement, il avait su s'entourer d'une armada d'aides-soignantes, de femmes de ménage et de cuisinières qui l'aidaient à mener une vie *presque* autonome. Cette fois, il souffrait d'une bronchite sans gravité, mais Janna préféra lui prescrire des antibiotiques pour enrayer l'infection au plus vite.

Il était presque 4 heures lorsqu'elle quitta Inverberg. Au lieu de rentrer au cabinet, elle fit un détour et s'arrêta chez les Harvey pour prendre des nouvelles de la petite Julie. Mme Harvey l'accueillit avec un sourire joyeux.

— Elle va beaucoup mieux depuis qu'elle sait que son lapin est en pleine forme, expliqua-t-elle d'un ton enjoué. Du coup, je l'ai autorisée à aller à la plage avec son frère et sa sœur.

Pour une raison inexplicable, Janna ne se sentit pas rassurée. Elle se garda pourtant de communiquer son appréhension à la jeune mère.

— Parfait. Appelez-moi si les douleurs reviennent, dit-elle avant de remonter dans son Austin.

Elle remplit le dossier de Mac McDougall, rédigea le compte rendu de sa journée et se prépara à sa dernière visite, un contrôle prénatal. Lindsay Baird, la future mère, était une de ses amies d'enfance. Enceinte de huit mois, elle avait déjà deux enfants et, pour chacun d'eux, l'accouchement avait été extrêmement laborieux. L'issue aurait été dramatique sans les soins attentifs et la compétence du personnel hospitalier.

Pourtant, en dépit des réticences du Dr MacWhirter, Lindsay avait décidé d'accoucher chez elle cette fois. Elle refusait obstinément d'écouter les conseils de Janna qui la pressait de se rendre à l'hôpital d'Inverness ou de Fort William dès la semaine suivante.

Maintenant que le Dr MacWhirter était parti à la retraite, Janna se sentait entièrement responsable du déroulement de la grossesse et de l'accouchement et elle avait bien l'intention de ramener Lindsay à la raison. A cette fin, tous les moyens seraient bons... même les menaces !

Elle trouva son amie dans le jardin, allongée sur un transat en toile. Les deux enfants jouaient tranquillement dans le bac à sable, à côté d'elle.

— Salut, Janna ! dit Lindsay en soulevant légèrement ses lunettes de soleil. Quelle bonne surprise... Assieds-toi, je t'en prie.

— Mmm... Tu veux boire quelque chose ?

— Oh oui ! Une grande tasse de thé, s'il te plaît.

Janna se dirigea vers la cuisine en souriant. Peut-être parviendrait-elle à ses fins, aujourd'hui... Un moment plus tard, elle rejoignit Lindsay, chargée d'un plateau sur lequel elle avait disposé la théière, les tasses et une assiette de petits fours. Elle posa le tout sur la table en fer forgé et s'installa en face de son amie.

— Alors, tu as retrouvé la raison finalement? demanda-t-elle sans préambule en servant le thé.

Lindsay secoua la tête.

— Janna, j'ai vraiment envie de donner naissance à mon enfant chez moi, tout naturellement. Je reste persuadée que les autres accouchements se sont mal passés parce que je n'étais pas dans un cadre familier. Si je reste ici, je serais détendue et beaucoup moins stressée, crois-moi.

— Ne raconte pas de bêtises, Lindsay ! Bien sûr, il est important de se sentir calme et détendue, mais cela ne modifiera pas le diamètre de ton utérus, hélas ! A quand remonte ta dernière échographie ?

Son amie soupira.

— A trois semaines. Le médecin m'a dit que le col était presque dilaté au maximum.

— Tu vois...

— Je m'en moque, Janna. Tout ce que je veux, c'est accoucher chez moi. Tranquillement !

— Même si tu risques la vie du bébé ?

— Ne tombe pas dans le mélodrame, je t'en prie ! Tout se passera bien, je le sens.

— T'a-t-on déjà dit que tu étais têtue comme une mule ? rétorqua Janna d'un ton narquois.

Lindsay ouvrit de grands yeux innocents.

— Moi ? Jamais ! Dis-moi, est-ce que Finn a beaucoup changé ? Fergus et moi n'avons pas encore eu l'occasion de le revoir. Est-il toujours aussi séduisant ?

A son grand désarroi, Janna sentit ses joues s'empourprer.

— Essaierais-tu de changer de sujet, Lindsay ?

Lindsay la dévisagea avec intérêt.

— Oui. Toi aussi, n'est-ce pas ?
— Oui.
— Il fait un temps superbe pour un mois de juillet.
— N'est-ce pas ?
— Janna ?
— Mmm ?
— Es-tu encore amoureuse de Finn ?

Janna remua sa petite cuillère d'un air absent.

— Pourquoi me poses-tu cette question ?

— Parce que je te connais et que tu as l'air épuisée et stressée.

— Finn m'a dit exactement la même chose, figure-toi.

— Il a eu raison.

— Et moi, j'ai raison de te déconseiller d'accoucher chez toi, déclara Janna d'un ton ferme.

— Je n'en suis pas si sûre...

Janna leva les yeux au ciel. A croire que tout le monde se liguait contre elle aujourd'hui ! Elles bavardèrent encore un moment, prenant soin d'éviter les sujets épineux puis Janna rentra chez elle. Plantée devant son armoire, elle passa en revue sa maigre garde-robe. Certains vêtements dataient de plus de sept ans ! De toute façon, ils n'allaient qu'au pub du village et surtout... surtout, elle n'avait aucune intention de faire des efforts particuliers pour Finn ! D'un geste résolu, elle sortit un jean en toile beige, une chemise en soie rose pâle et un léger cardigan en perspective d'une soirée plus fraîche.

Après une douche rapide, elle brossa sa longue chevelure brune qu'elle laissa flotter librement dans son dos, posa un nuage de blush sur ses pommettes hautes et souligna ses grands yeux émeraude d'un trait de crayon khôl.

Elle reposait son flacon de parfum lorsque le carillon de l'entrée résonna. Après un dernier coup d'œil à la psyché, elle se composa une expression neutre et alla ouvrir.

Ce n'était pas Finn qui se tenait sur le perron mais Sue,

la fille du propriétaire du pub. L'angoisse se lisait sur son visage.

— C'est la petite Julie Harvey. Ils étaient en train de dîner au pub quand elle s'est évanouie. Il faut que tu viennes, Janna, vite !

En toute hâte, elle griffonna un mot à l'attention de Finn et le scotcha à la porte. Puis elle s'empara de sa sacoche et courut jusqu'au pub, talonnée par Sue. La petite fille était allongée sur une banquette de l'arrière-salle déserte. Dès qu'elle pénétra dans la pièce, Mme Harvey se précipita vers elle.

— Dieu merci, vous êtes là, mademoiselle ! Je ne comprends pas ce qui lui arrive... Elle se sentait mieux et, tout à coup, elle a perdu connaissance. Quand elle s'est réveillée, elle a vomi et...

Sa voix trembla et elle s'écarta pour que Janna puisse ausculter la fillette. Elle remarqua aussitôt ses joues rougies et ses yeux vitreux et procéda à un examen complet.

— Je crois qu'il s'agit d'une crise d'appendicite, dit-elle en rangeant ses instruments. Le Dr McGregor doit arriver d'une minute à l'autre et je lui demanderai de confirmer le diagnostic. Ne t'inquiète pas, mon poussin, ajouta-t-elle à l'adresse de Julie qui s'était mise à pleurer. Tout se passera bien, tu verras. Nous allons nous occuper de toi.

A cet instant, la voix profonde de Finn s'éleva. Il embrassa la pièce de son regard perçant avant de se tourner vers elle.

— Appendicite, je pense, annonça-t-elle en captant l'interrogation muette qui dansait dans ses yeux.

Il hocha la tête puis entreprit d'examiner la jeune patiente.

— Il s'agit en effet d'une crise d'appendicite, dit-il à l'attention des parents qui attendaient son diagnostic, l'air anxieux. Il faut l'hospitaliser sur-le-champ et on l'opérera sans tarder. Je me charge de prévenir les urgences de l'hôpital d'Inverness.

Il disparut un moment dans la salle de restaurant et revint avec une serviette humide.

— Ils arrivent, annonça-t-il à la cantonade avant de s'agenouiller près de la fillette.

Avec des gestes très doux, il passa la serviette sur son visage et ses mains.

— Est-ce que tu m'entends, Julie ?

La petite fille entrouvrit les yeux et hocha la tête. Un violent frisson la parcourut.

— Tu vois, chérie, dans ton ventre, il y a une espèce de petite poche qui ne sert à rien de particulier, mais qui peut s'infecter. C'est l'appendice. En as-tu déjà entendu parler ?

Julie acquiesça.

— Oui. Un garçon de ma classe a dû se la faire enlever.

Finn réprima un sourire.

— Eh bien, je crois qu'il va falloir qu'on te la retire aussi parce qu'elle s'est infectée et qu'elle te rend bien malade, non ?

— Oh oui... Je ne me suis jamais sentie aussi mal, dit-elle d'une voix à peine audible.

— Ça ne m'étonne pas. Maintenant, dis-moi, es-tu déjà montée dans un hélicoptère ?

La fillette écarquilla les yeux.

— Dans un hélicoptère ? Non...

Finn émit un petit rire.

— En fait, peu de gens ont eu cette chance... Et je parie que ton camarade de classe a été transporté à l'hôpital dans une ambulance ordinaire, je me trompe ?

— Non, c'est vrai.

— Tu vois, tu auras quelque chose à lui raconter quand tu rentreras chez toi, qu'en dis-tu ?

Un pâle sourire éclaira le visage de la fillette. Finn serra sa main dans la sienne puis il se redressa et se tourna vers M. et Mme Harvey.

— L'hélicoptère de l'hôpital arrivera dans une demi-heure environ. Il prendra Julie et une autre personne. C'est une crise d'appendicite aiguë et il faut agir vite si l'on veut éviter les complications du type perforation ou péritonite. Vous avez juste le temps de rassembler quelques affaires avant l'arrivée de l'hélico. Qui accompagnera Julie ?

Le père et la mère échangèrent un regard.

— Moi, déclara Mme Harvey. Terry, peux-tu préparer une petite valise avec nos affaires de toilette et quelques vêtements de rechange ?

Peu après le départ de M. Harvey, le vrombissement sourd de l'hélicoptère se fit entendre. Quelques minutes plus tard, Julie était installée sur une civière et Finn transmettait son rapport à l'équipe des urgences. Le pilote avait posé l'engin dans le champ qui s'étendait derrière le pub. La fillette se trouvait déjà dans la cabine quand M. Harvey les rejoignit. Il tendit un sac de voyage à sa femme.

— J'espère que je n'ai rien oublié.

Un sourire joua sur les lèvres de son épouse.

— Ne t'inquiète pas, chéri. Prends soin de Samantha et de Robert... et de toi, bien sûr ! Tu viendras nous voir demain, n'est-ce pas ?

— Bien sûr. Appelle-moi pour me donner des nouvelles.

Ils s'étreignirent brièvement puis Mme Harvey monta dans l'appareil, aidée d'un ambulancier. L'instant d'après, l'hélicoptère s'élevait dans le ciel. Le bruit saccadé des hélices battant l'air s'éloigna peu à peu. Entouré de ses deux autres enfants, M. Harvey leva les yeux vers Finn.

— Tout ira bien, n'est-ce pas, docteur ?

— J'en suis convaincu, ne vous inquiétez pas. L'hélicoptère est toujours impressionnant, mais c'est le moyen de transport le plus sûr et le plus rapide dans une région aussi accidentée que la nôtre. Les gens d'ici n'y font même plus attention.

Le jeune père hocha la tête.

— Merci, docteur. Croyez-vous que je pourrai appeler l'hôpital dans la soirée ?

— Bien sûr. Essayez vers 10 heures, d'accord ?

— D'accord. Merci encore pour votre efficacité et votre gentillesse, ajouta-t-il en se tournant vers Janna. Venez les enfants, il est l'heure d'aller au lit.

Il les entraîna vers sa voiture, laissant Finn et Janna se remettre de leurs émotions. Un sourire éclaira le visage du médecin.

— Bonsoir, Janna...

Elle rit doucement.

— Bonsoir.

— Tu as faim ?

— Dis plutôt que je meurs de faim ! Mais j'aimerais me changer avant d'aller manger, dit-elle en désignant sa chemise froissée. Ça ne te dérange pas ?

— Pas du tout. Allons-y, je t'accompagne !

— Le parfait gentleman, murmura Janna d'un ton moqueur.

— Ne te fie pas aux apparences...

Sur le chemin, Janna eut l'impression de croiser tous les habitants du village, comme s'ils s'étaient donné le mot pour les surprendre tous les deux... Et tous y allèrent de leur petit commentaire.

— McGregor, c'est bon de te revoir parmi nous !

— Finlay... Pour l'amour du ciel, quand arrêteras-tu de grandir ?

— Tu as déjà attrapé des truites cette année, Finn ?

Auld Jock, un ami du père de Finn décédé quelques années plus tôt, ponctua sa question d'une bourrade affectueuse.

— Je te retrouve dans une minute, articula Janna silencieusement par-dessus la tête du vieil homme.

Elle était en train de passer un T-shirt à fines côtes — moins élégant que son chemisier en soie, mais c'était tout ce qu'elle avait trouvé... et c'était bien suffisant ! — quand elle entendit Finn pousser la porte d'entrée.

Elle prit néanmoins le temps de se recoiffer et de se remaquiller légèrement avant de descendre. Il sortait juste du vestiaire réservé aux patients. Son regard l'enveloppa, chaud, rassurant, et il s'approcha d'elle, un sourire aux lèvres. Ses doigts étaient encore humides lorsqu'il les promena délicatement sur sa joue.

— Tu es prête ?

Janna retint son souffle, électrisée par son contact.

— Oui.

— Dans ce cas, allons-y.

Elle sentit la pression chaude et ferme de sa main au creux de ses reins comme il la poussait gentiment vers la porte. Au moment où elle allait protester, il laissa retomber sa main et une étrange sensation d'abandon l'envahit.

— Dépêchons-nous, j'ai une faim de loup ! s'écria-t-elle avec un entrain forcé. J'ai vu qu'il y avait de la gigue de chevreuil comme plat du jour et je serais terriblement déçue s'ils n'en servaient plus !

— Toujours aussi gourmande, à ce que je vois, murmura Finn en se laissant guider à l'intérieur du pub.

Le dîner se déroula dans une ambiance étonnamment détendue, à tel point que Janna oublia presque l'objet initial de son invitation. Du moins jusqu'au dessert...

Finn se chargea de commander deux tasses de café. Chargé d'un plateau, il l'entraîna dans la petite cour qui entourait le pub et ils s'installèrent sous un vieux châtaignier. Dès qu'ils furent assis, Finn se tourna vers elle.

— Nous avons un problème, Janna. Inutile de se voiler la face.

Il lui tendit une tasse fumante avant de poursuivre.

— J'espérais que nous serions capables de travailler ensemble mais, hélas, tu ne sembles pas très heureuse de me revoir. J'ignore pourquoi tu évites de me croiser ; tu as sans doute tes raisons. Mais est-ce que cela signifie que nous ne pouvons pas former une équipe de travail ?

Janna regarda d'un air absent le cercle de crème se fondre lentement dans le café noir. L'idée de le perdre de nouveau la plongeait dans un désarroi sans nom.

— Bien sûr que si, nous pouvons travailler ensemble, dit-elle précipitamment. Nous sommes adultes, après tout. Je suis certaine que nous arriverons à nous entendre.

Le tremblement qui agitait ses mains démentait ses paroles. Elle reposa un peu trop brusquement sa tasse et s'efforça de recouvrer son calme. Hélas, son désarroi n'échappa pas à Finn. Sans mot dire, il lui prit doucement la main. Son pouce effleura le creux de son poignet.

— Je suis vraiment désolé, Janna. Je n'avais pas l'intention de bouleverser ta vie en revenant. Je ne veux pas non plus réveiller d'anciennes douleurs ni me mêler de ta vie privée.

Il fit une pause et scruta son visage fermé.

— Je croyais que nous étions restés amis.

Janna ne put détacher son regard de ces yeux si bleus, doux et légèrement interrogateurs... Ces yeux qu'elle aimait tant. Elle sentit des larmes perler sous ses paupières et se détourna vivement.

— Mais nous sommes amis, Finn, répondit-elle au prix d'un effort.

Elle voulut le regarder, mais un écran de larmes voilait son champ de vision. Avec un petit soupir, elle ferma les yeux. Aussitôt, les bras puissants de Finn s'enroulèrent autour d'elle.

— Janna...

Il caressa ses cheveux et Janna ne résista pas à l'envie de poser sa joue sur le revers de sa veste.

— Tu m'as manqué, avoua-t-elle d'une voix étranglée.

— Toi aussi tu m'as manqué, Janna.

Avait-elle imaginé la pointe de mélancolie qui perçait dans ces quelques mots ? Etait-elle à ce point désespérée ?

Après cette soirée, leurs rapports devinrent plus simples. Finn ne chercha plus à se retrouver seul avec elle. En fait, il ne semblait guère désireux de la voir en dehors de leurs heures de travail.

Paradoxalement, alors que c'était elle qui avait voulu que leur relation demeure amicale, Janna se sentait terriblement frustrée par cette situation. Elle appréciait chaque moment qu'ils passaient ensemble — bien trop rares à son goût. En tant que « médecin volant » pour la région, Finn était très occupé et ils ne se voyaient que les lundis et mercredis matin, ainsi que le vendredi après-midi, une fois qu'il avait terminé ses visites à domicile.

Si la condition d'un patient l'inquiétait, Janna n'hésitait pas à le joindre au téléphone pour lui demander son avis. Ce fut le cas pour Lindsay Baird. Deux semaines après son retour à Port Mackie, Janna passa une demi-heure à lui expliquer en détail les complications qu'avait traversées la jeune femme lors de ses deux précédents accouchements. Elle était d'autant plus soucieuse que Lindsay persistait à vouloir donner naissance à son bébé chez elle. D'une façon ou d'une autre, ils devaient réussir...

— Je passerai tout de même la voir demain, déclara Finn quand elle eut terminé. Peut-être sera-t-elle plus sensible à mes arguments.

— Permets-moi d'en douter. Le Dr MacWhirter a échoué lui aussi...

— C'est parce qu'il est trop gentil. Je tâcherai de trouver des arguments plus percutants.

— Ne l'effraie pas inutilement, Finn.

— C'est loin d'être inutile, Janna. Lindsay ne *peut* pas accoucher chez elle, tu le sais aussi bien que moi.

Mais quand il lui rendit visite le lendemain, après ses consultations à Glenmoriston, la phase de travail était déjà entamée. Finn passa aussitôt chez Janna pour la mettre au courant.

— A quel stade en est-elle exactement ? demanda la jeune femme comme ils prenaient le thé dans sa cuisine.

Finn avala un petit gâteau avant de répondre.

— Le col de l'utérus se dilate progressivement. Quatre centimètres quand je suis passé... Et elle voulait attendre encore un peu avant de t'appeler pour être sûre de ne pas aller à l'hôpital. Tu ne devineras jamais ce qu'elle a fait, ajouta-t-il avant de reprendre un sablé.

Janna lui lança un regard empli de curiosité.

— Dis-moi tout...

— Elle a menacé de me poursuivre en justice si j'appelais une ambulance !

— Et tu l'as crue ?

Un sourire penaud incurva les lèvres de Finn.

— Je crois toujours les gens qui profèrent de telles menaces !

Il se tut un instant et prit un air songeur.

— Tu sais, Janna, la tête du bébé ne semble pas si grosse que ça... J'ai presque envie de la laisser accoucher chez elle.

— Finn !

— Je sais, je sais... Mais peut-être a-t-elle raison, après tout. Elle se sent plus à l'aise chez elle. Avec des soins attentifs et une aide compétente, elle se débrouillerait sûrement très bien.

— Et si ce n'est pas le cas ?

Finn haussa les épaules.

— De toute façon, il est inutile de se disputer pour la simple raison que Lindsay ne voudra pas aller à l'hôpital. Et quel que soit notre avis sur la question, nous ne pourrons pas la forcer à revenir sur sa position.

Janna exhala un soupir résigné.

— Et que pense Fergus de tout ça ?

— Oh, il est déjà en train de penser à ce qu'il va faire avec la prime d'assurance sur la vie ! répliqua Finn en riant.

— Finn, comment pouvez-vous prendre les choses à la légère, tous les deux ? s'écria Janna, scandalisée. Lindsay pourrait effectivement mourir... et son bébé aussi !

Finn secoua la tête en souriant. Ce même sourire espiègle qui l'avait séduite alors qu'elle était encore enfant.

— Tu as toujours aimé dramatiser, Janna. Lindsay s'en sortira, tu verras. Considère ça comme une sorte de défi, ajouta-t-il avec entrain. Où en sont tes connaissances en obstétrique ?

— J'essaie de me maintenir à niveau, mais je ne me sens pas prête à accomplir des miracles.

Finn se pencha vers elle et serra doucement sa main dans la sienne.

— Ne t'en fais pas, Janna, tout ira bien. Nous nous débrouillerons.

Six heures plus tard, Janna se remémora les paroles de Finn tout en regrettant de lui avoir fait confiance. Les contractions se rapprochaient, Fergus ne tenait plus en place et elle-même se sentait au bord de la crise de nerfs.

De son côté, Finn prodiguait tranquillement à la jeune femme des encouragements et des conseils.

— J'y arriverai, marmonna Lindsay comme le médecin épongeait son front, faites-moi confiance.

Pourtant, la douleur et les efforts constants qu'elle

fournissait la fatiguaient de minute en minute. La tête du bébé créait une pression de plus en plus importante sur les tissus gonflés. Janna entraîna Finn dans le couloir.

— Il faut que ce bébé sorte vite, Finn. Les forces de Lindsay s'amenuisent au fil des secondes. Elle n'y arrivera jamais sans forceps.

— Si, répondit-il d'un ton posé. Nous allons l'aider à se lever et à marcher un peu pour accélérer le processus.

Janna secoua la tête.

— Finn, elle est trop épuisée pour se lever.

— Je ne crois pas, non. Le bébé est en pleine forme et la détermination de Lindsay n'a pas flanché. Dans une demi-heure, le bébé sera né. C'est promis, Janna.

— Et si tu te trompes ?

— J'utiliserai les forceps.

Leurs regards se nouèrent. Lentement, presque imperceptiblement, Janna sentit sa nervosité se dissiper. Elle pouvait lui faire confiance. Et surtout, Lindsay pouvait lui faire confiance. Il ne déciderait rien qui risque de mettre sa vie ou celle de son bébé en danger.

— D'accord. Allons-y, dit-elle avec un petit tremblement dans la voix.

Ils regagnèrent la chambre. Lindsay somnolait tandis que Fergus, assis au bord du lit, l'observait en lui tenant la main. Il leva vers eux un regard empli d'appréhension.

— Alors ?

— Il faut que nous l'aidions à se lever, Fergus. C'est la seule solution si nous voulons déclencher l'accouchement.

— Mais elle est morte de fatigue...

— Elle va y arriver, ne t'inquiète pas. Lindsay ?

Les paupières de la jeune femme battirent légèrement et elle regarda Finn d'un air absent.

— Repasse me voir demain. Je suis exténuée.

— Non, Lindsay. Allez, nous allons t'aider à te mettre

debout et tu vas te promener tranquillement dans la chambre.

— Je ne peux pas...

Finn ne répondit pas. Il rabattit les draps, glissa un bras autour de sa taille et la força à se lever.

— Non, Finn, gémit Lindsay en retombant sur le lit.

— Tu préfères les forceps ou l'hélicoptère ? répliqua Finn d'un ton gentiment menaçant.

Lindsay se mordit la lèvre. Rassemblant son courage, elle déplia les jambes et se mit debout.

— Très bien, je vais marcher un peu, déclara-t-elle en prenant appui sur Finn et Janna.

Elle fit quelques pas autour de la pièce avant de s'immobiliser, en proie à une nouvelle contraction.

— J'ai envie de pousser.

— Pas encore, Lindsay, répondit Finn d'un ton ferme. Laissons la gravité agir un peu.

— Je ne peux plus attendre ! cria la jeune femme en tendant les bras vers son mari qui l'attira contre lui, le visage déformé par l'angoisse.

— Laisse-la s'allonger, Finn !

— Non, Fergus, je suis désolé. Il faut qu'elle reste debout le plus longtemps possible. Tu pourrais peut-être l'encourager au lieu de souffrir à sa place...

Le ton légèrement réprobateur de Finn calma instantanément son ami et ils se remirent à marcher, tandis que Fergus murmurait des paroles réconfortantes à son épouse. Au bout d'un moment, Finn entraîna Lindsay vers le lit. Il la fit s'allonger et l'examina avec précaution pendant que Janna l'aidait à contrôler sa respiration. Enfin, après ce qui leur parut une éternité, le crâne du bébé apparut au bord du col de l'utérus. « Oh, mon Dieu, faites que ce ne soit pas trop tard », pria Janna en silence.

Les tissus périnéaux, qui avaient déjà subi des lésions lors des deux autres accouchements, étaient tendus à l'extrême ; et pourtant, ils continuaient à bloquer la tête du bébé.

— As-tu besoin des ciseaux ? demanda Janna à voix basse.

Finn secoua la tête.

— Il est trop tard pour réaliser une épisiotomie, répondit-il sur le même ton. Il y aura sans doute des déchirures, mais nous ne pouvons pas faire autrement...

Très délicatement, à l'aide de ses doigts gantés, il écarta encore davantage l'ouverture et attendit la contraction suivante. Alors, il ordonna à Lindsay de pousser doucement en prenant soin de souffler. De son autre main, il attrapa le crâne du bébé et l'aida à sortir. Fascinée par tant d'adresse, Janna observait la scène.

Non seulement Finn n'avait pas eu besoin d'utiliser les forceps, mais, de plus, il avait évité une nouvelle déchirure du périnée. Lindsay n'aurait même pas besoin d'être recousue ! C'était presque miraculeux... A en juger par le hurlement strident du nouveau-né, celui-ci débordait de vitalité.

Les yeux brillants, Janna prit la petite fille et la tendit à sa mère, épuisée mais ravie. Les cris furent bientôt remplacés par le bruit régulier de la succion et Lindsay leur adressa un sourire triomphant.

— Je vous avais bien dit que je réussirais, non ?

Finn s'effondra sur une chaise avec un soupir sonore.

— Ne refais jamais ça, Lindsay ! Jamais, tu m'entends ? Te rends-tu compte que tu as failli perdre ton bébé ?

Le visage de Fergus s'assombrit.

— Lindsay, tu es complètement folle, chérie... Comment diable ai-je pu épouser une femme aussi bornée ?

La jeune femme haussa les épaules.

— Tu m'en veux parce que tu peux dire au revoir à la prime d'assurance, lança-t-elle d'un ton taquin.

Malgré leurs propos légers, une grande émotion se lisait sur leurs visages.

Finn secoua la tête.

— On peut dire que vous vous êtes trouvés, tous les deux ! Mais l'heure n'est pas aux bavardages. Nous avons encore du travail, ajouta-t-il en fouillant dans sa sacoche.

Il était presque 2 heures du matin lorsqu'ils prirent congé des Baird. Finn raccompagna Janna chez elle. Il avait encore vingt kilomètres à parcourir pour rentrer chez lui et, sur une impulsion, elle lui proposa de passer la nuit — ou plutôt ce qu'il en restait — chez elle.

— De toute façon, tu dois assurer les consultations du matin ici. Ce serait idiot de faire tout ce chemin pour revenir dans quelques heures.

Finn parut hésiter.

— Es-tu sûre que ce soit une bonne idée ?

Non, elle n'était pas sûre du tout, mais il était trop tard pour revenir sur sa proposition.

— C'est une excellente idée, dit-elle d'un ton léger. Pense aux heures de sommeil que tu vas gagner en restant ici.

— En fait, je pensais plutôt à ta réputation au village...

— Oh, arrête avec ça ! Nous sommes de simples collègues, non ?

Finn esquissa un sourire amusé.

— Ce n'est pas à moi qu'il faut le dire, Janna, mais plutôt aux commères du village !

— Elles dorment à poings fermés à cette heure-ci... Ne t'inquiète pas pour ça.

Finn la suivit dans la maison sans mot dire. Elle traversait le hall, les bras chargés de draps, quand il prit la parole.

— Est-ce vraiment raisonnable, Janna ? Je ne voudrais pas compromettre ta réputation au sein de notre charmante communauté, dit-il d'un ton mi-figue, mi-raisin.

Janna ne put s'empêcher de rire.

— Finn, ne te donne pas tout ce mal. Tu as déjà compromis ma réputation une bonne centaine de fois !

Ils gravirent l'escalier côte à côte et Finn la suivit jusqu'à la chambre d'amis. Il arborait une expression intriguée.

— Pourquoi dis-tu cela ? A ma connaissance, je n'ai jamais rien fait qui puisse nuire à ton image.

— Vraiment ?

Cette fois, elle éclata de rire.

— Tu as la mémoire courte, Finn ! Tu ne te souviens peut-être plus des nombreuses fois où nous allions pêcher la truite dans l'étang de MacWhirter, alors que nous étions censés être au catéchisme ? Et tu as sans doute oublié notre folle équipée sur ton vélo, lorsque nous avons traversé Port Mackie à une vitesse vertigineuse pour atterrir lamentablement dans les massifs de roses de Mme Cameron, après que les freins eurent lâché ? Et la fois où le vieux MacPhee nous a tous surpris en train de nous baigner, nus comme des vers, à Camas Ciuicharan ?

Finn prit un air faussement sévère.

— Toutes ces brillantes idées venaient de toi, Janna !

— Et alors ? Tu y participais de bon cœur et tout le monde croyait que c'était toi qui avais une mauvaise influence sur moi !

Il lui décocha un sourire ravageur et la fameuse fossette creusa sa joue ombrée d'une barbe naissante.

— D'accord, d'accord, ta réputation n'a plus rien à craindre et je suis le seul responsable ! *Mea culpa !* Puisqu'il est trop tard pour s'en soucier, j'accepte ton invitation.

Il l'aida à faire le lit.

— Tu veux une tasse de thé ? proposa Janna en disposant les oreillers sur la couette.

— Non, merci. Je ne tiens plus debout.

— Je vais te chercher une serviette de bain.

Elle passa à côté de lui, luttant contre l'envie de l'enlacer et de le remercier d'avoir sauvé la vie de Lindsay et celle de son bébé.

Quelques minutes plus tard, elle lui tendait une serviette, un gant de toilette et une brosse à dents.

— Voilà. Bonne nuit, Finn.

— Bonne nuit, répondit-il d'un ton absent.

Le cœur lourd, Janna gagna sa chambre. Que désirait-elle vraiment, à la fin? Avait-elle espéré qu'il la prenne dans ses bras et qu'il l'embrasse à en perdre haleine?

Une bouffée de désir la submergea soudain. Frissonnante, elle s'assit devant la coiffeuse et ôta fébrilement les épingles de son chignon. Sa masse de cheveux retomba sur ses épaules en vagues souples et soyeuses. Ses yeux verts semblaient démesurément grands dans son visage pâle. Elle était épuisée, et la fatigue semait la confusion dans son esprit.

D'un geste sec, elle reposa la brosse, se déshabilla et enfila sa courte nuisette de satin ivoire. A pas de loup, elle se dirigea vers la salle de bains. La maison était plongée dans le silence. Finn s'était probablement endormi. Elle fit une toilette rapide et sortit de la petite pièce pour se heurter à Finn.

Elle recula vivement et s'apprêtait à poursuivre son chemin lorsque ses yeux se posèrent sur le large torse couvert d'une fine toison brune. Elle connaissait chaque centimètre carré de cette peau veloutée, et pourtant, elle ne se lassait pas de contempler son corps admirablement découplé. Son regard glissa lentement sur le ventre plat et musclé...

Comme frappée par la foudre, elle leva brusquement les yeux et capta le regard étincelant de Finn. Ils se contemplèrent un long moment, prisonniers du silence qui régnait dans la maison vide, conscients des battements désordonnés de leurs cœurs.

Finn fut le premier à réagir. Avec une parole d'excuse, il s'effaça pour la laisser passer. Sans oser le regarder, Janna battit en retraite, encore brûlante d'un désir que lui seul saurait assouvir...

3.

Quand Janna descendit dans la cuisine le lendemain matin, Finn était déjà parti. Un petit mot reposait contre la théière.

« Bonjour ! Je serai de retour vers 8 h 30... Un petit déjeuner serait le bienvenu ! A tout à l'heure, Finn. »

Un sourire aux lèvres, Janna ouvrit la porte du réfrigérateur et poussa un petit gémissement devant les clayettes vides. Un coup d'œil à sa montre la rassura. Il était 8 h 15 : l'épicerie serait ouverte et elle avait juste le temps d'y faire un saut avant le retour de Finn.

Derrière son comptoir, Moira, petite femme à la silhouette replette, l'accueillit avec un large sourire.

— Bonjour, Janna ! J'étais sûre de te voir ici après la nuit mouvementée que tu as passée. Qu'est-ce qui te ferait plaisir, ma belle ?

Janna sentit son cœur chavirer. Elle aurait dû se douter que Moira serait au courant des derniers événements ! Enfin, maintenant qu'elle était là, elle n'avait plus qu'à se montrer patiente et courtoise. Après tout, elle n'avait rien à se reprocher. Il ne s'était *rien* passé ! Avec un peu de chance, Moira ignorait que Finn avait dormi chez elle. Consciente du regard perçant de la commerçante, elle répondit d'un ton enjoué :

— Bonjour, Moira. Je voudrais quatre tranches de bacon, quelques tomates et six œufs... Oh, et donne-moi aussi un pain de mie bien frais. J'ai peur que le mien soit un peu rassis !

— Il doit avoir une faim de loup après sa nuit agitée, je me trompe ? demanda Moira en lui adressant un clin d'œil complice.

Le rouge aux joues, Janna chercha désespérément une réponse neutre. Pourquoi avait-elle eu l'idée saugrenue de venir ici ? C'était encore la faute de Finn, bien sûr ! A cet instant précis, sa voix grave, légèrement enrouée, la fit sursauter.

— Tu ne crois pas si bien dire, Moira. Mon estomac crie famine et j'ai réussi à convaincre Janna de me préparer le petit déjeuner, expliqua-t-il d'un ton désinvolte. Lindsay Baird a accouché d'une adorable petite fille cette nuit.

Moira le gratifia d'un de ses regards inquisiteurs dont elle avait le secret.

— Oui, je suis au courant. La nuit a dû être courte pour vous deux, ajouta-t-elle avant d'assener le coup final : enfin, tant que tu n'as pas abusé de la situation avec cette chère Janna...

Un sourire désarmant se dessina sur les lèvres de Finn et Janna ne put s'empêcher d'admirer son beau visage aux traits fermes. Sa barbe naissante ajoutait encore à son charme viril, terriblement sexy.

— Moira ! Est-ce que par hasard tu ne me ferais pas confiance ?

La commerçante émit un grognement éloquent.

— Pourquoi, je devrais ?

Avec un sourire mal dissimulé, elle disposa six gros œufs dans une boîte et entreprit de couper quatre épaisses tranches de bacon.

— Alors, comment va la petite ?

— C'est un magnifique bébé en excellente santé, répondit Finn en sortant son portefeuille.

Avant que Janna ait eu le temps de réagir, il régla les achats, prit le sac en papier d'une main et lui présenta son autre bras.

— Viens, Janna. Je vais tomber d'inanition si nous restons une minute de plus ici !

Agacée par son attitude autoritaire, Janna le foudroya du regard avant d'adresser un faible sourire à Moira qui les observait d'un œil intéressé. Elle passa devant Finn, tentant d'ignorer la main chaude et ferme posée dans son dos.

— Bonjour, Finn. Bonjour, Janna.

Finn esquissa un sourire.

— Bonjour, madame McAlister. Belle journée, n'est-ce pas ?

La vieille femme, réputée pour sa langue déliée, prit appui sur son balai et leva les yeux vers le ciel limpide.

— En effet, il va faire un temps splendide. Alors, comment se porte le nouveau-né ?

Janna avala sa salive. Tout le village était-il au courant de ce qui s'était passé la nuit dernière ? La pression de la main de Finn s'accentua comme il la poussait doucement vers sa voiture, garée de l'autre côté de la rue.

— Comme un charme, répondit-il sans ralentir le pas. D'ailleurs, nous irons lui rendre visite dès que nous aurons pris notre petit déjeuner.

— Très bien... très bien. Prépare-lui un repas consistant, Janna. Il n'a pas dû épargner ses efforts la nuit dernière, lança la vieille femme avant de reprendre son balai, un léger sourire au coin des lèvres.

Janna émit un soupir exaspéré. Personne ne dormait donc jamais dans ce village ? Elle entendit le rire rauque de Finn derrière elle et une vague de colère l'envahit. Dire que c'était elle qui avait eu la brillante idée de l'inviter à rester !

— Plus jamais, maugréa-t-elle pour elle-même, mais Finn l'entendit et son rire redoubla.

Le diable d'homme !

— Ah, Janna, ne prête pas attention à toutes ces vieilles pies curieuses...

Un sourire angélique aux lèvres, il lui ouvrit la portière, déposa le sac sur ses genoux et s'installa au volant. La voiture remonta lentement la rue, laissant les « vieilles pies curieuses » à leurs commérages. Janna ferma les yeux et se laisser aller contre l'appuie-tête en cuir.

— Fatiguée ?

Son ton plein de sollicitude lui réchauffa le cœur.

— Un peu.

Elle se tourna vers la vitre et regarda les maisons défiler d'un air distrait. Dans son esprit régnait la plus grande confusion. Parviendrait-elle à se satisfaire d'une relation purement amicale avec Finn ? La réponse était loin d'être simple. Elle attendait plus de lui... beaucoup plus. En fait, elle aurait aimé retrouver ce qu'ils avaient partagé autrefois. L'insouciance, la tendresse, la passion. Mais les belles promesses étaient envolées depuis longtemps déjà...

Il n'y avait plus d'amour entre eux. A présent, Finn voyait en elle une collègue, voire une amie. Et s'il lui restait une once de bon sens, elle ne songerait pas à lui offrir davantage. Il l'avait blessée une fois. Ne disait-on pas que l'histoire se répétait ?

Elle prépara le petit déjeuner pendant que Finn prenait une douche. Lorsqu'il réapparut, rasé de près, ses cheveux encore humides lissés en arrière, Janna sentit son pouls s'accélérer. « Reprends-toi, Janna, tu n'as plus dix-huit ans ! » pensa-t-elle en essayant de se concentrer sur le petit déjeuner. Mais ses efforts demeurèrent vains et Finn sauva de justesse le bacon qui grésillait dans la poêle. Il fit revenir les tomates et confectionna lui-même l'omelette, l'autorisant juste à préparer le thé et à glisser les tranches de pain dans le toaster.

Pendant que l'eau chauffait, Janna se surprit à contempler ses larges épaules, ses hanches étroites et ses longues jambes musclées. Il bougea et l'étoffe du pantalon se plaqua contre ses cuisses superbement sculptées. La jeune femme se détourna vivement. A quoi jouait-elle, plantée dans sa cuisine, en train de le déshabiller du regard ? Finn n'était qu'un collègue ! Rien de plus... Et elle devait faire en sorte que leur collaboration se déroule harmonieusement. Sans ambiguïté.

— Il y a eu un appel ce matin ? demanda-t-elle avec une nonchalance qu'elle était loin d'éprouver.

— Oui. C'était le vieux Mac McDougall. Il s'était trompé dans les médicaments que tu lui avais prescrits et il n'arrivait plus à remettre la main sur l'ordonnance. Le pauvre semblait affolé et j'ai préféré passer pour le rassurer. Heureusement, la confusion qu'il avait faite ne porte pas à conséquence.

Tout en parlant, il avait disposé sur la table deux assiettes copieusement remplies. Janna apporta la théière et les toasts et ils s'installèrent l'un en face de l'autre.

— Il perd la raison, Finn. Et comme Betty Buchan, il refuse d'entrer en maison de retraite. Je passe le voir plusieurs fois par semaine pour vérifier que tout va bien et la femme de ménage ainsi que l'aide-soignante veillent à ce qu'il ne manque de rien.

Finn fronça les sourcils.

— Tout ça te fait un surcroît de travail considérable, dit-il avant de mordre à belles dents dans un toast beurré.

— Pourquoi me suis-je installée ici, à ton avis ? répliqua Janna. Si Mac et les autres n'avaient pas besoin de moi, je travaillerais en ville au lieu de me retrouver sur une péninsule perdue dans l'Atlantique, à deux heures de route d'une grande agglomération !

Finn eut un sourire compréhensif.

— C'est sûr... Le bacon de Moira est délicieux. Elle se fournit toujours à Inverberg ?

— Oui. Elle y va une fois par semaine.

— Mmm... C'est une pure merveille, dit-il en entamant sa troisième tranche.

Janna l'observa d'un air attendri avant de commencer à manger. Au bout d'un moment, elle leva les yeux.

— Finn, je suis heureuse que tu sois de retour. Je me fais du souci pour ta mère, tu sais.

— Ces deux remarques sont-elles liées, ou bien essaies-tu de me dire quelque chose ? demanda-t-il en la fixant de son regard pénétrant.

Le cœur de Janna battit plus vite.

— Ne dis pas de bêtises. Bien sûr qu'il y a un lien entre ces deux remarques !

Finn hocha lentement la tête. Un sourire malicieux retroussait ses lèvres.

— Mmm, je vois. Tu espères pouvoir te décharger de ses soins sur moi, c'est ça ?

Janna ne put s'empêcher de rire.

— Arrête, Finn, essaie d'être sérieux pour une fois ! Je voudrais vraiment te parler d'elle.

Redevenu grave, il prit sa tasse de thé, se carra sur sa chaise et la dévisagea.

— Et que veux-tu me dire de si important ?

Elle choisit ses mots avec soin.

— Ta mère se sent très seule depuis la mort de ton père. Heureusement, les cours de cuisine qu'elle donne à l'école occupent quelques-unes de ses longues journées. Il y a aussi le Club du Troisième Age, mais, malgré tout, elle n'a pas retrouvé le goût de vivre. Ça fait six ans que ton père nous a quittés, Finn, et l'état de ta mère m'inquiète beaucoup.

— Moi aussi, je l'avoue...

— Nous habitons une région très isolée, poursuivit Janna. En hiver, il n'y a pratiquement rien à faire et, bien souvent, elle ne peut même pas sortir à cause du mauvais temps. Cette solitude est en train de lui miner le moral.

Finn la considéra d'un air surpris, comme si l'amour qu'il vouait à cette péninsule écossaise l'empêchait d'admettre la vérité.

— Tout est tellement beau ici, tellement sauvage..., dit-il, songeur. Je pensais que le spectacle superbe qui s'offre à elle chaque jour réussirait à apaiser sa peine.

Janna laissa échapper un rire sans joie.

— Ce serait probablement le cas si elle était plus jeune, en pleine forme... Et surtout si elle avait une raison de vivre.

Le visage de Finn s'assombrit.

— Es-tu en train de me dire que ma mère n'a plus aucune raison de vivre ?

Il y eut un silence pesant. Forçant son courage, Janna répondit d'un ton grave :

— C'est exactement ce que j'essaie de te faire comprendre, Finn. Ta mère se sent terriblement seule et délaissée. Plus rien ne la fait vibrer. Si elle n'avait pas ces cours de cuisine, je suis sûre qu'elle sombrerait doucement dans une dépression qui pourrait avoir une issue fatale...

Finn baissa les yeux sur ses mains jointes.

— Je savais qu'elle ne s'était pas remise du décès de mon père, dit-il, le ton enroué soudain. Mais j'ignorais que sa peine était à ce point vivace. Je suis son fils... j'aurais dû m'en apercevoir. Mais non... Je croyais que...

Sa voix se brisa et Janna tendit une main vers les siennes.

— Je suis sûre que ta présence va l'aider à s'en sortir, Finn. Tu lui as beaucoup manqué, tu sais...

Il se redressa et croisa son regard.

— Et à toi, Janna, est-ce que je t'ai manqué ?

Si seulement il savait, songea-t-elle comme un étau lui serrait le cœur.

— Tu as manqué à tout le monde, ici, répondit-elle à mi-voix.

Elle retira ses mains et baissa les yeux de peur que Finn n'y lise tout l'amour qu'il lui inspirait.

— Je ferais mieux d'aller voir les Baird avant que les consultations commencent. Tu n'es pas obligé de venir, tu sais.

Il la suivit dans le hall sans mot dire. Troublée, Janna prit sa sacoche, enfila une veste légère et se dirigea vers la porte. Finn l'accompagna sur le perron. Les mains enfouies dans les poches de son pantalon, le regard insondable, il l'observait.

— Tu prends la fuite, Janna ? demanda-t-il dans un souffle.

La jeune femme se raidit.

— Pas du tout. Viens, si tu veux. Je voulais simplement te faire gagner du temps sur ton programme, répondit-elle en se forçant à soutenir son regard.

Finn eut un rire moqueur.

— Tu as raison. Je vais rester ici pour préparer les consultations. Tu n'as pas besoin de moi, de toute façon. Embrasse la petite famille pour moi, d'accord ?

Sur un hochement de tête, Janna dévala les marches du perron et lutta contre l'envie de courir jusqu'à sa voiture. Décidément, Finn la poussait toujours à agir comme une enfant ! Plongée dans ses pensées, elle prit le chemin de la maison des Baird, perchée sur une colline qui surplombait Port Mackie.

Mais la distance qu'elle mettait entre Finn et elle était purement fictive. Quoi qu'elle fasse, il restait présent dans sa tête, jour et nuit, comme un fantôme qui errait dans un lieu qu'il avait bien connu.

⁂

La matinée fut chargée. De retour au cabinet, Janna s'occupa des patients avec Finn. Elle changea les pansements, se chargea des prises de sang et des vaccins et reçut les patients qui venaient pour un bilan de santé.

L'électrocardiogramme de Mme Linley révéla une arythmie importante. Avec un sourire rassurant, Janna demanda à la patiente d'attendre un moment dans le hall de réception pendant qu'elle allait trouver Finn.

— C'est Mme Linley, annonça-t-elle en entrant dans son bureau. Elle souffre d'arythmie.

Elle lui tendit le dossier. De son index, Finn suivit le tracé irrégulier de l'électrocardiogramme et fronça les sourcils. Les yeux rivés sur ses longs doigts aux ongles courts et carrés, Janna laissa ses pensées vagabonder. Elle se revit allongée contre lui, tremblante de désir, offerte. Elle eut presque l'impression de sentir ses mains redessiner son corps brûlant. Son cœur battait violemment dans sa poitrine.

— Battements irréguliers, c'est ça ?

Janna tressaillit. Etait-ce à ce point évident ? Devant son air abasourdi, Finn soupira.

— Je te parle de Mme Linley, dit-il d'une voix impatiente. Je préfère l'envoyer consulter un spécialiste.

Mme Linley. Bien sûr. Janna hocha la tête.

— Annonce-lui gentiment, Finn. Elle est d'une nature anxieuse.

— D'accord. Tu crois que nous avons le temps de boire un café ?

— Accorde-moi cinq minutes. Il me reste un pansement à changer. Je préparerai le café avant de partir en visite.

— Merci. Comment se portait le bébé « miraculé » ?

L'expression de Janna se radoucit.

— Elle est magnifique. Elle dormait paisiblement, et si tu veux mon avis, le stress qu'elle nous a causé est le cadet de ses soucis !

Finn leva les yeux au ciel.

— C'est bien une femme !

Une lueur espiègle dansait dans son regard bleu et Janna lui décocha un sourire éclatant.

— Je dois avouer que tu as l'air particulièrement stressé, ces jours-ci, lança-t-elle avant de s'éclipser.

Elle l'entendit marmonner quelque chose et son sourire s'épanouit. Puis sa voix grave retentit dans le hall.

— Madame Linley ? Entrez, je vous en prie.

Janna sourit à la patiente avant de se réfugier dans le calme relatif de son propre bureau. Son dernier patient était le vacancier qui s'était entaillé le mollet en tombant sur un morceau de ferraille le lundi. Il bavardait gaiement avec le vieux Jamie Barr dans la salle d'attente et Janna en profita pour mettre de l'ordre dans la pièce avant de l'appeler.

Au fil des jours, une évidence s'imposait à elle : ses sentiments pour Finn n'étaient pas morts et le simple fait de le revoir avait rallumé la flamme qui vacillait dans son cœur depuis sept longues années. Réussirait-elle à dissimuler longtemps ses émotions ?

Peut-être qu'en se jetant à corps perdu dans le travail... Avec un petit rire teinté de dérision, elle ouvrit la porte et fit entrer M. Gibbs.

Le reste de la semaine s'écoula rapidement. Partagée entre les visites à domicile et les consultations, Janna ne vit pas le temps passer.

Finn avait prescrit des somnifères à Betty Buchan, mais cette initiative eut l'effet inverse de celui escompté. La vieille femme semblait nager en pleine confusion la journée et Finn se demandait si elle ne dépassait pas la dose prescrite en pensant avoir oublié le demi-comprimé qu'il lui avait suggéré de prendre chaque soir. Dans le doute, il préféra suspendre la prescription.

Janna lui rendit visite le vendredi matin. Elle prépara du thé et aborda avec diplomatie le sujet qui les préoccupait tous. Peut-être serait-il préférable d'aller vivre à la maison de retraite de Craigmore. Les soins qu'on y dispensait étaient d'une qualité irréprochable, le personnel était connu pour sa gentillesse et son dynamisme. Il y régnait une ambiance gaie et détendue...

Mais la réaction de Betty ne la surprit guère. Avec un sourire innocent, elle lui demanda des nouvelles de ses parents, du cabinet, de Finn, feignant n'avoir rien entendu de ce que Janna lui avait dit. La jeune femme n'insista pas. En revanche, elle se promit de demander à Finn de passer la voir bientôt. Peut-être saurait-il se montrer plus convaincant.

Il était presque midi lorsqu'elle quitta le cottage de Betty. Sur la route, elle aperçut Willy MacPhee, occupé à réparer une clôture derrière sa ferme. Elle se gara sur le bas-côté et sortit de son Austin en souriant.

— Bonjour, Willy ! Comment allez-vous, vous et Mme MacPhee ?

— Oh, on fait aller, mon enfant. Suzanne tournait un peu en rond ces derniers temps, mais elle va pouvoir sortir maintenant... Je me suis acheté une nouvelle voiture, ajouta-t-il avec une pointe de fierté dans la voix.

— Ah bon ? C'est formidable.

— Oui... C'est une voiture toute neuve. La première que je n'ai pas achetée d'occasion !

Janna sourit. Elle ignorait que le vieux fermier possédait des économies cachées. Mais, au fond, rien ne la surprenait ici !

— Eh oui, continua-t-il d'un ton enjoué, j'ai réussi à vendre la grange à un bon prix.

Janna blêmit.

— Quelle grange ? demanda-t-elle au prix d'un effort.

Le fermier tordit l'extrémité du fil barbelé à l'aide d'une pince avant de se redresser. Il affichait une expression réjouie.

— Celle de Camas Ciuicharan.

— Mais Willy, vous saviez que je voulais l'acheter !

D'un geste embarrassé, il souleva sa casquette et passa la main sur son crâne dégarni.

— Je sais, Janna, mais qu'en aurais-tu fait ? Là, au moins, je sais qu'elle sera utilisée à bon escient.

— Je voulais la restaurer, Willy, vous le *saviez*...

Il y eut un petit silence gêné.

— Je suis navré, mon enfant. J'étais pris à la gorge, la banque me réclamait de l'argent et l'offre est arrivée à point nommé. En plus, on m'a payé en liquide et ça m'a tiré une belle épine du pied, crois-moi.

Une vague de désespoir et de frustration mêlés déferla sur elle.

— Willy, j'avais l'argent sur un compte ! Pourquoi ne m'avez-vous pas appelée ?

Le fermier secoua la tête avec une moue penaude.

— Je suis désolé, vraiment. Je ne pensais pas que ton offre était sérieuse.

Janna ravala sa colère.

— Je suppose que le contrat est déjà signé ?

— Oh oui... Il y a quelques mois déjà que l'affaire a été conclue. J'ai même entendu dire que le jeune Angus avait commencé les travaux.

Angus Drummond dirigeait une entreprise de construction qui s'occupait principalement de bâtir des maisons de vacances, toujours plus nombreuses dans cette partie des Highlands. La nouvelle ajouta à la peine de Janna. *Sa* grange allait devenir une maison de vacances, habitée par des gens qui ne viendraient que deux ou trois fois l'an !

— Oh, Willy, votre grange va se transformer en résidence secondaire ! dit-elle d'un ton plaintif. Je voulais y habiter toute l'année, moi !

— Non, Janna, ce ne sera pas une maison de vacances. Finn compte s'installer là-bas définitivement.

Janna crut que son cœur allait cesser de battre.

— Finn ? Vous avez vendu la grange à Finn McGregor ?

Willy haussa les sourcils.

— Oui. Je suis surpris qu'il ne t'en ait pas parlé.

Janna demeura sans voix pendant plusieurs secondes. Une fois de plus, elle avait été trahie par l'être qu'elle aimait le plus au monde.

— Non, Willy, il ne m'a rien dit, dit-elle enfin d'une voix blanche. Dites bonjour à Mme MacPhee de ma part, d'accord ?

Comme un automate, elle regagna sa voiture et démarra. Mue par une impulsion, elle s'engagea sur la petite route qui menait à Camas Ciuicharan et se retrouva devant la grange.

Elle aperçut aussitôt la camionnette de l'entreprise d'Angus Drummond, garée sur la pelouse. Des bruits de marteaux et de scies montaient de la vieille bâtisse.

A pas lents, le cœur brisé, elle se dirigea vers ce qu'elle avait coutume d'appeler la « maison de ses rêves ». Celle de Finn, à présent. Penché au-dessus d'un établi, Angus leva les yeux vers elle. Un sourire éclaira son visage constellé de taches de rousseur.

— Bonjour, Janna. Je peux faire quelque chose pour toi ?

Elle esquissa un sourire forcé.

— Non, Angus, ne te dérange pas pour moi. J'étais juste curieuse de voir où en étaient les travaux.

— Nous avançons... Doucement mais sûrement. Il faut refaire l'arche qui donne sur la mer, ajouter des fenêtres, penser au toit, couler une dalle de béton sur le sol, énuméra-t-il en reprenant son ouvrage. Dieu merci, les murs de soutien sont en bon état. Il n'y a qu'à les consolider à certains endroits. Et les décaper, bien sûr. Est-ce que tu as vu Finn dans les parages ?

Janna serra les poings.

— Non. Mais je le verrai cet après-midi.

« Et il va voir de quel bois je me chauffe ! » ajouta-t-elle mentalement.

— Pourras-tu lui dire que j'aimerais le voir rapidement ? Il faut que nous prenions une décision en ce qui concerne les embrasures des fenêtres et l'équipement de la cuisine.

— Je lui transmettrai le message. Au revoir, Angus. Bon courage !

Elle pivota sur ses talons et son sourire contraint s'effaça instantanément. Elle avait envie de hurler, de pleurer, de trépigner comme une petite fille capricieuse. « Va au diable, Finn McGregor ! » cria une petite voix intérieure comme elle reprenait sa voiture.

Il venait à peine d'arriver lorsqu'elle pénétra dans le hall du cabinet médical.

— Angus Drummond aimerait te voir, annonça-t-elle d'un ton abrupt. Il veut te parler d'embrasures de fenêtres et d'équipements de cuisine, d'après ce que j'ai cru comprendre.

— Oh... Très bien. Je passerai le voir après les consultations.

La tête haute, elle se dirigea vers la cuisine, sortit le pain de mie et beurra une tranche avec des gestes secs. Derrière elle, Finn l'observait en silence.

Elle prit le pot de confiture, en étala une grosse cuillère sur la tranche de pain qu'elle plia en deux avant de mordre furieusement dedans.

— Janna ?

La voix de Finn était douce. Prudente.

— Oui ?

— Que se passe-t-il ?

— Que se passe-t-il ? répéta-t-elle en avalant une autre bouchée de sa tartine. Que diable peut-il bien se passer, à ton avis ? Rien, la vie est belle, je suis folle de bonheur...

Les mots moururent sur ses lèvres et elle se pencha en avant, les poings serrés sur le comptoir. Tellement serrés que ses ongles meurtrissaient sa paume. Elle ne pleurerait pas devant lui ! Oh non, elle ne lui accorderait pas ce plaisir !

Les mains de Finn se posèrent doucement sur ses épaules, chaudes et réconfortantes. Mais elle ne voulait pas de son réconfort, encore moins de sa pitié.

— Dis-moi ce qui ne va pas, Janna.

— Toi, murmura-t-elle d'une voix étranglée. Depuis ton retour, tout semble aller de travers.

— Sois plus précise, je t'en prie.

— La grange, Finn. Tu as acheté la grange... *ma* grange ! J'ai toujours voulu l'acheter. Des dizaines de fois, j'ai demandé à McPhee de me la vendre et, chaque fois, il refusait, prétextant qu'il devait encore réfléchir. Et voilà que tu arrives, après des années d'absence, et McPhee te cède la grange sans la moindre difficulté. J'en rêvais, Finn, et tu le savais ! D'ailleurs, tu n'as même pas eu le courage de me l'avouer toi-même, conclut-elle avec une grimace dépitée.

— Le courage ? répéta Finn d'un ton incrédule. Ce n'est pas une question de courage, Janna. J'avais décidé de t'y emmener dès que les travaux auraient avancé.

Janna se tourna brusquement vers lui. La colère déformait ses traits délicats.

— Pourquoi ? Tu comptais me narguer, m'impressionner, m'épater ? Pourquoi as-tu brisé mon rêve, Finn ?

Incapable de refouler ses larmes plus longtemps, elle

martela sa poitrine de ses poings serrés. En murmurant des paroles apaisantes, il l'enlaça gentiment et, au lieu de le repousser, les mains de Janna s'accrochèrent à ses larges épaules comme elle donnait libre cours à son chagrin.

Peu à peu, les sanglots s'apaisèrent. Les doigts enfouis dans son opulente chevelure, Finn l'obligea à lever la tête vers lui.

— Regarde-moi, ordonna-t-il d'une voix douce.

En proie à des sentiments contradictoires, Janna ouvrit ses paupières brûlantes et rencontra le regard grave de Finn.

— Je ne voulais pas te blesser en achetant la grange, Janna. Tu dois me croire. Je n'avais aucunement l'intention de te faire souffrir.

Elle secoua la tête.

— En fait, je suis furieuse contre MacPhee. Il savait que je brûlais d'envie d'acheter sa grange. Mais voilà, il se trouve qu'à ses yeux je ne suis *qu'une femme*, et il avait peur que je ne sache pas restaurer sa propriété. Avec toi, c'est différent. Il te fait confiance, comme tout le monde ici, d'ailleurs.

Elle ne parvint pas à dissimuler l'amertume dans sa voix et Finn exhala un long soupir.

— Tout le monde, sauf toi. Je donnerais tout pour savoir ce que j'ai fait pour mériter ta méfiance.

Janna faillit éclater de rire. Ce qu'il avait fait? Comment pouvait-il être aussi aveugle? Elle se libéra de son étreinte et poussa un cri d'horreur. Son sandwich à la confiture de framboises était écrasé sur la chemise blanche de Finn.

Saisissant l'occasion, elle entreprit de nettoyer la tache rose vif. Prise d'une frénésie incontrôlable, elle s'acharna contre elle, d'abord avec une éponge humide, puis avec un torchon pour essayer de sécher le tissu mouillé.

Finn se laissa faire un moment. Puis, après plusieurs minutes de ce traitement, il lui prit le torchon des mains.

— Je crois que ça ira.

Il s'écarta légèrement et la dévisagea.

— Tu ne veux pas en parler, c'est ça?

Elle secoua la tête.

— Non, Finn. Ça ne servirait à rien. C'est loin maintenant. Occupons-nous plutôt du présent.

Sans ajouter un mot, elle quitta la pièce et gagna son bureau. Là, elle vérifia le contenu de sa sacoche, s'assura que Finn n'avait pas besoin d'elle et partit pour ses visites à domicile.

Elle termina sa journée chez Jessie McGregor, la mère de Finn. Comme d'habitude, Janna entra sans frapper et appela Jessie pour lui annoncer son arrivée. Elle la trouva assise dans le salon, perdue dans la contemplation d'une photo. C'était une photo de son défunt mari. Des larmes ruisselaient sur son beau visage.

— Oh, Janna... Je ne t'ai pas entendue arriver, dit-elle en essuyant vivement ses joues humides.

D'un geste précipité, elle reposa le cadre. Emue, Janna s'approcha et prit la photo. Dougal McGregor se tenait sur le bateau de sauvetage, vêtu de l'uniforme des sauveteurs bénévoles. En dehors de ces activités, il avait été berger. Aussitôt après son mariage, il s'était installé dans la fermette que lui avait louée la famille de Janna. Au fil des ans, à force de courage, d'économies et de volonté, son troupeau de moutons s'était agrandi et il avait atteint une certaine aisance matérielle.

Dougal aimait la rudesse de ce pays. Il avait transmis toutes ses connaissances — souvent intuitives, toujours pleines de bon sens — à son fils qui ne le quittait pas d'une semelle quand il arpentait les pâturages. Il s'adressait à Finn, et aussi à la petite fille aux grands yeux verts qui suivait son fils comme une ombre.

Finn ressemblait tellement à son père. Grand, calme et réfléchi, généreux. Tous les habitants du village appréciaient Dougal, tout comme ils appréciaient Finn. Dougal avait trouvé la mort six ans plus tôt, alors qu'il essayait de porter secours à un plaisancier surpris par le grain. Le bateau de sauvetage avait coulé, emportant avec lui Dougal et trois autres hommes. Leurs corps n'avaient pas été retrouvés et le village ne s'était jamais complètement remis de la tragédie.

Jessie encore moins que les autres. Janna s'assit à côté d'elle et serra ses mains dans les siennes.

— Oh, Janna, il me manque tellement, chuchota Jessie en se remettant à pleurer.

Janna la serra contre elle, partageant un peu de sa détresse. Jessie avait été la seule à connaître le vrai Dougal. Jessie et Finn, peut-être.

Comment avait-il réagi à la mort de son père ? Elle l'ignorait. Elle n'avait pas cherché à le voir. Elle n'avait pas eu envie de le consoler. Une vive douleur lui étreignit le cœur. Comment avait-il interprété son silence, à l'époque ?

Mettant un terme à ses sombres pensées, elle se leva et prépara deux tasses de thé. Quand elle revint dans le salon, Jessie s'était calmée. Elles bavardèrent un moment puis Janna s'occupa de son pansement.

En général, les compresses au collagène venaient à bout des ulcères les plus tenaces, mais celui-ci résistait à tous les traitements. Janna appliqua une nouvelle pommade au centre de la lésion pour déclencher la cicatrisation. Peut-être aurait-elle plus de chance avec celle-ci. Une fois guérie, Jessie pourrait sortir plus facilement, ce qui l'aiderait à recouvrer un peu de son entrain.

Elle venait de terminer le pansement lorsque la porte d'entrée s'ouvrit. L'instant d'après, le pas régulier de Finn résonnait sur le carrelage du vestibule.

— Je pourrais très bien m'en occuper à ta place, Janna, dit-il en posant sa sacoche sur la table basse.

— Ça ne me dérange pas le moins du monde de soigner Jessie, répliqua la jeune femme. D'ailleurs, je suis sûre que tu ne te débrouillerais pas mieux que moi, ajouta-t-elle avec un clin d'œil à l'adresse de Jessie.

Finn les toisa d'un regard faussement dédaigneux.

— Ah les femmes ! Qui veut une tasse de thé ?

— Nous ne t'avons pas attendu, mon chéri, répondit Jessie avec un sourire attendri. Mais la théière est encore chaude.

Janna rassembla ses affaires, embrassa Jessie sur la joue et rejoignit Finn dans la cuisine.

— Elle n'a pas le moral, Finn, annonça-t-elle d'une voix douce. Elle était en train de pleurer quand je suis arrivée.

— Oui, j'ai remarqué... Sais-tu pourquoi ?

— Elle semblait perdue dans la contemplation d'une photo de ton père... Celle où il se trouve sur le bateau de sauvetage.

Finn hocha la tête.

— Elle la regarde très souvent... J'ai envie de l'emmener voir la grange ce week-end. Ça lui changera les idées.

Une question germa dans l'esprit de Janna.

— Est-ce qu'elle sait que tu ne vivras plus avec elle quand les travaux seront terminés ?

— Oui, bien sûr. Elle pense que la restauration de la grange est une idée merveilleuse et elle a déjà hâte de s'installer devant la future baie vitrée qui donnera sur la mer. C'est là que mon père a trouvé la mort, dans le goulet qui sépare la baie des îles. Elle a l'impression d'être plus proche de lui là-bas.

Sa voix était enrouée par l'émotion et, quand Janna leva la tête, elle remarqua ses yeux brillants, empreints de tristesse.

— Tu penses beaucoup à lui, n'est-ce pas ?

Il la considéra un moment en silence. Son regard incroyablement bleu reflétait le même chagrin que celui qui emplissait les yeux gris de sa mère.

— Mmm... Il me manque terriblement. C'était l'un de mes rares amis.

Janna comprit alors qu'elle avait, elle aussi, fait partie de ses amis. Que leur était-il arrivé ? En le perdant sept ans plus tôt, elle avait perdu plus qu'un amant. Elle avait perdu son meilleur ami. Probablement son seul véritable ami.

Finn avança lentement la main vers son visage. Ses doigts effleurèrent sa joue d'une caresse aérienne.

— J'ai l'impression que je ne sais pas m'y prendre avec mes amis, murmura-t-il. Je t'ai perdue, toi aussi, n'est-ce pas ?

Janna déglutit péniblement.

— Nous avons changé, Finn. Ce n'est plus aussi simple qu'avant.

— Pourquoi ? Pourquoi doit-on forcément compliquer les choses quand on vieillit ? Nous étions les meilleurs amis du monde, Janna, souviens-toi. Notre amitié n'a pas pu partir en fumée. C'est impossible.

Janna soupira. Ainsi, il avait envie qu'ils soient de nouveau amis. Mais l'homme qui se tenait devant elle n'était plus celui qu'elle connaissait mieux que personne, celui dont elle était tombée éperdument amoureuse. Elle ne savait rien de la vie qu'il avait menée pendant ces longues années d'absence. Il était comme un étranger pour elle. Un étranger qu'elle avait intimement connu, certes, mais qu'elle devrait apprendre à redécouvrir.

Devant son silence, Finn reprit la parole.

— Ne pouvons-nous pas repartir de zéro ? Mettre de côté nos griefs et apprendre à nous connaître comme si nous venions de nous rencontrer ? Personnellement, je suis sûr que la petite fille et l'adolescente que j'ai connues n'ont pas tant changé que ça. Je t'en prie, Janna...

Il planta son regard pénétrant dans le sien, comme s'il voulait percer son âme à jour, et Janna sentit ses dernières réticences l'abandonner. En dépit de ce que lui dictait son orgueil, elle avait *besoin* de lui, besoin de son amitié... De tout ce qu'il pourrait lui donner.

Inspirant profondément, elle soutint son regard.

— D'accord, Finn. Repartons sur de nouvelles bases.

4.

Le samedi matin, Janna se réveilla en pensant à Finn. En deux semaines, il avait réduit à néant sa volonté. *Deux* petites semaines avaient suffi pour qu'elle oublie ses bonnes résolutions.

Quoique, en y réfléchissant bien, elle s'en était plutôt bien sortie face à un adversaire aussi redoutable, alliant l'intelligence, l'humour et le charme !

Et elle s'apprêtait à succomber encore un peu plus à ses attraits en allant se promener avec lui ! Il faisait un temps magnifique : un soleil estival brillait dans le ciel bleu pâle. Quelques nuages s'effilochaient çà et là, plus proches d'une brume de chaleur que de cumulonimbus menaçants.

Ils avaient décidé de partir de Camas Ciuicharan et de descendre la colline jusqu'à Port Mackie où ils déjeuneraient. Puis ils remonteraient par la plage avant que la marée remonte.

C'était une promenade qu'ils avaient faite de nombreuses fois lorsqu'ils étaient enfants et, pourtant, un sentiment d'excitation emplit Janna comme elle laçait ses chaussures de marche en daim.

Dans la cour, le gravier crissa sous les pneus du 4x4. Une portière claqua, Finn gravit les marches du perron et Janna ouvrit la porte au moment où il allait frapper.

Il la détailla longuement, s'attardant sur ses longues jambes moulées dans un jean délavé.

— Je vois que tu as mis les chaussures adéquates, dit-il en souriant.

Ses yeux s'étaient assombris et un curieux frisson traversa Janna. Elle avait lu du désir dans le regard de Finn.

— Bien sûr, qu'est-ce que tu crois ? rétorqua-t-elle avec une nonchalance feinte. Nous y allons ?

— Tu es prête ?

Ils avaient parlé en même temps et ils rirent ensemble, retrouvant l'espace d'un instant la complicité qui les unissait autrefois.

— J'ai pris un paquet de biscuits et une bouteille d'eau dans mon sac à dos, déclara Finn. Tu veux y ajouter ton coupe-vent ?

Janna écarquilla les yeux.

— Il fait un temps superbe, Finn ! Regarde le ciel : il n'y a plus aucun nuage !

— Pour le moment peut-être. Allez, ne te fais pas prier : va chercher ton coupe-vent.

Janna obéit en protestant vaguement. Comme d'habitude, il avait raison : dans les Highlands, le temps pouvait changer d'une minute à l'autre, passant en un clin d'œil d'un grand soleil à une pluie diluvienne. Par précaution, Janna emporta également un petit pull en coton puis elle courut rejoindre Finn et lui tendit les vêtements en souriant.

— On y va ?

Il hocha la tête.

— Tu as l'air heureuse.

— Je *suis* heureuse. Cela fait une éternité que je ne suis pas allée me promener dans les collines.

Un sourire espiègle effleura les lèvres de Finn.

— Je ne suis donc pas la cause de ta bonne humeur ?

— Pour être franche, non !

Finn poussa un soupir à fendre l'âme.

— Tu me brises le cœur, Janna. J'espère que tu en es consciente, au moins !

Ils riaient encore en s'installant dans la voiture. Le trajet jusqu'à Camas Ciuicharan se déroula en silence. Finn avait mis une cassette de musique classique et Janna se détendit au son de la mélodie douce et apaisante. Ils longèrent la côte dentelée, forcés d'emprunter des routes sinueuses et cahotantes. De temps en temps, elle apercevait un morceau de mer que les rayons du soleil faisaient scintiller.

Ils passèrent près d'un petit *loch* entièrement nappé de nénuphars. Emerveillée par la beauté du paysage, Janna laissa échapper un soupir heureux. Pour une fois, elle n'était pas obligée de se concentrer sur la route !

— C'est beau, n'est-ce pas ? dit soudain Finn d'un ton presque révérencieux. Tu ne peux pas t'imaginer à quel point j'aime cette région. Ni à quel point elle m'a manqué, d'ailleurs...

— Je crois que si. J'ai éprouvé le même sentiment lorsque j'ai dû quitter le pays pour suivre ma formation d'infirmière. Et encore, elle ne durait que six ans. Alors que toi, tu t'es absenté douze ans, en tout.

Finn ne répondit pas. Il engagea la voiture sur la route de Camas Ciuicharan et quelques minutes plus tard, ils s'arrêtaient devant la grange. « *Sa* grange », rectifia Janna en contemplant la vieille bâtisse.

Il coupa le moteur et lui prit doucement la main.

— Janna ?

Le cœur battant, elle se tourna vers lui.

— Oui ?

— J'aimerais te faire visiter l'intérieur et t'expliquer les changements que je compte y apporter.

Une vive douleur s'empara d'elle, mais elle parvint à la surmonter. Après tout, il était préférable que ce soit Finn qui l'ait achetée, et pas un touriste qui l'aurait restaurée en dépit du bon sens.

Elle le suivit donc à l'intérieur. La pièce centrale était de taille moyenne, mais le plus important à ses yeux était l'immense ouverture qui surplombait la mer. Janna avait eu l'intention d'y installer une baie vitrée. Elle aurait aménagé la chambre et la salle de bains de l'autre côté.

Les projets de Finn étaient sans doute différents, et elle se tut, dévorée par la curiosité. Mais il la surprit une fois de plus. Certes, il avait prévu d'aménager trois chambres et une salle de bains à l'étage, éclairées de lucarnes percées dans le toit, mais sa vision du salon était identique à la sienne : une grande pièce face à la mer, dotée d'une cuisine équipée séparée par un comptoir, et un petit bureau dissimulé derrière l'escalier.

Finn tenait à utiliser des matériaux naturels : du bois et de la pierre, principalement. Le parquet du rez-de-chaussée serait parsemé de tapis en laine qui apporteraient à l'ensemble une note de chaleur. Le mobilier serait simple : armoires et commodes de pin, sofa et fauteuils recouverts de calicot écru égayés par des coussins dans des tons de cannelle, safran et ocre. Un crépi ivoire recouvrirait les murs et Finn avait déjà prévu d'y accrocher de grandes aquarelles.

— J'ai commandé plusieurs toiles à un de mes amis d'Edimbourg. Ce sont de merveilleux paysages esquissés à grands coups de pinceaux. Sauvages et rudes, comme notre région, et débordants de couleurs riches et chaudes. Il fait un travail fabuleux. Je te montrerai quelques-unes de ses toiles. Elles sont chez ma mère. A l'étage, je pensais qu'il...

Il parlait avec tellement d'enthousiasme que Janna avait l'impression que la grange se transformait sous ses yeux. Elle imaginait Finn en train d'évoluer dans sa nouvelle maison, assis à son bureau, dans la cuisine ou encore debout devant l'immense baie vitrée, les yeux rivés sur l'océan déchaîné.

La gorge nouée, elle perdit bientôt le fil de ses explications. Comme elle aurait aimé partager cette maison avec lui ! Mais même s'il le lui avait proposé, aurait-elle été capable d'oublier le chagrin qu'il lui avait causé sept ans plus tôt ?

De toute façon, il y avait un gouffre entre la relation amicale qu'avait souhaitée Finn et l'amour qu'elle réclamait. Il lui avait simplement proposé de redevenir amis. Rien de plus.

Un soupir s'échappa de ses lèvres et Finn s'interrompit. Il se tourna vers elle, l'air gêné, et se passa nerveusement la main dans les cheveux.

— Bon sang, Janna, je suis navré, murmura-t-il d'un ton bourru. Je ne voulais pas remuer le couteau dans la plaie...

Janna s'efforça de sourire.

— Oh non, ne t'inquiète pas ! Tes idées sont fantastiques. Pour être franche, je préfère savoir la grange entre tes mains plutôt que de la voir transformée en résidence secondaire.

Elle consulta sa montre, puis leva les yeux vers le ciel.

— Il est peut-être temps de commencer notre promenade ?

Finn parut sur le point de dire quelque chose, mais il se contenta d'acquiescer d'un signe de tête.

Ils marchèrent en silence pendant quelques minutes puis le sentier s'élargit et Finn attendit qu'elle le rejoigne.

— Ça va ?

— Je suis juste un peu essoufflée... J'ai perdu l'habitude de gambader dans les collines !

Finn ne fut pas dupe. Il lui prit la main et la serra doucement avant de continuer son chemin. Janna n'eut pas d'autre choix que de suivre sa cadence, terriblement consciente de son corps puissant, de ses doigts chauds qui emprisonnaient les siens.

Ils atteignirent enfin le sommet de la colline et Finn la libéra. La baie s'étendait à leurs pieds, avec la grange nichée au creux du vallon et l'océan, semblable à un vaste miroir, piqueté d'îles minuscules. Une écharpe de brume flottait au-dessus des eaux étincelantes, conférant à l'ensemble une impression de mystère. Au loin, la corne d'un bateau déchira le silence tandis qu'en contrebas, sur la plage, des rires d'enfants retentissaient.

— C'est magnifique, n'est-ce pas? demanda Finn dans un murmure. A mes yeux, il n'y a pas d'endroit plus beau au monde. C'est pour cette raison que je voulais la grange. Tous mes amis sont ici, avec moi : mon père, quelque part dans les brumes, Fergus, Lindsay, toi... Surtout toi.

Il pivota vers elle, et sa voix se fit langoureuse.

— Chaque fois que je pénètre dans cette grange, Janna, je pense à toi. Je ne voulais pas te blesser tout à l'heure en parlant de mes projets, mais j'avais besoin d'avoir ton avis. Je veux que tu aimes ce que je compte faire là-bas.

Il haussa les épaules, comme s'il avait du mal à comprendre ses propres motivations. Comme si c'était une fatalité et qu'il n'y pouvait rien.

Janna comprenait son état d'esprit pour avoir vécu la même sensation à plusieurs reprises, au cours de ces années de séparation. Souvent, elle avait eu besoin de parler au seul être capable de la comprendre, de la conseiller, de la soutenir ou de lui ouvrir les yeux. Ni ses parents, ni ses amis, encore moins ses collègues, n'avaient pu remplacer Finn.

Elle lui adressa un sourire sincère.

— J'adore ce que tu fais de la grange. Je suis sûre que ce sera de toute beauté et j'espère que tu seras heureux là-bas.

Les plis qui barraient son front disparurent instantanément et un sourire étira ses lèvres.

— Merci.

Il posa la main sur sa joue et la considéra avec gravité.

— Tu es très généreuse avec moi. Tu es également très belle.

Elle sentit ses joues s'empourprer, mais son embarras s'envola dès que Finn l'attira dans ses bras. La tendresse qu'elle lut dans son regard lui coupa le souffle et elle ferma les yeux pour recouvrer ses esprits. Sa tentative fut vaine. Lorsqu'elle rouvrit les paupières, le visage de Finn était tout proche du sien. L'instant d'après, il captura ses lèvres dans un doux baiser.

Janna répondit à sa caresse sans retenue. Cela faisait deux semaines qu'elle brûlait d'envie de sentir le goût salé de sa bouche sur la sienne... Les sensations n'avaient pas changé. Elles étaient toujours aussi intenses. Epoustouflantes.

D'instinct, elle plaqua ses mains sur son torse vigoureux, retrouvant avec délice le tracé de ses muscles puissants sous le T-shirt. Leurs langues se mêlèrent, le baiser s'intensifia et Finn la serra plus fort contre lui.

Il la désirait et la force de son désir l'excita davantage. Oubliant toute réserve, elle répondit à son baiser avec fougue, arquant son corps brûlant contre le sien. Elle avait envie de se fondre en lui, de laisser courir ses doigts sur sa peau satinée, de sentir le poids de son corps sur le sien.

Avec un gémissement, elle tira sur le T-shirt qui l'empêchait de savourer pleinement ces instants de volupté. Les doigts de Finn encerclèrent son poignet.

— Doucement, Janna, chuchota-t-il contre ses lèvres.

Dès qu'il s'écarta, une impression de vide la submergea, vite remplacée par un sentiment de profonde humiliation. Que devait-il penser d'elle ? Elle s'était jetée dans ses bras, ni plus ni moins !

Mortifiée, elle se dégagea et lui tourna le dos, encore frissonnante de plaisir.

— Janna ?

— Ça va..., dit-elle en recouvrant péniblement son calme.

— Tu as de la chance, répondit Finn d'un ton ironique. Parce que, moi, ça ne va pas du tout.

Elle pivota sur ses talons et retint son souffle. Son regard trahissait des sentiments identiques aux siens : il y avait de la surprise, de la tendresse, de la mélancolie et un peu de frustration.

Il tendit la main vers elle et elle se réfugia dans ses bras, trop heureuse de retrouver leur cocon chaud et rassurant. Ils demeurèrent un long moment enlacés. Les battements de leurs cœurs reprirent peu à peu un rythme normal et Janna se décida enfin à lever les yeux vers Finn.

Il lui sourit. Son regard pétillait d'humour.

— Eh bien, dit-il lentement, on peut dire que ça, c'était un baiser !

Elle eut un petit rire.

— N'est-ce pas ?

A contrecœur, elle se libéra de son étreinte et posa son regard sur l'océan, un peu mal à l'aise. Toujours grâce à son humour, Finn vint à son secours.

— A présent, deux solutions s'offrent à nous. Soit nous reprenons les choses là où nous les avons laissées et nous faisons l'amour ici, au milieu du chemin, au risque de provoquer une certaine agitation parmi les randonneurs, soit nous essayons de nous ressaisir et nous descendons à Port Mackie pour assouvir une autre faim. Etant donné que nous avons tous les deux une réputation à défendre, j'opte — à contrecœur, je l'avoue — pour la dernière solution.

Il lui adressa un sourire provocant.

— Doit-on organiser un vote en bonne et due forme?

Janna pouffa.

— Finn, tu es impossible! Quoi qu'il en soit, je meurs de faim.

— Ça ne m'étonne pas!

Par jeu, elle lui donna un petit coup sur l'épaule et il tendit le bras pour l'attraper, mais elle se déroba et partit en courant vers le chemin qui descendait sur Port Mackie. Finn se lança à sa poursuite, proférant un chapelet de menaces. Le rire de Janna résonnait à ses oreilles.

Soudain, une main s'abattit sur son épaule. Avec un petit cri, elle tenta de s'échapper, mais le bras de Finn s'enroula autour de sa taille, la forçant à s'immobiliser. Ils se regardèrent en riant, tous deux hors d'haleine.

— Petite chipie... Tu aurais pu trébucher et te faire très mal, tu sais.

Il souriait et ses yeux étaient pleins de malice. Brusquement, Janna eut l'impression de se retrouver des années en arrière. Le Finn de son enfance se tenait devant elle, à la fois prévenant et insouciant. Guidée par une force invisible, elle leva la main et lui caressa la joue.

— Bienvenue, Finn.

Son regard devint grave, animé par une lueur énigmatique. Il tourna légèrement la tête et posa un baiser dans le creux de sa paume.

— Merci, Janna, dit-il d'une voix curieusement enrouée.

Il se recula et lui tendit la main.

— Si nous allions déjeuner?

— D'accord.

Main dans la main, ils parcoururent le reste du chemin jusqu'à Port Mackie.

— Nous arrivons juste à temps, dit Finn comme la camionnette qui vendait le traditionnel *fish and chips* se garait devant la plage.

Ils achetèrent leur repas et s'installèrent sur un gros rocher plat, fermement planté dans le sable blanc. Quand il eut terminé de manger, Finn s'allongea avec un soupir de bien-être.

Retrouvant les gestes maintes fois répétés dans leur enfance, Janna cala sa tête sur son ventre et s'étendit à son tour. Bercés par le doux ressac, ils somnolèrent au soleil pendant que l'océan se retirait. Parfois, le cri strident d'une mouette se mêlait aux exclamations joyeuses des enfants qui jouaient un peu plus loin. « Une journée idyllique », songea Janna tandis que les souvenirs de leur enfance affluaient en masse à son esprit.

Finn se dressa sur un coude.

— Où en est la marée ? demanda-t-il d'une voix ensommeillée.

Tirée de sa rêverie, elle roula sur le côté et jeta un coup d'œil expert en direction de l'océan.

— Elle est basse. Depuis un moment, je crois.

— Nous remontons ?

— Mmm...

Luttant contre l'envie de réclamer un autre baiser, Janna se mit debout. Etait-elle devenue folle ? Avait-elle perdu le peu de dignité qui lui restait ? C'était à cause de ce fichu baiser... Les sensations, elles, étaient restées intactes.

Agacée par sa propre faiblesse, elle ouvrit la marche au milieu des rochers couverts d'algues, en direction de Camas Ciuicharan. En se retirant, l'océan avait laissé derrière lui une multitude de petits bassins où se dissimulaient des crabes et des étoiles de mer. Ils s'arrêtèrent à plusieurs reprises, commentant leurs découvertes comme deux enfants émerveillés.

Comme ils contournaient la pointe rocheuse qui plongeait dans la mer, des pleurs attirèrent leur attention.

— Oh-oh, on dirait que quelqu'un a des problèmes..., murmura Finn en tendant l'oreille.

Les pleurs se transformèrent vite en hurlements de panique et, par un simple échange de regards, ils se dirigèrent vers l'extrémité du cap d'où provenaient les cris.

Trois enfants s'y trouvaient : une petite fille, à moitié dans l'eau, pleurait toutes les larmes de son corps tandis qu'un garçonnet, visiblement plus âgé, la tirait par le bras en criant.

— Tu peux sortir, Sophie ! J'en suis sûr ! Fais un effort, s'il te plaît !

— Mais je ne peux pas ! répondit la fillette d'une voix hystérique. Mon pied est coincé !

Finn se tourna vers Janna.

— Viens vite avant qu'il lui arrache la jambe ! dit-il d'un ton léger.

— Excellente idée.

Finn atteignit le petit groupe avant elle. Il posa doucement la main sur l'épaule du garçon qui s'obstinait à tirer la pauvre fillette par le bras.

— Que se passe-t-il, bonhomme ?

— Sophie s'est coincé le pied... Elle est tombée du rocher et a glissé dans l'eau ; et maintenant, elle n'arrive plus à sortir. Quelle idiote !

— Je ne suis pas une idiote ! protesta la fillette entre deux sanglots.

— Calme-toi, Sophie, ordonna Finn d'une voix rassurante. Nous allons t'aider. Je suis médecin, et mon amie est infirmière. Tout va bien se passer, ne t'inquiète pas.

La fillette se calma instantanément. Une expression de soulagement remplaça son air affolé et ses grands yeux bleus s'emplirent d'espoir. Visiblement, elle était ravie de s'en remettre à des adultes. Tout comme son frère aîné qui semblait fou d'inquiétude.

— Maman va me tuer. J'étais censé la surveiller, expliqua-t-il avec une moue penaude.

— Où sont vos parents ? demanda Janna.

Le jeune garçon devait avoir neuf ans et l'autre enfant, qui continuait à jouer dans une flaque d'eau, en avait probablement quatre.

— Au cottage, répondit-il en désignant le sentier qui menait à un groupe de maisons.

— Celui de Mme Cameron ?

Il hocha la tête.

— Oui, je crois. Nous ne sommes arrivés que ce midi... Mais je crois que la dame s'appelle Mme Cameron.

Finn se débarrassa du sac à dos et de son T-shirt. Puis il s'allongea sur les rochers et plongea son bras dans l'eau, à la hauteur du pied de Sophie. Il tâtonna avec sa main pendant une bonne minute avant de se redresser.

— Elle a encore sa chaussure, annonça-t-il à l'adresse de Janna. Si j'arrive à défaire le lacet, son pied sortira probablement de la crevasse sans difficulté.

Il replongea son bras dans l'eau et s'affaira encore quelques minutes. Janna l'entendit étouffer un juron.

— Un problème ?

Finn acquiesça d'un signe de tête.

— Je n'arrive pas à défaire le nœud. Le pied est profondément enfoncé dans la fissure, ce qui limite mes mouvements. Je vais devoir découper la chaussure. Emmène les garçons avec toi et rapporte-moi des ciseaux et un couteau pointu.

— Vous n'allez pas me couper le pied ! s'écria Sophie.

Finn l'enlaça et la berça gentiment contre lui.

— Mais non, chérie, ce n'est pas ton pied que je veux couper, c'est ta chaussure. Janna ?

Sur le point de partir, elle se retourna.

— Peux-tu prévenir Dougie ?

Dougie était le garde-côte. A la mention de son nom, une bouffée d'inquiétude la gagna. Si Finn jugeait utile d'avertir Dougie, c'est qu'il pressentait des complications.

L'aîné des garçons partit en avant. Pour aller plus vite, Janna prit le petit Jessie dans ses bras et le suivit. Quand elle arriva au cottage, les parents se précipitèrent à sa rencontre.

— Rory nous a dit que Sophie était coincée dans l'eau, dit le père, sans toutefois paraître trop inquiet.

La gravité de la situation leur échappait encore, et Janna préféra ne pas les alarmer. Si Finn parvenait à libérer la fillette en découpant sa chaussure, tout se passerait bien.

Après leur avoir demandé de prendre des ciseaux et un couteau, elle alla frapper à la porte de Mme Cameron.

— Puis-je me servir de votre téléphone pour appeler Dougie ? demanda-t-elle quand elle eut expliqué la situation. La mer est en train de monter et si Finn n'arrive pas à la dégager, nous aurons besoin d'aide.

— Oh ! mon Dieu, c'est terrible ! s'écria Mme Cameron. Va les rejoindre, Janna ; je me charge d'appeler Dougie et je l'attendrai ici. Où se trouve la pauvre enfant ?

Janna lui fournit quelques indications puis elle retrouva la famille Sullivan devant le cottage. La mère lui tendit les instruments qu'elle avait demandés. Les ciseaux étaient petits, le couteau ne semblait pas très aiguisé, mais c'était tout ce qu'elle avait trouvé. Janna la rassura d'un sourire.

— Merci. Avez-vous de la vaseline ou un lubrifiant de ce genre ? Oh, et si vous aviez une lampe électrique waterproof, ce serait fantastique, ajouta-t-elle sur une impulsion.

— J'ai tout ça dans le coffre de la voiture, déclara le père. Je reviens tout de suite.

De retour parmi eux, Mme Cameron leur proposa de garder les deux garçons pendant qu'ils rejoignaient Finn et Sophie.

— Vous serez plus tranquilles, expliqua-t-elle avec un

sourire. Janna, Mme Grainger m'a prêté deux combinaisons de plongée; celle de son mari et celle de son fils. J'espère que vous n'en aurez pas besoin, mais cela les protégera au moins du froid si l'attente se prolonge... J'ai parlé à Dougie, il se met en route tout de suite et il se charge aussi d'appeler les urgences d'Inverness au cas où la petite serait blessée.

Elle avait parlé à voix basse et Janna la remercia d'un hochement de tête. Le petit groupe gagna la pointe du cap et la jeune femme réprima un cri de déception en constatant que Finn n'avait pas réussi à libérer la fillette. Il tentait toujours de dénouer son lacet. Le niveau de l'eau avait sensiblement monté.

Dès qu'ils arrivèrent, la mère s'allongea sur le rocher duquel Sophie avait glissé et l'étreignit tendrement, les yeux brillants de larmes.

Le père s'approcha de Finn.

— Nous avons apporté des ciseaux, un couteau et de la vaseline.

— Ainsi qu'une lampe tempête et des combinaisons de plongée, ajouta Janna.

Finn hocha la tête.

— Donne-moi la lampe et les ciseaux. Je vais essayer de couper ce maudit lacet. Avec un peu de chance, nous n'aurons pas besoin des combinaisons.

Comme il ne pouvait pas tenir la lampe et manipuler les ciseaux en même temps, Janna s'allongea à son côté et orienta la lampe vers le pied de Sophie tandis que Finn plongeait la tête sous l'eau, muni des ciseaux.

Au bout de ce qui lui parut une éternité, il se redressa, prit de grandes bouffées d'air, et disparut de nouveau sous l'eau. Le lacet récalcitrant finit par céder et Finn entreprit de badigeonner de vaseline le pied de la fillette afin de le faire glisser hors de la crevasse.

— Aïe, ça fait mal ! s'écria Sophie comme Finn tentait de la dégager.

L'instant d'après, il émergea et secoua la tête.

— Son pied est coincé entre les parois de deux rochers ; la cheville est à moitié tordue et je ne veux pas qu'elle enfle davantage. J'ai remis le pied dans la chaussure, c'est moins douloureux pour Sophie. Je demanderai à Dougie de briser les morceaux de rocher gênants pour que le pied puisse passer.

— Mais la marée est en train de monter ! s'exclama la mère de Sophie d'une voix terrifiée.

Apparemment, elle venait de prendre conscience du danger de la situation. Finn posa une main rassurante sur son épaule.

— Nous avons encore le temps, ne vous inquiétez pas, dit-il d'un ton étonnamment convaincant. Nous allons lui mettre la combinaison pour la protéger du froid.

Ils aidèrent Sophie à enfiler tant bien que mal le haut de la combinaison. Janna prêta ensuite leurs coupe-vent aux parents de la fillette et passa le pull qu'elle avait emporté à la dernière minute. Le vent s'était levé, et des nuages s'amoncelaient dans le ciel. Bien qu'habituée à la région, ces brusques bouleversements météorologiques étonnaient toujours Janna.

Après s'être glissé dans la combinaison de Michael, Finn se tourna vers elle.

— Je vais inspecter la roche pour savoir où nous pourrons percer, annonça-t-il en s'emparant de la lampe.

L'instant d'après, il disparaissait de nouveau sous l'eau. Il y avait bien soixante centimètres de profondeur, à présent... Les vagues venaient se briser contre le petit corps de Sophie, et Janna s'assit à côté d'elle pour la maintenir en équilibre. M. Sullivan s'installa de l'autre côté tandis que la mère, allongée en face d'elle, lui tenait les mains en murmurant des paroles de réconfort. Elle maîtrisait son affolement de manière remarquable, à la grande surprise de Janna.

Car tout ce qu'elle voyait à présent, c'était le petit corps de Sophie qui tanguait au rythme des vagues, de plus en plus fréquentes. De plus en plus puissantes. Les lèvres de la fillette avaient bleui. Elle grelottait, et une vague avait aplati ses cheveux sur son front livide.

— Ne t'inquiète pas, chérie, murmura Janna, le bateau va bientôt arriver.

« Mon Dieu, faites qu'il arrive à temps », songea-t-elle en se tournant vers l'horizon menaçant. La mer montait, l'eau gagnait du terrain, terrible et implacable. Saisie d'angoisse, Janna repoussa dans un coin de son esprit le terrible spectre de l'amputation...

5.

Au moment où une nouvelle vague s'abattait sur la fillette, le moteur du Zodiac vrombit derrière les rochers. Ignorant les larmes de soulagement qui dévalaient ses joues, Janna se leva d'un bond et fit signe à Dougie qui les cherchait du regard.

— Reste là, Janna, je vais expliquer la situation à Dougie, déclara Finn avant de nager jusqu'au bateau.

A partir de là, tout alla très vite. Pendant que Janna et ses parents continuaient à consoler la petite fille, Finn et Dougie manœuvrèrent le bateau de façon à l'amener le plus près possible des rochers.

Dougie resta sur le Zodiac pour surveiller le bon fonctionnement de l'équipement tandis que Finn les rejoignait, muni d'une sorte de marteau-piqueur relié au bateau par deux câbles.

— Janna, tu maintiendras fermement la jambe de Sophie pendant que je percerai la roche, d'accord ? dit-il en abaissant le masque que lui avait donné Dougie. Je serai sans doute obligé de remonter plusieurs fois pour prendre de l'air... Mais je crois avoir repéré une faille qui devrait céder facilement.

Il se tourna vers Dougie qui réglait ses appareils et leva le pouce en l'air.

— O.K., Finn, tu peux y aller.

Finn disparut. Quelques instants plus tard, des vibrations se propagèrent dans les rochers voisins et Janna sut qu'il avait commencé à creuser. La roche était dure, la crevasse quasiment inaccessible et la jambe de Sophie le gênerait probablement dans sa progression.

Janna ferma brièvement les yeux. L'eau avait dépassé le menton de Sophie. Dans quelques minutes à peine, ils auraient besoin d'un tuba et la petite fille était déjà suffisamment paniquée comme ça...

Au moment où elle envisageait le pire, Sophie émit un cri de douleur et Finn émergea.

Il lui donna le lourd engin et fit signe à Dougie de couper le compresseur. Sans un mot, il retourna sous l'eau, laissant le petit groupe à son angoisse.

— C'est bientôt fini, chérie, murmura le père de Sophie d'une voix mal assurée.

A en juger par les pleurs et les gémissements que poussait la fillette, Finn s'évertuait à dégager son pied maintenant qu'il avait désépaissi les parois rocheuses. Il y eut un hurlement, et soudain, comme par miracle, Sophie fut soulevée au-dessus des flots sombres. Elle était libre ! Finn avait réussi !

Secouée de sanglots, le pied gonflé et creusé de longues égratignures, la fillette s'accrocha à ses parents qui pleuraient de soulagement.

Emue, Janna observait la scène. Après avoir ôté son masque, Finn lui adressa un sourire las.

— Tiens, voilà la cavalerie, murmura-t-il comme le bruit saccadé de l'hélicoptère de secours emplissait l'air.

L'engin se stabilisa au-dessus des rochers et un homme descendit au bout d'un treuil. Puis l'hélicoptère repartit en direction de Port Mackie.

— C'est vous qui l'avez sortie de l'eau ? demanda l'homme en se tournant vers Finn.

— Oui. J'ai été obligé de tirer un peu sur son pied à la

fin. Il y aura peut-être une fracture ou une dislocation d'un os tarsien. Mais il n'y avait pas d'autre solution...

L'homme hocha la tête.

— L'essentiel, c'est qu'elle soit en vie, n'est-ce pas ? Nous l'examinerons dans l'hélico puis nous la transporterons à Inverness où nous la garderons en observation quelque temps, selon l'importance du traumatisme. Combien de temps est-elle restée dans l'eau ?

Finn jeta un coup d'œil à sa montre waterproof.

— Presque une heure et demie.

Les yeux de Janna s'agrandirent de surprise. Une heure et demie ? Elle regarda la montre de Finn et constata avec stupeur qu'il était 16 heures. A cet instant, de longs frissons la parcoururent et elle prit conscience du risque d'hypothermie qui les menaçait tous.

— Ça va ? demanda-t-elle à Finn, encore dégoulinant d'eau. Tu dois être frigorifié.

Il la dévisagea d'un air soucieux.

— Je vais bien, Janna. J'ai un peu froid, certes, mais je vais bien. Tu étais beaucoup moins couverte que moi. Dès qu'ils seront partis, nous rentrerons chez toi pour nous réchauffer. Un bon chocolat nous aidera à nous remettre de nos émotions.

Le petit groupe regagna Port Mackie. Mme Cameron les attendait, informée de l'heureux dénouement par le pilote de l'hélicoptère.

— Tiens, Janna, bois ça. Tu es transie, dit-elle en tendant à la jeune femme une tasse de bouillon brûlant.

Chacun eut droit à sa tasse et ils burent lentement en commentant les événements.

— Je ne crois pas que le pied de Sophie ait beaucoup souffert, expliqua Finn. Elle est encore sous le choc et elle souffre d'une légère hypothermie, comme chacun de nous. Mais elle se remettra vite.

Enfouie sous plusieurs couvertures, Sophie fut transportée dans l'hélicoptère. Sa mère l'accompagnait tandis que les deux garçons restaient avec leur père. Selon Finn, la petite fille serait bientôt en mesure de rentrer à Port Mackie et de profiter du reste de ses vacances.

Après le départ de l'hélicoptère, il demanda à Dougie de les déposer chez Janna. Il récupérerait sa voiture plus tard dans la soirée. Assise sur la banquette avant de la camionnette, blottie contre Finn, Janna ferma les yeux. Si elle n'avait pas été glacée jusqu'aux os, elle aurait savouré à sa juste valeur ce moment d'intimité.

A peine franchi le seuil de la maison, ils se précipitèrent vers la salle de bains et se débarrassèrent de leurs vêtements trempés. Complètement endoloris, les doigts de Janna luttèrent sans succès avec les boutons de son jean jusqu'à ce que Finn vienne à la rescousse. Avec des gestes rapides, il s'occupa des boutons récalcitrants et fit glisser le jean gorgé d'eau le long de ses jambes.

— Mon Dieu, Janna, ta peau est toute marbrée !

Indifférent à sa nudité, il sortit un tas de serviettes du placard et en drapa une autour de sa silhouette gracile, l'attachant à l'aide d'un nœud au-dessus de sa poitrine. Puis il couvrit ses épaules d'un autre drap de bain et fit de même pour lui.

— C'est déjà beaucoup mieux, dit-il avec un sourire. Est-ce que tu as de grosses chaussettes en laine ?

— Oui, dans la chambre.

Elle le suivit le long du couloir et demeura immobile sur le seuil, en proie à un curieux vertige. Où diable rangeait-elle ses chaussettes ? Un brouillard épais habitait son cerveau. Portant la main à son front, elle s'approcha du lit et s'effondra sur l'édredon.

— J'ai sommeil, balbutia-t-elle au prix d'un dernier effort.

Elle entendit vaguement la voix de Finn qui étouffait un juron, les tiroirs de la commode s'ouvrir et se refermer, puis il s'approcha et enfila une paire de chaussettes sur ses pieds gelés.

Elle se retrouva ensuite dans ses bras. Il la porta jusqu'au salon et l'installa sur le sofa, la recouvrant d'un grand plaid moelleux.

Janna ferma les yeux pendant que Finn s'affairait dans la cuisine. Que faisait-il là-bas, d'ailleurs ? Elle avait besoin de lui ici, tout près d'elle.

Elle voulut l'appeler, mais aucun son ne sortit de sa bouche. Elle sombrait dans le sommeil quand il la rejoignit.

— Janna ?

— Mmm...

— Janna, réveille-toi. J'aimerais que tu boives une boisson chaude et que tu prennes ta température.

Elle l'observa entre ses paupières mi-closes.

— Finn, je ne suis pas malade...

Il leva les yeux au ciel et l'aida à s'asseoir.

— Tiens, bois ça, ordonna-t-il en lui tendant une tasse fumante.

C'était un chocolat chaud, délicieusement sucré et crémeux.

— Merci, marmonna-t-elle de mauvaise grâce.

Quand elle eut terminé, il lui glissa d'un geste autoritaire le thermomètre dans la bouche. Deux minutes plus tard, il examina l'instrument et fronça légèrement les sourcils.

— Ça va, mais il faut que tu te reposes, déclara-t-il en rabattant la couverture.

Avant qu'elle ait eu le temps de réagir — en avait-elle seulement la force ? —, il ôta les serviettes enroulées autour de son corps, fit de même avec les siennes et s'allongea à côté d'elle. Avec un soupir béat, Janna se lova contre son corps ferme, doux, chaud... et complètement nu.

— Dors, Janna chérie, murmura-t-il contre son oreille.

Glissant une main dans le dos de Finn, elle s'endormit presque instantanément.

Janna prit peu à peu conscience de deux choses : d'abord, elle avait chaud, très chaud ; ensuite, elle se trouvait plaquée contre Finn, et c'était son corps nu et brûlant qui la réchauffait.

Il était à moitié endormi et quand elle voulut bouger, sa main se resserra sur sa poitrine. Janna retint son souffle, submergée par un flot de sensations voluptueuses.

Elle lui fit face et ils restèrent un moment à se contempler. De minute en minute, leurs regards s'assombrissaient. Janna leva la main vers son visage.

— Embrasse-moi, Finn, demanda-t-elle d'une voix implorante.

Les secondes s'étiraient, le silence était épais, insupportable. Finn hésitait. Puis, avec un gémissement plaintif, il inclina la tête et couvrit sa bouche d'un baiser avide. Janna lui donna tout ce qu'il exigeait et prit davantage ; ses mains erraient sur le dos musclé, frôlaient les hanches étroites, remontaient le long de son torse et chaque caresse qu'elle donnait amplifiait son propre désir.

Il la fit rouler sous lui et sa bouche descendit lentement sur sa gorge, s'arrêtant çà et là pour déposer quelques baisers. Sa langue et ses lèvres se livraient à un ballet langoureux sur sa peau frémissante. Il s'attarda longuement sur sa poitrine comme ses mains enveloppaient ses hanches pour la plaquer contre lui. Ivre de plaisir, Janna laissa échapper un petit cri qui se transforma en gémissements quand Finn poursuivit l'exploration de son corps.

Soudain, il se rejeta sur le côté et se redressa, prenant soin de rabattre la couverture sur elle. Une multitude d'émotions contradictoires se succédèrent sur son beau visage. Au bout d'un moment, il parla. Sa voix trahissait son désarroi.

— Je ne peux pas... Tu es malade, tu n'es pas dans ton état normal. Je ne voudrais pas que tu sois amenée à le regretter par la suite.

Janna crut recevoir un coup de poignard dans le cœur.

— Je t'en prie, Finn, reviens près de moi... Tu ne peux pas m'abandonner. J'ai besoin de toi !

Mais il secoua la tête et elle comprit à son expression tendue qu'il fournissait un effort surhumain pour ne pas céder à son désir.

— Pour l'amour du ciel, Janna, cesse de me regarder comme ça !

D'un bond, il se leva et noua une serviette autour de ses hanches.

— Je vais prendre une douche, ça me distraira, lança-t-il par-dessus son épaule avant de refermer la porte derrière lui.

Janna se retrouva seule, tiraillée entre une grande frustration et un sentiment de honte. Pourquoi n'avait-il pas voulu lui faire l'amour ?

Cet épisode raviva un autre souvenir, plus douloureux. Le soir de son dix-huitième anniversaire, ils avaient fait l'amour pendant des heures, donnant et recevant sans se lasser l'un de l'autre. Finn avait-il eu des hésitations cette nuit-là ? Avait-il réagi mécaniquement aux pulsions qui régentaient son corps ?

Les yeux de Janna s'embuèrent. Non, c'était impossible... Pas à cette époque. Mais maintenant, plus rien n'était pareil. Finn avait voulu qu'ils soient amis. *Amis*, et non amants, n'avait-elle donc pas saisi la nuance ?

Le cœur lourd de chagrin, elle s'enroula dans le plaid et monta dans sa chambre pour s'habiller. Elle passa un caleçon noir, un vaste pull en cachemire écru et des grosses chaussettes de la même couleur. Sans accorder le moindre regard à son reflet, elle se brossa les cheveux et les attacha en queue-de-cheval. Comme elle avait honte !

Lorsqu'elle pénétra dans la cuisine, Finn avait branché la bouilloire. Pieds nus, vêtu de son jean et de son T-shirt, il semblait parfaitement à l'aise, comme s'il se trouvait chez lui. Cette impression ne fit qu'accroître la peine de Janna. Elle avait envie qu'il parte pour mettre de l'ordre dans son esprit.

— Thé ou café ? demanda-t-il d'un ton neutre.

— Nous devrions aller récupérer ta voiture avant qu'il fasse nuit, répondit-elle en s'efforçant de dissimuler sa nervosité.

Du coin de l'œil, elle le vit suspendre son geste et sentit son regard perçant peser sur elle. Il y eut un long silence. A quoi pensait-il ? En cet instant, Janna aurait tout donné pour le savoir. Au moment où elle allait lui demander, la sonnette de l'entrée retentit et elle quitta précipitamment la pièce, trop heureuse de la diversion.

Son soulagement fut de courte durée : sur le seuil se tenaient ses parents. A en juger par leurs tenues élégantes, ils s'apprêtaient à sortir dîner. L'image de Finn évoluant pieds nus dans sa cuisine la fit rougir violemment. Qu'allaient-ils s'imaginer ?

— Chérie ! s'écria sa mère en l'enlaçant affectueusement. Est-ce que tu vas bien ? Nous avons appris ce qui s'était passé sur la plage cet après-midi et nous sommes venus directement.

Elle se recula et examina sa fille de la tête aux pieds avant de la prendre de nouveau dans ses bras.

— Tu as les pommettes bien rouges, chérie. Ne devrais-tu pas être au lit ?

Janna rougit de plus belle.

— Je vais bien, maman. J'ai dormi un peu tout à l'heure. Finn a pris soin de moi, ne t'inquiète pas.

Elle se tourna vers son père et l'embrassa sur la joue.

— Il est encore là, d'ailleurs, ajouta-t-elle avec une désinvolture forcée. Venez dans la cuisine, il a préparé du thé.

— Nous ne pourrons pas rester longtemps, tu sais, intervint Mme Murray. Les Jamieson nous ont invités à dîner et je ne voudrais pas arriver trop en retard.

— Prenez au moins le temps d'avaler une tasse de thé, insista Janna qui redoutait de se retrouver seule avec Finn.

Elle les entraîna dans la cuisine, soudain rassérénée. Finn était en train de préparer quatre tasses et il reposa la théière à leur arrivée.

— Voici donc notre héros du jour! s'exclama le père de Janna d'un ton enjoué.

Finn ne put s'empêcher de rire.

— J'avais presque oublié à quel point les nouvelles circulaient vite dans la région! Je suis heureux de vous revoir, monsieur et madame Murray.

Ils échangèrent des poignées de main chaleureuses. C'était la première fois que Janna le voyait aussi détendu, aussi sûr de lui avec ses parents. L'adolescent frondeur et le jeune homme méfiant s'étaient bel et bien transformés... Quant à la mère de Janna, elle semblait conquise par son charme et son humour.

Un quart d'heure plus tard, ils étaient tous assis autour de la table de la cuisine, une tasse de thé à la main, riant et bavardant comme des amis de longue date. Tous, sauf Janna, qui assistait à la scène d'un œil incrédule. Finn menait la conversation tambour battant. Il raconta à ses parents la mésaventure de Sophie, puis, devant leur insistance, il parla des transformations qu'il comptait effectuer dans la grange.

La colère et la honte de Janna se dissipèrent peu à peu. Pourtant, lorsque sa mère repoussa sa chaise, une bouffée d'appréhension la gagna. Quelle attitude adopterait-elle après le départ de ses parents ?

— Chérie, il va falloir que nous partions, déclara sa mère. Les Jamieson vont nous attendre.

Ils prirent tous la direction du hall et Janna embrassa ses parents, luttant contre l'envie de les retenir sous un prétexte quelconque. Comme s'il avait perçu son malaise, Finn se tourna vers M. Murray.

— Auriez-vous le temps de me déposer à Camas Ciuicharan en vous rendant chez les Jamieson ? Nous avons laissé la voiture là-bas ce matin et je ne crois pas que Janna soit en état de m'y conduire. Elle a eu une journée difficile.

Janna n'aurait pas employé ce qualificatif pour décrire sa journée, mais elle ne pouvait guère protester en présence de ses parents. Finn enfila ses chaussures, prit son sac à dos et déposa un baiser sonore sur sa joue.

— Va te coucher, ma douce. Tu as l'air perturbée, murmura-t-il avec un petit sourire en coin.

Cette fois, il avait utilisé l'adjectif adéquat ! songea la jeune femme en retenant la réplique cinglante qui lui brûlait les lèvres. Sa mère porta le coup final en proposant à Finn d'un ton joyeux :

— Pourquoi ne viendrais-tu pas déjeuner avec ta mère demain midi ? Oh, ce ne sera rien de très compliqué, juste un petit repas entre amis.

Le sourire de Finn s'épanouit.

— J'accepte volontiers l'invitation, madame Murray, et je suis sûr que ma mère sera ravie.

— Parfait. Venez vers midi. Tu seras là aussi, n'est-ce pas, Janna ?

La jeune femme secoua la tête, désarçonnée par ce nouveau rebondissement.

— Mais si, chérie, souviens-toi, reprit sa mère. Je t'ai parlé de ce repas il y a une semaine environ et tu m'as assuré que tu viendrais car tu n'étais pas de garde.

Janna dut s'incliner.

— Tu as raison, je me rappelle à présent. Excuse-moi, mais j'ai du mal à me concentrer ce soir. Je suis au bord de l'épuisement, tu sais.

Finn lui lança un regard réprobateur.

— Tu vas me faire le plaisir d'aller te coucher sur-le-champ, d'accord? Je passerai te chercher demain, vers midi moins le quart. Repose-toi bien.

Janna les regarda partir, incapable de formuler une pensée cohérente.

Avec un soupir, elle referma la porte et se laissa glisser sur le tapis de laine. Elle irait se coucher dans une minute. Mais pour le moment, elle avait simplement envie de rester allongée là, immobile, les yeux fermés. Seule... Enfin seule.

6.

Après avoir récupéré sa voiture, Finn rentra chez lui et troqua ses vêtements encore humides contre un pantalon de toile et un pull en coton bleu marine. Il était presque 22 heures et il décida de passer chez Janna pour vérifier que tout allait bien.

Sa température avait sensiblement chuté et même s'il avait tout fait pour la réchauffer — peut-être même en avait-il *trop* fait —, il préférait s'assurer qu'elle n'avait besoin de rien.

A la simple idée de la revoir, fragile et terriblement séduisante dans son grand pull en cachemire, une flambée de désir l'embrasa et il pesta à voix basse. Il ne savait toujours pas comment il avait réussi à s'arrêter alors qu'il mourait d'envie de lui faire l'amour. Mais elle était encore sous le choc et il n'aurait pas supporté qu'elle lui reproche sa conduite par la suite.

En l'occurrence, elle lui avait presque reproché d'avoir eu la force de s'arrêter ! Finn exhala un soupir. Depuis qu'il était revenu, il avait l'impression de commettre gaffe sur gaffe en ce qui concernait Janna. Il y avait eu une époque où ils s'entendaient parfaitement, où ils n'avaient pas besoin de dire les choses pour se comprendre. Comme tout cela lui semblait loin !

Que s'était-il passé entre-temps ? Avait-il commis une

erreur dont il n'avait même pas conscience ? Qu'avait-il fait de si terrible pour mériter sa méfiance ?

Il aurait aimé se rappeler, mais le seul indice qu'il possédait remontait à cette veillée de Noël, peu avant que son père décède. Janna avait fêté ses dix-huit ans cet été-là... Lorsqu'ils s'étaient revus pour Noël, elle s'était montrée froide, inaccessible, alors que, de son côté, il éprouvait une terrible envie de la voir, de la toucher, de l'embrasser. De lui faire l'amour, tendrement, passionnément. Il avait besoin qu'elle l'aime, aussi.

D'ailleurs, son rêve était apparu peu de temps avant ce fameux Noël.

Finn s'engagea dans l'allée, s'efforçant d'orienter ses pensées vers un autre sujet. Il ne voulait pas revivre son rêve maintenant et, pourtant, l'image de Janna blottie contre lui sous le ciel étoilé de Camas Ciuicharan s'imposa à lui. Son corps chaud et souple comme une liane, sa nudité nacrée dans le clair de lune, et ses gémissements de plaisir... Si semblables à ceux qu'elle avait poussés tout à l'heure...

Finn frappa le volant de son poing fermé. Aujourd'hui, le rêve qui le hantait depuis des années avait bien failli devenir réalité ! Dieu merci, il s'était ressaisi à temps.

Oh, il la désirait, là n'était pas la question. Chacun de ses gestes, chaque bouffée de son parfum, sa voix douce, légèrement traînante, son rire enfantin, tout en elle le séduisait.

Pourtant, il ne voulait pas lui faire l'amour alors qu'elle ne savait visiblement pas quelle attitude adopter à son égard. Non, c'était trop facile, presque malhonnête.

Il voulait d'abord qu'elle lui rende son amour. Cela faisait tellement longtemps qu'il l'aimait... Du plus loin qu'il se souvienne, il avait toujours éprouvé de la tendresse pour Janna. Déjà, lorsqu'ils étaient enfants, il ressentait le besoin de la protéger. Puis, au fil des ans, la tendresse s'était muée en un sentiment plus profond. Il était tombé amoureux d'elle, sans même s'en rendre compte.

Et il croyait ses sentiments partagés jusqu'à ce soir de Noël, douloureusement gravé dans son esprit. Invité à la soirée que donnaient traditionnellement les parents de Janna, il avait été bouleversé en la voyant, resplendissante dans une robe de mousseline noire. Il s'était approché d'elle, le cœur battant follement, et l'avait gentiment embrassée sur la joue alors qu'il rêvait de la prendre dans ses bras pour lui donner un baiser passionné. Mais ils n'étaient pas seuls.

Au lieu de lui rendre son baiser, Janna l'avait toisé d'un air hautain puis, sans un mot, elle avait tourné les talons. A partir de cet instant, la soirée avait été un calvaire pour Finn. Janna n'avait pas cessé de danser avec un type de Craigmore qu'il avait aperçu avec leur bande d'amis à plusieurs reprises. Dès lors, une question n'avait cessé de le tourmenter : y avait-il quelque chose de sérieux entre lui et Janna ?

Effondré, il était reparti pour Edimbourg sans même chercher à obtenir une réponse à sa question. De toute évidence, Janna ne souhaitait plus le voir. Tant pis, il saurait se montrer patient...

Lorsqu'il avait appris que son « rival » avait déménagé, il avait projeté de rentrer et d'avouer ses sentiments à Janna. Hélas, le sort en avait décidé autrement : c'était la mort accidentelle de son père qui l'avait rappelé à Port Mackie. Janna avait assisté à l'office funèbre puis elle était repartie aussitôt pour Inverness où elle suivait ses cours.

Depuis, il l'avait revue en de rares occasions au cours desquelles elle s'était toujours montrée distante.

Mais, à présent, il était grand temps de parler et de découvrir les sentiments qu'ils éprouvaient l'un pour l'autre. Ou plutôt, de découvrir les sentiments de Janna à son égard. Car, de son côté, il savait parfaitement ce qu'il ressentait. Il l'avait toujours su.

Il sortit de la voiture d'un pas résolu, se dirigea vers la porte et frappa. La maison était plongée dans le silence et l'obscurité. Elle dormait sans doute paisiblement. Sur une impulsion, il tourna la poignée. La porte s'ouvrit doucement, puis il y eut une résistance. Finn força légèrement, intrigué. Un gémissement s'éleva derrière la porte et il s'immobilisa.

— Janna ?

Un autre gémissement lui répondit. Sans perdre un instant, il se glissa dans l'entrebâillement de la porte et découvrit Janna couchée par terre, tout contre la porte.

Une vague de culpabilité s'abattit sur lui. Il aurait dû la conduire à l'hôpital ; il n'aurait pas dû la laisser seule... Et maintenant — quel idiot ! —, elle était inconsciente. C'était sa faute. S'il lui était arrivé quelque chose, il ne se pardonnerait jamais. Fou d'inquiétude, il s'agenouilla près d'elle, prit son pouls et vérifia ses réflexes sans cesser de lui parler.

Janna battit des paupières.

— Que fais-tu ici ? demanda-t-elle d'une voix endormie.

Il ignora sa question, en proie à un soulagement indicible.

— Comment te sens-tu, Janna ?

Elle se redressa en grimaçant.

— Bien. Pourquoi cette question ?

Finn esquissa un sourire.

— Tu t'es endormie sur le tapis du hall. Il y a à peu près une heure que je t'ai laissée et tu n'as pas bougé depuis.

— J'étais fatiguée, dit-elle dans un souffle.

Finn la souleva dans ses bras et la porta jusqu'à sa chambre. Là, il la déshabilla, l'aida à enfiler sa nuisette et la poussa vers le lit. Bien au chaud sous sa couette, Janna ne tarda pas à se rendormir. Elle subissait le contrecoup de la journée, tout irait mieux demain, songea Finn en redescendant. Il monterait la voir un peu plus tard.

Après avoir prévenu sa mère qu'il ne rentrerait pas, il s'allongea sur le sofa. Aussitôt, des images de l'étreinte qui les avait réunis quelques heures plus tôt l'envahirent. Avec un gémissement de frustration, il se cacha le visage dans un coussin et entreprit de compter les moutons...

Au petit matin, elle revint hanter ses rêves. Avec ses grands yeux verts, ses longues mains douces comme la soie, sa chevelure brillante, elle le grisait de caresses. Il se réveilla brusquement, le souffle court, agité d'un tremblement fébrile.

Roulant sur le dos, il enfonça les mains dans ses cheveux en inspirant profondément. Il ne pouvait pas continuer comme ça. Janna allait le rendre fou. Depuis son retour, il n'avait pas réussi à dormir une seule fois sans qu'elle vienne le perturber.

Avec un soupir, il se leva et gagna la cuisine. Une grande boisson chaude, voilà ce dont il avait besoin. Il brancha la bouilloire et lava une tasse. Un grincement dans l'escalier attira son attention.

Zut, il avait réveillé Janna ! Sur la pointe des pieds, il s'approcha de la porte et l'ouvrit doucement. Quelque chose bougea rapidement devant ses yeux. L'objet s'abattit sur sa tête, lui arrachant un cri de douleur.

— Bon sang, Janna, qu'est-ce qui te prend ? gémit-il en effleurant la bosse qui se formait à la racine de ses cheveux.

Il la contempla d'un œil torve. Appuyée contre la porte, un ouvrage volumineux à la main, elle le fixait, interloquée.

— Ça va ? demanda-t-elle enfin d'une voix timide.

— Je survivrai...

Elle l'entraîna dans la pièce, posa le livre sur la table et le fit asseoir. Puis, très délicatement, elle palpa son front meurtri.

— Aïe...

— Oh, Finn, je suis désolée... Attends, je vais chercher de la glace.

Elle s'affaira quelques instants devant le congélateur et revint avec un torchon empli de glaçons qu'elle positionna fermement sur la bosse.

— C'est froid.

— Mmm... C'est normal, dit-elle avec un brin de moquerie dans la voix. Pardonne-moi, Finn. Je t'ai pris pour un cambrioleur.

— Et tu voulais m'assommer avec...

Il prit le livre et lut le titre.

— *Les Bases de la Pédiatrie*?

— Il est très lourd, dit-elle d'un ton penaud.

— Merci, j'ai remarqué !

Elle se mordit la lèvre. La lueur amusée qui brillait dans son regard n'échappa pas à Finn. Comment pouvait-il en vouloir à une femme aussi adorable ?

— Tu as une chance de te faire pardonner en me préparant une tasse de thé et des toasts à la marmelade, dit-il en essayant de détourner les yeux de la silhouette aux courbes harmonieuses qui se découpait sous la fine étoffe de la nuisette.

Ses yeux refusèrent de coopérer et il marmonna quelques mots incompréhensibles en continuant à la suivre du regard comme elle plaçait le pain dans le toaster.

— Tu as dit quelque chose ?

— Non. Janna, il faut que nous parlions de ce qui s'est passé hier.

Etait-ce un effet de son imagination, ou s'était-elle raidie ?

— Plus tard. Laisse-moi regarder ton front.

Elle se pencha vers lui et Finn ferma les yeux pour ne pas voir sa poitrine ronde à demi dévoilée par le décolleté.

— Tu vas avoir une grosse bosse, déclara-t-elle en écartant ses cheveux pour mieux voir l'étendue des dégâts.

Elle demeura un instant silencieuse, sourcils froncés.

— Tu as une grande cicatrice au-dessus de la bosse.

— Mmm.

Du bout des doigts, elle traça la ligne blanchâtre qui courait sur sa tempe.

— Je ne l'avais jamais remarquée. Comment est-ce arrivé ? Encore une tentative de cambriolage ?

Finn eut un petit rire.

— Pas vraiment. Ma tête a cogné le volant... il y a sept ans. C'était juste après ton anniversaire. Un léger accrochage avec un chauffard ivre sur la route de Stirling, expliqua-t-il d'un ton évasif.

Elle s'assit en face de lui et le considéra d'un air surpris.

— Tu ne m'en avais jamais parlé.

Finn haussa les épaules.

— Oh, ce n'était pas dramatique, répondit-il, désireux de dédramatiser l'accident qui l'avait envoyé à l'hôpital pendant une semaine. Ça m'a donné l'occasion de remplacer mon vieux tacot ! Et puis, ce n'était pas ma première cicatrice : j'en ai eu de bien pires en atterrissant dans les haies de Mme Cameron !

Janna éclata de rire et Finn sentit son cœur se serrer. Si seulement elle était comme ça tout le temps...

Ils dégustèrent une montagne de toasts à la marmelade et burent leur thé dans un silence complice. Quand ils eurent terminé, Finn posa sa main sur celle de Janna.

— Tu te sens mieux maintenant ?

Janna rougit sous son regard intense.

— Oui. Merci d'être resté près de moi, Finn.

Son sourire de petite fille enflamma ses sens et il retira sa main, presque gêné par la violence de sa réaction.

— Tout le plaisir fut pour moi. Ecoute, pourquoi ne retournes-tu pas dormir un peu ? Maintenant que tu te sens bien, je vais rentrer chez moi et je passerai te prendre vers midi, d'accord ?

Comme elle s'apprêtait à protester, il lui lança un regard faussement menaçant.

— Ne discute pas, Janna. Je serai là à midi.

— Sale tyran ! dit-elle d'un ton rieur.

— Peut-être. Dors bien, chérie.

Incapable de résister, il la prit dans ses bras et l'embrassa avec ferveur. Avant de perdre totalement le contrôle, il mit un terme à leur baiser, rentra chez lui, se coucha et rêva de nouveau de Janna.

En fin de compte, Finn n'eut pas besoin de venir la chercher. A 9 heures, l'aide-soignante de Mac McDougall appela la jeune femme pour lui dire qu'elle avait retrouvé le vieil homme par terre, au pied de son lit.

En théorie, Janna n'était pas de garde, mais elle connaissait bien Mac et elle n'hésita pas une seconde quand l'aide-soignante lui demanda de passer. Elle téléphona à Finn, mais tomba sur sa mère qu'elle mit au courant du contretemps.

Lorsqu'elle arriva chez Mac, il était couché dans son lit, les couvertures remontées jusqu'au menton. Après plusieurs heures passées sur le sol, il grelottait encore. Le vieil homme lui expliqua qu'il s'était levé pour aller aux toilettes, mais dès qu'il avait posé le pied par terre, tout était devenu noir. Janna l'examina soigneusement et conclut à une chute de tension. Pour un homme seul et fragile, ce genre d'incident pouvait facilement tourner au drame et la jeune femme décida de se montrer ferme.

— Mac, il va falloir que vous passiez quelque temps à la maison de retraite de Craigmore. Au moins jusqu'à ce que vous vous sentiez mieux.

— Oh non, dit le vieil homme d'un ton plaintif. Non, mademoiselle, ne m'envoyez pas là-bas, je vous en prie.

Ses yeux bleus s'emplirent de larmes et Janna n'eut pas le cœur d'insister.

— Je demanderai au Dr McGregor de passer vous voir, mais je pense sincèrement que vous seriez plus...

Le carillon de l'entrée l'interrompit et elle alla ouvrir. Finn se tenait à la porte, sa sacoche à la main.

— Un problème ?

— Il a voulu se lever dans la nuit, mais il a fait une baisse de tension et s'est évanoui au pied de son lit. Dieu merci, l'aide-soignante est passée ce matin alors qu'elle ne vient généralement pas le dimanche.

Finn soupira.

— Janna, il faut le convaincre d'aller en maison de retraite. Sa santé se détériore chaque jour. Les incidents de ce genre risquent de se multiplier et, un jour, nous arriverons trop tard.

— Ce n'est pas à moi qu'il faut le dire, Finn. Je lui en ai parlé, mais il refuse de m'écouter. Peut-être auras-tu plus de chance...

Finn la suivit dans la chambre du vieil homme. Il s'assit au bord du lit et prit gentiment la main de Mac.

— Bonjour, je suis le docteur McGregor.

Mac fronça les sourcils.

— Le Dr MacWhirter ne travaille pas aujourd'hui ?

Finn sourit.

— Il a pris sa retraite il y a deux semaines. Je suis son remplaçant.

Le vieil homme le dévisagea.

— Oh, je me souviens de vous... Vous êtes le fils de Dougal, n'est-ce pas ? demanda-t-il, traversé par un éclair de lucidité.

— Oui.

— Quel terrible accident..., murmura Mac, perdu dans ses souvenirs. Un drôle de gâchis...

Finn hocha gravement la tête.

— Il serait fier de toi, mon garçon, ajouta-t-il d'une voix bourrue.

— Pas si je n'arrive pas à vous convaincre d'entrer en maison de retraite, répliqua Finn. Je ne vois pas d'autre solution, Mac.

— Il y en a une pourtant : me laisser mourir en paix chez moi. J'ai tout de même le droit de mourir où je veux, non ?

— Qui parle de mourir, Mac ? Vous vous sentiriez beaucoup mieux si vous pouviez bénéficier de soins permanents. Ce genre d'accident ne se produirait plus. Et ne seriez-vous pas plus heureux avec un peu de compagnie ?

Le vieil homme émit un grognement.

— Pff... Vous me voyez au milieu de ces vieilles commères qui passent leur temps à critiquer les autres ? Non, mon garçon. Je suis bien mieux ici, chez moi.

— Je vais finir par croire que tous les gens têtus et bornés de la planète se sont donné rendez-vous dans cette région ! s'écria Finn une heure plus tard.

Ils avaient attendu l'arrivée d'une autre aide-soignante pour prendre congé du vieux Mac et se trouvaient à présent dans la cuisine des parents de Janna, à Glenmorriston House. Finn sirotait un verre de sherry et Janna dressait la table pendant que sa mère surveillait la cuisson du rôti.

Le père de Janna étouffa un rire amusé.

— Rencontrerais-tu des difficultés avec les autochtones, Finn ?

— C'est un euphémisme ! Betty Buchan refuse d'entrer dans une maison de retraite, Mac m'oppose la même résistance alors qu'ils sont tous les deux en train de perdre la tête et Lindsay Baird a préféré risquer sa vie et celle du bébé en accouchant chez elle ! Dire qu'à Edimbourg, les gens déploient des trésors d'ingéniosité pour obtenir un lit d'hôpital !

Jessie McGregor ébaucha un sourire.

— Essaie de les comprendre, Finn. Ils sont tellement habitués à résoudre leurs problèmes seuls qu'ils répugnent à perdre leur indépendance.

— Je persiste à croire que les habitants de cette région sont les plus obstinés de la terre, répéta Finn avec une lueur malicieuse dans les yeux. Enfin, je ne risque pas de m'ennuyer, au moins !

Ils rirent en chœur.

— Janna, peux-tu t'occuper de la sauce ? demanda Mme Murray en se tournant vers sa fille. Finn, ressers-toi un verre de sherry et veille à ce que ta mère ne manque de rien. George, mon chéri, va chercher une bonne bouteille de vin pour accompagner le rôti, d'accord ?

— C'est comme si c'était fait, répondit le père de Janna en terminant son verre de sherry. Alors, Jessie, je suppose que vous êtes ravie de retrouver Finn.

Le regard de Jessie s'adoucit.

— Oh oui ! Il m'a tellement manqué... Surtout depuis que Dougal est...

Elle s'interrompit et haussa légèrement les épaules comme pour marquer sa résignation. Finn lui prit la main.

— Tu vas devoir me supporter un bout de temps, maman. Car cette fois, je suis rentré pour de bon, dit-il d'une voix altérée par l'émotion.

Jessie leva vers lui un visage souriant.

— J'espère bien ! Il ne me manque plus que des petits-enfants et je serai comblée !

Occupée à confectionner la sauce, Janna se figea, la main crispée sur la cuillère. Elle attendit la réponse de Finn tandis qu'une vague de douleur déferlait sur elle. Jessie aurait eu des petits-enfants aujourd'hui... Au moins un, en tout cas...

— Chaque chose en son temps, maman, lança Finn d'un ton léger. Il faudrait d'abord que je me marie, non ?

Janna sentit tous les regards converger sur elle. Et elle se mit à tourner la cuillère dans la casserole avec des gestes mécaniques.

— Janna, qu'est-ce que tu fabriques ? demanda sa mère en retirant la casserole du feu. Ta sauce est en train de brûler ! Laisse-moi faire, je vais essayer de la rattraper.

— Je suis désolée, murmura Janna. J'étais dans les nuages...

Ses pensées l'avaient conduite à Inverness, au début du mois d'octobre, dix semaines après son dix-huitième anniversaire. C'était à ce moment-là qu'elle avait pris conscience de ce qu'elle venait de perdre. Finn ne l'avait pas contactée depuis leur nuit d'amour ; toutes ces belles promesses avaient été vides de sens et le dernier lien qui l'unissait à lui venait de disparaître. Accablée par la force des souvenirs, elle quitta la pièce en balbutiant un mot d'excuse.

Comme une somnambule, elle sortit dans le jardin et s'effondra au pied du pommier, les bras enroulés autour d'elle. La sérénité des lieux l'aida à recouvrer son calme. Peu à peu, la douleur s'estompa pour laisser la place au sentiment de vide qui ne la quittait pas depuis sept ans.

Elle entendit Finn s'approcher. Il y avait tant de choses qu'il ignorait ! Tant de choses qu'elle aurait dû lui dire. S'il lui avait fait l'amour la veille, elle lui aurait tout avoué. Mais il l'avait rejetée une fois encore.

Pourquoi fallait-il qu'elle l'aime autant ?

— Ça va ?

Elle acquiesça.

— Oui. J'avais un peu chaud, c'est tout. Je suppose que ma température n'est pas encore bien réglée, répondit-elle avec toute l'assurance d'une professionnelle. Le déjeuner est prêt ?

— Oui. Ta mère m'envoie te chercher.

Il lui tendit la main et l'aida à se relever. Affichant un sourire crispé, Janna le suivit dans le salon.

Mac McDougall mourut dans la nuit d'une crise cardiaque. Il s'éteignit chez lui, dans son lit, avant l'arrivée de l'ambulance. Son dernier vœu avait été respecté. A quatre-vingt-treize ans, il partait dignement.

Finn annonça la nouvelle à Janna le lendemain matin, avant de commencer les consultations. Heather Glennie, le médecin de garde, l'avait contacté chez lui pour le mettre au courant.

— Il n'a pas souffert. Il est mort sereinement. Heather m'a même dit qu'un petit sourire flottait sur ses lèvres quand il a cessé de respirer.

— Oh, je suppose que c'est mieux comme ça, dit-elle avant de gagner son bureau.

Intrigué, Finn l'attrapa par le bras et l'attira à lui. Des larmes baignaient ses joues.

— Tu es trop sensible, murmura-t-il contre ses cheveux.

— Il était si gentil...

— C'est vrai. Mais au moins, il aura eu la mort qu'il désirait.

— Mmm... Je vais clore son dossier, déclara-t-elle en se libérant.

Finn ne chercha pas à la retenir. Lorsque les consultations furent terminées, il prit sa voiture et retourna aussitôt au cabinet médical de Craigmore afin de parcourir les dossiers avant le début des consultations qu'il donnait l'après-midi.

Il en profita pour inscrire dans celui de Janna l'hypothermie légère dont elle avait souffert l'avant-veille. Oserait-il décrire le traitement qu'il lui avait prescrit ? songea-t-il en étouffant un petit rire.

Il ouvrit la chemise cartonnée et jeta un œil distrait sur le premier feuillet. Son sourire s'évanouit instantanément.

« Avortement spontané au bout de douze semaines. Octobre. »

Il compta à voix haute, vérifia de nouveau l'année. C'était il y a sept ans. Elle avait dû tomber enceinte pendant l'été de ses dix-huit ans. Les jambes en coton, il se laissa tomber dans le fauteuil. Ainsi, ses soupçons se confirmaient : elle avait eu une liaison avec ce type de Craigmore. Comment s'appelait-il déjà ? Michael ? Matthew ? Quelle importance, au fond ?

Finn reporta son attention sur le dossier. Il lut et relut le rapport de l'hôpital. Hébété, il enfouit le visage dans ses mains. Janna, sa douce, tendre et malicieuse Janna avait commis une bêtise parce qu'il n'était pas là pour la surveiller.

Elle n'avait jamais eu conscience du danger. A quinze ans déjà, elle flirtait avec lui en toute innocence, lui volant des baisers dans le dos de Mme Smith, la cuisinière de ses parents. N'importe quel autre que lui aurait abusé de la situation... Et ce « Monsieur Muscle » de Craigmore n'avait pas hésité un instant.

— Salaud ! murmura-t-il en abattant son poing sur le bureau.

La jalousie lui déchira le cœur. Pourquoi s'était-elle donnée à un type qu'elle connaissait à peine ? Pourquoi ne l'avait-elle pas choisi, lui, son ami de toujours ? L'ami qui lui vouait un amour sans bornes ? Pourquoi leur avait-elle fait *ça* ?

Aveuglé par la colère et le chagrin, il referma le dossier d'un coup sec et alluma l'ordinateur pour renouveler les ordonnances des patients de Kilbarchan.

Heureusement, elle n'avait pas mené sa grossesse à terme. Ce bébé aurait gâché sa vie !

Il fixa l'écran d'un air absent, incapable de se concentrer. « Comment as-tu pu nous faire ça, Janna ? »

La question, terrible et obsédante, se répercutait dans son cerveau confus.

Il ferait mieux de l'éviter pendant quelque temps car il ne serait peut-être pas en mesure de contenir sa fureur s'il la croisait.

Janna fut ravie de constater que l'ulcère de Jessie prenait enfin la voie de la cicatrisation. La crème qu'elle avait appliquée quelques jours auparavant avait nettoyé la plaie et une nouvelle peau, rose et encore fragile, recouvrait la lésion.

— Nous sommes sur la bonne voie, annonça-t-elle en appliquant une compresse au collagène. Ce n'est pas trop tôt !

Quand elle eut terminé ses soins, Jessie l'invita à prendre le thé, fidèle à ses habitudes. Elles parlèrent du repas de la veille — tous s'étaient beaucoup amusés —, de la grange que Jessie était allée visiter, du décès de Mac McDougall et de ce qu'elles pouvaient faire pour aider la pauvre Betty Buchan.

— Peut-être pourrait-elle vous aider au Club du Troisième Age, lorsque vous organisez vos repas hebdomadaires, suggéra Janna en buvant son thé à petites gorgées. Elle pourrait dresser les tables, par exemple. Elle déteste l'inactivité et je suis sûre qu'elle irait mieux si elle se sentait utile.

— J'en parlerai aux autres, promit Jessie. Tiens, voilà Finn. Le thé est encore chaud ?

— Bien sûr ! Ne bougez pas, j'y vais.

Janna se leva pour préparer une autre tasse.

— Je suis sûre que tu apprécieras la rapidité du service, lança-t-elle d'un ton joyeux en l'entendant entrer dans la pièce.

Elle pivota sur ses talons et tressaillit. Son regard, d'ordinaire pétillant de gaieté, était dur et froid comme la pierre.

— Je ne pensais pas te trouver encore là.

La main de Janna trembla légèrement et elle reposa la tasse avec précaution. Que s'était-il passé ? Elle l'ignorait, mais une chose était claire : il n'avait pas envie de la voir.

— J'étais sur le point de partir. Ta tasse est sur la table, ajouta-t-elle avant de quitter la cuisine.

Elle récupéra sa sacoche et prit congé de Jessie qui l'attendait dans le salon.

— Tu t'en vas déjà ? demanda-t-elle d'un ton surpris. Pourquoi ne bois-tu pas une autre tasse de thé avec Finn ?

— Non, il faut que je parte, Jessie. J'ai une tonne de repassage qui m'attend sagement à la maison, répondit-elle en embrassant la mère de Finn sur les deux joues. A bientôt !

Finn la rejoignit dans le vestibule. La tension qu'il dégageait était presque palpable.

— Tu n'as pas besoin de revenir, dit-il d'un ton qui n'admettait pas de réplique. Je suis parfaitement capable de changer le pansement de ma mère.

— Mais cela ne me dérange pas, au contraire...

— Désormais, c'est moi qui m'en chargerai.

Janna frémit.

— Très bien. Bonne soirée.

Il n'y eut pas de réponse. Atterrée, elle courut se réfugier dans sa voiture et rentra chez elle. La froideur soudaine de Finn la plongeait dans un profond désarroi.

Comment expliquer un tel revirement d'humeur? Le matin, il la prenait dans ses bras pour la consoler après l'annonce du décès de Mac et, le soir même, il la traitait comme une pestiférée !

De retour chez elle, elle se fit couler un bain brûlant et se glissa dans l'eau parfumée avec un soupir. Finn occupait toutes ses pensées. Peut-être était-il inquiet au sujet d'un patient...

Non, ça ne pouvait pas être ça. Il ne l'avait *jamais* regardée avec un tel dédain. Une boule se forma dans sa gorge et elle se frictionna avec vigueur dans l'espoir d'oublier son regard implacable.

Elle ne pleurerait pas pour lui. Non ! Pas cette fois, pas encore...

Avec un sanglot, elle lâcha son savon et s'allongea dans la baignoire, le visage ruisselant de larmes.

7.

Lorsqu'elle revit Finn, il se montra moins dur, mais il conserva néanmoins son attitude distante. Déroutée, Janna renonça à chercher les raisons de sa froideur. N'avait-il pas agi de la même façon quelques années plus tôt ?

Cette constatation lui brisait le cœur, mais, cette fois, elle n'avait guère le temps de s'apitoyer sur son sort. Il fallait continuer à travailler, coûte que coûte.

Ils se croisèrent une ou deux fois au cours des deux jours qui suivirent, se saluant du bout des lèvres, comme deux parfaits étrangers. Le cœur lourd, Janna effectuait ses visites sans enthousiasme.

Ce fut une urgence qui les réunit de nouveau. Alors qu'ils étaient tous les deux absents — Finn assurait des consultations à Glenmorriston et Janna était partie pour ses visites journalières —, Betty Buchan fut transportée à l'hôpital d'Inverness. Elle était montée sur une chaise pour changer une ampoule, avait perdu l'équilibre et s'était brisé le col du fémur en tombant. Heureusement, elle avait réussi à se traîner jusqu'au téléphone pour avertir sa voisine. Cette dernière avait aussitôt alerté les urgences d'Inverness.

Janna était sur la route quand l'hélicoptère survola Port Mackie. Il ne s'attarda pas et elle le vit repartir au moment où elle franchissait les limites du village. Le médecin de l'équipe avait pris soin de lui laisser une courte lettre qui expliquait les circonstances de l'accident et donnait un premier aperçu des blessures.

Il y avait aussi un petit mot de Finn. A peine rentré de ses consultations, il avait vu l'hélicoptère et décidé d'accompagner la pauvre Betty à l'hôpital. Un de ses amis le ramènerait plus tard, dans la soirée.

Trop énervée pour se concentrer sur les dossiers à mettre à jour, elle se lança dans la préparation d'une quiche lorraine. Finn et son ami auraient probablement faim lorsqu'ils rentreraient. Elle venait d'enfourner la tarte lorsqu'on sonna à la porte.

A demi dissimulée par un énorme bouquet de fleurs champêtres, la petite Sophie se tenait sur le seuil en compagnie de son père.

— Merci de m'avoir aidée l'autre jour, dit la fillette d'un ton solennel avant de tendre le bouquet à Janna.

— Comme c'est gentil, Sophie ! s'écria la jeune femme en prenant les fleurs.

Elle se pencha et posa un baiser sur la joue de la fillette.

— Comment vas-tu, chérie ? Et ce pied ?

Sophie tendit la jambe afin qu'elle puisse voir les fines égratignures presque cicatrisées.

— Il n'était pas cassé. Il y avait juste des coupures, expliqua Sophie avec une pointe de fierté dans la voix.

— Tant mieux ! répondit Janna en lançant un regard amusé vers le père de la petite fille. J'espère que cette aventure n'a pas gâché vos vacances ?

— Non... grâce à vous ! Nous ne vous remercierons jamais assez pour ce que vous avez fait. Pourrez-vous donner ceci au Dr McGregor ? ajouta-t-il en tendant une bouteille de whisky. Nous vous sommes vraiment tous très reconnaissants.

Janna sourit.

— Merci beaucoup, mais ce n'était pas...

— Chut ! Je ne veux rien entendre, coupa M. Sullivan. Allez, Sophie, il est temps de rejoindre maman et tes frères. Merci encore, mademoiselle !

— Au revoir. Profitez bien de vos vacances !

— Au revoir ! s'écria Sophie en agitant sa petite main.

Janna les regarda partir, touchée par leur reconnaissance. De retour dans la cuisine, elle disposa les fleurs dans un vase, dressa la table pour trois et prépara une salade.

Le moteur d'une voiture déchira le silence et Janna se précipita dehors. Finn descendit du véhicule qui repartit aussitôt. Il semblait las et découragé.

— Comment va-t-elle ? demanda la jeune femme, en proie à une sourde angoisse.

— Oh, elle s'en sortira. La fracture est nette, mais elle a subi un choc cardiaque. Ils l'ont placée sous perfusion. Elle allait déjà mieux quand je l'ai quittée.

— Tu avais l'air si triste en sortant de la voiture, Finn...

Il la fixa d'un air indéchiffrable.

— Ah bon ? J'étais perdu dans mes pensées, sans aucun doute. Puis-je entrer un moment ?

— Bien sûr ! Je croyais que ton ami resterait à dîner.

— Il avait un rendez-vous à Craigmore. Mais ne prends pas cet air désolé : je meurs de faim !

— Tant mieux.

Le silence retomba et elle l'entraîna dans la cuisine, désemparée par son air troublé.

— Au fait, les parents de Sophie t'ont apporté un cadeau, dit-elle d'un ton exagérément enjoué.

Elle désigna la bouteille de whisky pur malt.

— La petite Sophie m'a offert un énorme bouquet de fleurs.

— C'est très gentil de leur part.

Il prit la bouteille, examina l'étiquette et dévissa le bouchon.

— Mmm, il sent merveilleusement bon... Tu crois que j'ai le droit de le goûter ? Il est à peine 18 heures...

Janna laissa échapper un petit rire.

— Exceptionnellement, je te donne la permission.

Elle lui tendit un verre.

— Tu ne te joins pas à moi ?

Janna hésita une seconde avant de sortir un autre verre.

— Juste un doigt pour te tenir compagnie.

Finn versa le liquide ambré dans les verres.

— A la tienne ! murmura-t-il en portant le verre à ses lèvres.

Il prit une grande gorgée et ferma les yeux.

— Il est excellent. Comment ont-ils su que c'était ma marque préférée ?

Janna lui glissa un regard de biais. Il semblait préoccupé. A cet instant, elle aurait tout donné pour savoir ce qui le tourmentait. Au bout d'un moment, Finn parut se ressaisir.

— Comment va la petite Sophie ? Est-ce qu'il y avait des fractures ?

Janna secoua la tête.

— Non, juste un hématome et quelques égratignures bien nettes. Apparemment, elle s'est bien remise de ses émotions.

« Contrairement à nous », faillit-elle ajouter, mais elle se retint à temps. Si seulement elle connaissait la raison de sa froideur ! Elle sirota son whisky, remarquant au passage que Finn s'était déjà resservi.

— Si nous passions à table ? demanda-t-elle d'un ton anodin.

Finn la gratifia d'un regard narquois.

— Aurais-tu peur que je me soûle, Janna ?

Feignant de ne pas avoir entendu, elle posa la quiche lorraine au centre de la table et coupa une large part pour Finn.

— Sers-toi en salade.

Ils commencèrent à manger en silence puis, peu à peu, l'atmosphère se détendit et ils se mirent à parler de leurs patients. Mais ce qui préoccupait Finn n'avait rien de professionnel.

Après le dîner, ils allèrent s'installer dans le salon. Finn s'était servi un autre verre de whisky sous le regard indulgent de Janna. Après tout, l'alcool lui délierait peut-être la langue...

Pendant un long moment, il demeura silencieux, perdu dans la contemplation de son verre. Il n'y avait pas touché lorsqu'il se décida enfin à parler.

— Pourquoi ne m'as-tu rien dit au sujet du bébé ?

Janna crut recevoir un seau d'eau glacée.

— Le bébé ? répéta-t-elle d'une voix étranglée. Quel bébé ?

Comment avait-il su ? Personne n'était au courant, pas même sa mère ! Elle avait gardé son douloureux secret pour elle seule... C'était un cauchemar ; elle allait se réveiller ! La voix de Finn la tira de ses réflexions.

— Tu as fait une fausse couche, il y a sept ans. C'est écrit dans ton dossier médical.

Le dossier, bien sûr... Le *maudit* dossier !

— Pourquoi as-tu consulté mon dossier ? demanda-t-elle pour gagner du temps.

— Je voulais signaler ta crise d'hypothermie.

— Oh...

Avec une nonchalance remarquable, Finn croisa les mains sur sa nuque et l'étudia fixement.

— Alors, pourquoi ne m'as-tu rien dit ?

Les épaules de Janna s'affaissèrent légèrement. Il savait. Elle n'avait plus rien à cacher désormais.

— J'ai essayé de t'appeler plusieurs fois, mais tu n'étais pas là. Tes colocataires m'ont promis de te transmettre le message, mais tu n'as jamais rappelé.

— Tu aurais dû insister.

Un rire sans joie s'échappa des lèvres de Janna.

— C'est ce que j'ai fait, figure-toi. Je suis tombée plusieurs fois sur un certain Max qui m'a finalement répondu qu'il t'avait transmis le message et que si je ne comprenais pas la signification de ton silence... Bref, il m'a gentiment priée de te laisser tranquille.

Elle se tordit nerveusement les mains et poursuivit d'une voix tremblante :

— J'ai attendu que tu m'appelles. Les jours passaient et tu ne me donnais pas signe de vie. Par la suite, j'ai perdu mon bébé et je n'avais plus aucune raison de t'en parler. De toute façon, ma vie ne semblait pas vraiment t'intéresser. Tu ne te donnais même pas la peine de répondre à mes appels... Et puis, je ne voulais pas t'ennuyer avec mes histoires.

Finn soupira.

— Janna, tes *histoires*, comme tu dis, ne m'ont jamais ennuyé. Tu le sais bien.

— Ce n'est pas ce que Max m'a laissé entendre. Quoi qu'il en soit, tu ne t'es jamais donné la peine de me rappeler.

Il soupira de nouveau.

— Je suis désolé. Je venais d'être engagé dans un cabinet médical et je ne voyais pas le temps passer. Je n'ai même pas pu me libérer avant Noël. Il m'arrivait de travailler cent trente heures par semaine, j'avais encore du mal à me concentrer et, lorsque je ne travaillais pas, je passais mon temps libre à dormir.

— N'exagère pas, Finn ! Tu aurais pu trouver cinq minutes pour me téléphoner. Je t'ai appelé en août, bon sang ! Et je n'ai reçu aucune nouvelle jusqu'à Noël. J'avais besoin de toi, Finn.

Elle planta son regard vert dans le sien.

— Peux-tu imaginer ce qu'on ressent lorsqu'on est enceinte et qu'on découvre que le père s'en moque royalement ?

Sa voix se brisa et elle porta la main à sa bouche, refoulant à grand-peine les larmes qui montaient à ses yeux. Finn enfouit les doigts dans ses cheveux, découvrant la fine cicatrice qui marquait sa tempe.

— Oh, Janna, je suis vraiment désolé... Ça a dû être une épreuve terrible pour toi...

— J'avais tellement envie de ce bébé, murmura-t-elle. Tu ne peux pas savoir à quel point je tenais à lui. Je me suis réveillée un matin, souffrant de douleurs atroces, et quand je suis arrivée à l'hôpital... mon bébé était mort.

Un pli barra le front de Finn. Il se pencha vers elle et lui prit les mains.

— Ne pleure pas, chérie. Tu auras d'autres bébés.

Elle se redressa et fixa sur lui un regard hébété.

— Tu crois ? Ne serais-tu pas en train de négliger une donnée essentielle ? Un bébé a besoin d'un père, Finn. Un père qui l'aime, qui le chérisse et qui ait envie de fonder une véritable famille. Pas quelqu'un qui s'en désintéresse avant même qu'il soit né !

Elle retira ses mains d'un geste vif et se blottit dans un coin du sofa. Le visage de Finn s'assombrit.

— Pardonne-moi si je t'ai blessée, Janna. Je reconnais que je n'étais pas là au moment où tu avais besoin de moi. J'étais un peu perturbé à cause de l'accident. Peut-être même étais-je encore à l'hôpital lorsque tu as appelé.

Elle le regarda sans comprendre.

— Je ne savais pas que tu avais été hospitalisé !

Il haussa les épaules.

— Oh, il n'y avait rien de grave ; juste quelques coupures, des hématomes et une légère commotion cérébrale. Pas de quoi fouetter un chat ! Mais le choc a semé la confusion dans mon esprit et ma mémoire à court terme a subi quelques dommages. Juste après l'accident, j'étais obligé de noter tout ce qu'on me disait par crainte d'oublier aussitôt. On m'a peut-être transmis tes messages et, si je n'ai pas eu le temps de te rappeler sur-le-champ, il est très possible que ça me soit sorti de l'esprit. Ce qui expliquerait l'impatience de Max à ton égard.

Janna le contemplait, bouche bée. En l'écoutant parler, un terrible doute avait envahi son esprit et, à présent, une question lui brûlait les lèvres. Mais elle ne pouvait pas la poser brutalement.

Elle resta silencieuse un long moment, submergée par un flot d'émotions. Finalement, elle prit une grande bouffée d'air et se jeta à l'eau.

— Finn, tu as bien dit que ta mémoire à court terme avait été affectée, n'est-ce pas ?

Il hocha la tête.

— Est-ce que... Est-ce que tu te souviens de cet été que nous avons passé ensemble... lorsque tu étais revenu pour le mois de juillet ?

— Pas vraiment, non. Des flashes me traversent l'esprit de temps en temps. Par exemple, je sais que tu as donné une soirée pour ton anniversaire, mais je n'ai pas gardé une seule image de cette fête. L'accident s'est produit dix jours après et j'ai complètement oublié cette période de ma vie.

Janna avala sa salive. Ainsi, ses craintes se confirmaient. S'il ne se souvenait pas de son anniversaire, il avait également oublié les merveilleuses semaines qui l'avaient précédé — leurs fous rires, leur complicité de tous les instants, leur insouciance, les baisers volés dans des endroits insolites — et surtout, surtout, ce qui s'était passé après la soirée, lorsqu'ils étaient allés à Camas Ciuicharan et qu'il lui avait fait l'amour sous les étoiles.

Ces moments de pur bonheur n'existaient plus pour lui.

Il ne savait pas qu'ils avaient fait l'amour, il ne se souvenait plus des douces promesses qu'il avait formulées. Et il ne les avait jamais brisées... Non, il les avait oubliées, tout simplement.

Une autre pensée s'imposa à elle, à la fois cruelle et rassurante : Finn ignorait que le bébé qu'elle avait perdu était aussi le sien.

Ecrasée par le poids de ces révélations, elle porta les mains à ses tempes et les massa doucement. Il ne savait rien. Son cerveau avait rayé leur merveilleuse expérience.

Et maintenant, comment lui dire ce qui s'était passé sans le traumatiser? Comment lui parler de leur nuit d'amour et du bébé qui avait failli en naître?

Finn s'était levé.

— Tu tombes de fatigue, Janna. Je vais te laisser. J'ai encore quelques dossiers à consulter chez moi.

Elle voulut se lever, mais il la repoussa gentiment sur le sofa.

— Reste là et repose-toi. Je connais le chemin... Merci pour le dîner, chérie.

Il l'embrassa doucement sur la joue et disparut, la laissant se débattre dans le chaos de ses pensées.

Qu'était-elle censée faire, maintenant?

8.

— Voilà, tu sais tout. D'après ce qu'il m'a dit, il ne se souvient pas de ce qui s'est passé cet été-là.

Lindsay Baird fixa Janna d'un air abasourdi.

— Tu veux dire qu'il a *tout* oublié ?

Janna haussa les épaules.

— Je suppose, mais je pouvais difficilement lui poser la question de but en blanc. Est-ce que tu m'imagines en train de demander d'une voix détachée : « Finn, es-tu vraiment sûr d'avoir tout oublié ? Même la nuit où nous avons fait l'amour à la belle étoile ? Ça ne te dit rien ? »

Lindsay ne put s'empêcher de rire.

— Ce ne sera pas facile, certes, dit-elle, une fois son sérieux recouvré. Pourtant, tu dois lui dire.

— Mais comment ?

Lindsay secoua la tête.

— Je ne sais pas. Tu veux une autre tasse de thé ?

— Avec plaisir. Ne bouge pas, je m'en occupe. Je ne devrais pas t'embêter avec mes problèmes alors que tu te remets tout juste de ton accouchement.

— Arrête tes bêtises, Janna. Tu sais très bien que tu ne m'embêtes pas, au contraire. Et puis, je me porte à merveille.

Elle eut un sourire espiègle.

— Après tout, mon accouchement n'a posé aucun problème... Je songe même à faire un quatrième bébé dans quelque temps !

Janna la foudroya du regard.

— Attends au moins que je sois à la retraite, d'accord ?

— D'ici là, tu auras peut-être tes propres enfants à élever.

Le sourire de Janna s'effaça. Alertée par son expression attristée, Lindsay se pencha vers elle et posa une main sur son épaule.

— Y aurait-il quelque chose que tu m'aurais caché, Janna ? Est-ce que... Tu es tombée enceinte et tu as dû te faire avorter, c'est ça ?

Janna maudit en silence la perspicacité légendaire de son amie. Mais elle secoua la tête avec véhémence.

— Ce n'était pas un avortement.

— Une fausse couche, rectifia Lindsay.

Un silence accueillit ses paroles.

— Oh, Janna, je suis désolée. Tu as dû traverser une période terriblement éprouvante.

— J'avais besoin de lui, murmura Janna. Et il ne soupçonnait rien. J'ai perdu son bébé et il était à mille lieues d'imaginer ce qui se passait... Comment vais-je pouvoir lui annoncer tout ça ? Je redoute sa réaction, tu comprends. Il va me reprocher de ne pas lui avoir écrit, mais je voulais le voir et parler tranquillement de ce bébé que nous avions conçu par une belle nuit d'été.

Elle s'interrompit avant de conclure d'une voix à peine audible :

— En fin de compte, je n'ai jamais eu l'occasion de lui parler.

Lindsay prépara deux tasses de thé et elles regagnèrent le jardin baigné de soleil. Les enfants faisaient la sieste, et même la petite dernière dormait à poings fermés. De temps en temps, le cri d'une mouette venait troubler le silence et, au loin, on entendait le tracteur de Fergus. La saison des foins était arrivée.

Lindsay s'installa confortablement dans une chaise longue.

— Bon, il ne nous reste plus qu'à échafauder un plan.

— Quel genre de plan ?

— Que penses-tu d'une reconstitution des événements, un peu comme celles qu'organise la police après un crime ? Arrange-toi pour l'emmener dans des endroits où vous êtes allés ensemble, reproduisez les mêmes gestes... Essaie de ranimer sa mémoire.

— Est-ce que je le mets au courant ?

Lindsay réfléchit.

— Non, il risquerait de soupçonner quelque chose. Laisse simplement les images et les impressions pénétrer son cerveau.

— Et si ça ne marche pas ?

— Ça marchera, rétorqua Lindsay. Ecoute, Janna, il faut absolument que tu monopolises tout son temps libre. Tu te souviens des sorties que vous avez faites cet été-là ?

— Bien sûr ! Je me souviens de tout comme si c'était hier. Les éclats de rire, les parties de pêche, les courses-poursuites dans les collines, les barbecues sur la plage...

Lindsay l'arrêta d'un geste de la main.

— D'accord, d'accord, je te crois. Rends-toi compte de ta chance : c'est ton anniversaire la semaine prochaine, une date décisive pour lui comme pour toi. Je me souviens encore des regards langoureux qu'il te lançait pendant la soirée, dit-elle avec une grimace mutine. Il était fou amoureux de toi, crois-moi.

Janna rougit légèrement.

— Arrête, Lindsay ! Comment allons-nous recréer l'ambiance festive de cette soirée ?

— Tes parents pourraient organiser un dîner pour ton anniversaire. Oh, rien de compliqué... Juste quelques invités pour planter le décor... Et à la fin de la soirée, tu n'auras plus qu'à le kidnapper et à le séduire ! Comment avancent les travaux, à la grange ?

— Je ne sais pas. Je n'y suis pas allée cette semaine. Pourquoi ?

— Parce que, petite sotte, il faut que tu l'emmènes là-bas et il faut surtout qu'Angus n'ait pas terminé la toiture pour que vous retrouviez la magie des étoiles.

Un sourire complice étira ses lèvres.

— Fergus se chargera de convaincre Angus d'attendre un peu avant de poser les tuiles. Ça ne te dérange pas si je le mets au courant de notre « machination » ?

— Bien sûr que non !

— Je suis sûre qu'il acceptera de nous donner un coup de pouce. Voilà à quoi servent les amis d'enfance, ma chère !

Janna pouffa.

— Tout semble si simple avec toi.

— *C'est* simple. Le seul problème, c'est que nous ne pouvons pas garantir le résultat.

— « Qui ne tente rien n'a rien », n'est-ce pas ? lança Janna, gagnée par l'enthousiasme de son amie.

Finn contemplait son verre de bière, plongé dans ses pensées. Installé au comptoir du pub, il attendait Fergus. La voix légèrement rocailleuse de son ami mit un terme à sa rêverie.

— Tu me sembles bien songeur, Finn. Puis-je savoir ce qui te préoccupe ?

Finn sourit.

— Désolé, c'est un secret.

Fergus se percha sur le tabouret voisin et posa sur lui un regard inquisiteur.

— Janna ? suggéra-t-il d'un ton désinvolte.

Finn évita de croiser son regard. Son ami avait toujours eu le chic de lire dans ses pensées. De toute évidence, les années n'avaient pas altéré cette faculté, à la fois fascinante et redoutable.

— J'ai toujours pensé que Janna et toi finiriez par vous marier un jour, poursuivit l'agriculteur sur le même ton. Surtout après que tu m'eus flanqué une raclée quand j'ai eu le malheur de l'inviter à la kermesse de Kilbarchan. Nous avions vingt ans, à l'époque.

— Et elle en avait quinze. Je te connaissais trop bien pour la laisser sortir avec toi. Tu n'aurais pas résisté à la tentation.

— Et toi, Finn, as-tu résisté à la tentation ?

Finn se résolut à affronter le regard noisette de son ami.

— Oui. Je ne voulais pas précipiter les choses avec elle. Et puis ce type de Craigmore est arrivé, avec ses belles paroles et son air de Casanova, et il n'a pas hésité une seconde, lui...

Il se tut et reporta son attention sur son verre de bière. Fergus commanda deux whiskies.

— Parle-moi de ce type.

— Michael ? Matthew ? Il traînait avec elle l'été de ses dix-huit ans. Je l'ai revu à Noël, avant qu'elle parte suivre sa formation, et j'ai appris ensuite qu'il avait déménagé. Il... Disons qu'il a été moins respectueux que moi.

Fergus fronça les sourcils.

— Tu en es sûr? Je ne me souviens pas l'avoir vu souvent avec Janna.

— Sans doute parce que tu étais trop occupé à séduire Lindsay !

Son ami esquissa un sourire.

— Je plaide coupable ! Et ça a marché : regarde où nous en sommes aujourd'hui ! Et toi, Finn, où en es-tu ?

— Oh moi, je n'ai que des souvenirs, et encore... Je ne

garde de cet été que des images floues. Plus que floues, d'ailleurs. C'est le trou noir. J'ai l'impression qu'il s'est passé un événement important... quelque chose que je devrais savoir. C'est à cause de ce fichu accident de voiture... Je sens que Janna n'est pas étrangère à l'histoire. Si je me rappelais ce détail, je saurais sans doute pourquoi elle a préféré se tourner vers Michael... ou Matthew, peu importe.

— Pourquoi ne lui demandes-tu pas ?

Finn haussa les épaules.

— Quelque chose me retient. Peut-être que j'ai peur de connaître la vérité.

— Au fond, peut-être que tu ne tiens pas tant que ça à elle, murmura Fergus, conscient de pousser son ami dans ses retranchements.

La réaction de Finn ne se fit pas attendre. Il reposa violemment son verre sur le comptoir et lui décocha une œillade meurtrière.

— Tu plaisantes, j'espère ?

Fergus réprima un sourire.

— Dans ce cas, montre-le-lui. Quoi qu'il ait pu se passer avec ce gars de Craigmore, c'est fini maintenant. C'est loin. Depuis qu'elle est rentrée, je ne l'ai vue avec personne. Tente ta chance, Finn. Passez le week-end ensemble... Essayez de remonter le temps.

— Impossible ; je suis de garde.

— Demande à Heather de te remplacer. Je la connais, elle ne résistera pas à une jolie prime. Il va faire un temps superbe demain. Pourquoi n'appellerais-tu pas Janna dans la matinée pour lui demander de passer la journée avec toi ?

Finn exhala un soupir. La tentation était forte... Les obstacles nombreux.

— Janna est également de garde ce week-end.

— Amy la remplacera si tu lui demandes gentiment. Bon sang, Finn, tu n'as rien à perdre !

« Ma raison d'être », faillit-il rétorquer. Mais le plan de Fergus était trop séduisant...

Le téléphone sonna à minuit passé.

— Janna ? Inutile de faire des projets pour demain, déclara Fergus sans préambule. J'ai réussi à le convaincre de vous faire remplacer par Heather et Amy et il va t'appeler demain matin pour te demander de passer la journée avec lui. Emmène-le dans un endroit où vous aviez l'habitude d'aller cet été-là.

— Fergus Baird, tu es un amour, murmura Janna d'une voix ensommeillée.

Le rire de son ami retentit à l'autre bout du fil.

— Finn est amoureux de toi, Janna, mais il a peur de réveiller des souvenirs qu'il ne serait pas prêt à assumer. Ne le laisse pas t'échapper.

Fergus raccrocha et Janna se recroquevilla sous sa couette. Finn l'aimait encore ? songea-t-elle avec un sourire béat. Dans ce cas, il se souviendrait et tout irait bien. Tout à coup, pour la première fois depuis des années, le bonheur lui parut accessible. Et cette fois, elle ne le laisserait pas filer entre ses doigts.

Comme prévu, Finn l'appela vers 10 heures le lendemain matin. Avec un sourire espiègle, Janna feignit la surprise.

— Finn ! Je voulais justement te...

— Janna, je t'appelle pour...

Ils avaient parlé ensemble et Finn reprit en riant.

— En fait, je me demandais si... Tu as probablement des projets pour la journée, et puis tu es de garde. Mais il fait un temps magnifique et je me demandais si tu accepterais de passer la journée avec moi. Nous pourrions organiser quelque chose.

Debout dans sa cuisine, Janna esquissa un petit pas de danse. Jusqu'à présent, tout se passait à merveille.

— C'est une excellente idée, dit-elle d'un ton faussement désinvolte. A vrai dire, j'avais l'intention de t'appeler pour te proposer la même chose.

— Je me charge de prévenir Heather et Amy, intervint Finn d'un ton précipité — en fait, il venait de leur téléphoner. Et je prendrai mon bip en cas d'urgence. Alors, qu'aimerais-tu faire ?

— Attraper des poissons, répondit Janna sans hésiter. Les rivières et les étangs regorgent de truites et celles du Dr MacWhirter sont particulièrement appétissantes.

— Janna, c'est du braconnage ! protesta Finn en riant.

— Et alors ? Ce ne sera pas la première fois.

— Peut-être, mais n'oublie pas que j'ai un rang à tenir au sein de notre communauté, maintenant !

— Pff... Serais-tu devenu trouillard, Finlay McGregor ?

— Petite chipie, tu vas regretter ces paroles, rétorqua Finn. Je passe te prendre dans vingt minutes. Sois prête.

— Ne t'inquiète pas, répondit Janna avant de raccrocher, le cœur gonflé d'allégresse.

« Je suis prête. Et j'espère que tu l'es aussi car, à partir de maintenant, je ne te laisserai aucun répit. »

9.

Avant l'arrivée de Finn, Janna appela rapidement le Dr MacWhirter.

— Bill ? Bonjour, c'est Janna. J'ai un service à vous demander, Bill. Accepteriez-vous de me vendre une truite saumonée... Mais j'aimerais l'attraper moi-même.

Le vieux médecin partit de son rire chevrotant.

— Tu emmènes Finn à la pêche, mon enfant ?

— Oui, et comme nous avons quelques scrupules à braconner maintenant, j'aimerais avoir votre permission. Au fait, si jamais Finn vous appelait, ne dites surtout pas que vous êtes au courant, d'accord ?

— Ne t'inquiète pas, Janna, je saurai tenir ma langue.

Il marqua une pause avant de demander d'un ton hésitant :

— Dis-moi... Tout va bien entre Finn et toi ? Je ne voudrais pas me montrer indiscret, mais...

— Nous avons traversé une période difficile, Bill, mais je crois que tout va s'arranger bientôt.

— Tant mieux, ma belle.

— Au fait, Bill, j'aimerais vous inviter à la petite soirée que donnent mes parents pour mon anniversaire vendredi prochain. Parlez-en à Helen et dites-lui de confirmer auprès de maman, d'accord ? Bien, je dois vous laisser maintenant. Vous me direz combien je vous dois pour la truite.

— Rien du tout, Janna. Ça me fait plaisir. Amusez-vous bien tous les deux. A vendredi.

Dès qu'elle eut raccroché, Janna fila à l'étage pour se changer. Un vieux jean délavé, un débardeur, des chaussures de marche et un coupe-vent au cas où le temps se dégraderait. Elle attacha ses cheveux avec un bandana et descendit dans la cuisine pour préparer une Thermos de café et prendre un paquet de biscuits.

En entendant le bruit du moteur, elle se précipita dans le hall, vérifia que le répondeur était bien branché et sortit en courant.

— Je suis prête !

Finn lui ouvrit la portière. Il arborait la même expression mi-coupable, mi-réjouie que lorsqu'ils étaient enfants et qu'elle l'entraînait dans des aventures interdites par les adultes.

Un quart d'heure plus tard, il garait son 4x4 sous un bouquet d'arbres, à l'abri des regards indiscrets. Ils prirent le chemin qui descendait vers l'étang de Bill MacWhirter.

— Il nous tuera s'il nous surprend, marmonna Finn.

— Ne dis pas de sottises, riposta Janna, rassurée sur ce point. De toute façon, je suis sûre que nous n'attraperons rien. Nous avons perdu la main, après toutes ces années.

Finn eut un rire ironique et Janna dissimula à grand-peine un sourire. Elle adorait le taquiner. Il tombait toujours dans le piège !

Finn ouvrit la marche, conscient de la proximité de Janna à quelques pas de lui. Il lui avait appris à se déplacer sans bruit dans les bois et elle évoluait avec une grâce féline qui ne cessait de l'émerveiller.

Un léger sourire flotta sur ses lèvres. Elle cherchait à le provoquer en prétendant qu'ils avaient « perdu la main ». Car si elle n'avait pas oublié comment se faufiler sans bruit entre les buissons, elle n'avait probablement pas oublié comment attraper une truite à mains nues. Elle avait envie de jouer ? Eh bien, il relèverait le défi !

Avant de passer la prendre, il avait prévenu le Dr MacWhirter qui n'avait pas semblé étonné mais plutôt amusé. Les idées farfelues de Janna avaient toujours amusé son entourage. Jusqu'à un certain point...

Ses mâchoires se contractèrent lorsqu'il repensa à son aventure avec le Casanova de Craigmore. Dire qu'il n'avait même pas été là pour la soutenir !

Il sentit un léger tiraillement sur son T-shirt et pivota vers Janna. Les yeux brillants, elle pointa son menton vers un bosquet et Finn suivit son regard. A moins de cinq mètres d'eux, une biche et son faon paissaient tranquillement l'herbe tendre.

Immobiles, ils contemplèrent la scène jusqu'à ce que la biche lève brusquement sa tête fine. Dès qu'elle les aperçut, elle bondit se réfugier dans le sous-bois, le faon sur ses talons.

Finn se tourna vers Janna.

— Ils étaient magnifiques. Tout ceci m'a tellement manqué, ajouta-t-il avec un geste ample de la main.

Janna sourit.

— Viens, mes doigts me démangent furieusement !

« Les miens aussi, mais pas pour pêcher la truite », pensa Finn, luttant contre l'envie d'enfouir ses doigts dans la masse de ses cheveux, de l'attirer contre lui et de caresser les courbes satinées de son corps...

— Allez, avance !

Elle lui donna une petite tape et il reprit le chemin jusqu'à l'étang où ils avaient échangé leur premier baiser. Les joues roses d'excitation, Janna posa son sac et inspecta les eaux transparentes.

— Regarde ! Elles se bousculent presque !

Ils s'assirent au bord de l'étang et mangèrent quelques biscuits, rassemblant leurs forces pour l'étape suivante. Finalement, Finn retira son T-shirt et s'approcha de l'étang à pas de loup. Là, il s'allongea et plongea la main sous l'eau sans créer le moindre remous. Parfait, il n'avait pas perdu sa technique.

— Le premier qui en attrape une a droit à un baiser, murmura Janna qui l'avait rejoint sans bruit.

Son sourire provocant diffusa une onde de chaleur dans le corps de Finn et il acquiesça d'un signe de tête, incapable d'émettre le moindre son. Elle s'installa un peu plus loin et Finn essaya de retrouver sa concentration.

Il y eut un léger remous. Puis il sentit une truite se frotter à sa main. Lentement, sans précipitation, il glissa un doigt sous le ventre, un autre sur la tête, jusqu'à ce que le poisson vienne se loger dans sa main, fasciné par le doux va-et-vient de ses doigts.

Alors, d'un mouvement sec du poignet, il l'attrapa et le déposa sur la rive.

— J'ai gagné ! déclara-t-il avec un sourire triomphant, étonné de retrouver la fougue de son adolescence.

Janna se redressa et examina la truite qui frétillait encore.

— C'est dommage de la laisser mourir, dit-elle d'un ton désolé.

Finn regarda le poisson. Très délicatement, en prenant soin de ne pas abîmer ses écailles, il le ramassa et le remit à l'eau. En un éclair, la truite avait disparu.

— J'ai tout de même droit à la récompense du vainqueur, non ?

— Bien sûr, murmura Janna en tendant la main vers lui.

Ignorant les battements désordonnés de son cœur, Finn s'avança vers elle. Elle lui prit la main et l'invita à s'allonger à côté d'elle, sur le lit de mousse. Avec une lenteur calculée, elle se pencha sur lui, plongea les doigts dans ses cheveux et entrouvrit ses lèvres pleines.

— Ferme les yeux, ordonna-t-elle d'une voix suave.

— Tu joues avec le feu...

— Mmm...

Sa bouche se posa sur la sienne, douce et délicate, et le désir se propagea dans ses veines, lui arrachant un gémissement. Il voulut caresser son visage, mais elle le repoussa et maintint ses poignets d'une main ferme.

Il aurait pu se libérer et prendre le contrôle de cet assaut sensuel. Au lieu de ça, il endura la délicieuse torture de ses lèvres qui mordillaient, effleuraient, caressaient les siennes jusqu'à l'amener au bord de la folie. Ivre de plaisir, il la fit rouler sous lui et l'embrassa à en perdre haleine.

A contrecœur, il la relâcha. Leurs regards s'accrochèrent comme leurs respirations se calmaient lentement.

— Tu embrasses divinement bien, murmura-t-il d'un ton bourru.

— C'est toi qui m'as appris.

Un sourire amusé joua sur les lèvres de Finn.

— Dommage que je ne t'aie pas appris à conduire aussi bien !

Janna se rembrunit.

— A propos, il faut que tu me dises combien je te dois pour le phare.

— Rien. C'était ma faute. J'aurais dû te laisser passer.

Elle promena ses doigts sur la joue de Finn.

— Tu n'es qu'un fieffé menteur, Finlay McGregor.

Puis elle se leva et ramassa son sac.

— Tu comptes rester là longtemps ?

Finn ouvrit de grands yeux innocents.

— Je croyais que nous étions venus pêcher.

— Vraiment ? Je me demande bien ce qui a pu te faire croire ça !

Ils éclatèrent de rire puis Finn reprit la parole.

— Nous pourrions faire griller du poisson sur la plage.

Le cœur de Janna s'emballa.

— C'est une très bonne idée. A moi de jouer...

Il la regarda s'allonger de nouveau et glisser la main dans l'eau d'un geste expert. Il lui avait appris à pêcher la truite après que son père lui eut transmis les secrets de ce sport.

Quelques minutes plus tard, une gerbe d'eau étincela. Avec un cri de joie, Janna assomma une énorme truite à l'aide d'une pierre et la mit dans un sac en plastique.

— C'est moi qui ai gagné, cette fois !

— Tu attendras un peu pour ta récompense. Viens vite avant qu'on nous attrape la main dans le sac.

Riant comme deux écoliers, ils traversèrent le bois en courant. Une biche détala devant eux et ils rirent de plus belle. Une fois dans la voiture, Janna cacha la truite sous le siège et tourna vers Finn un visage souriant.

— Café ?

— Volontiers. Où allons-nous ?

— Nulle part. J'ai apporté une Thermos !

— Je vois que tu as pensé à tout, tel le parfait braconnier !

Avec un petit rire, elle lui tendit un gobelet.

— Bois vite. Il faut que j'aille voir s'il y a des messages sur le répondeur.

La lumière rouge clignotait lorsqu'ils pénétrèrent dans le hall. Janna appuya sur la touche « lecture » et la bande se rembobina.

— Bonjour, c'est Sue. J'appelle du pub. Une vacancière a fait une mauvaise chute de cheval et elle se plaint de douleurs à l'épaule. C'est peut-être une fracture. Janna, pourrais-tu passer dès que tu rentres ? Merci.

Janna interrogea Finn du regard.

— J'y vais, ou tu y vas ?

Il haussa les épaules.

— Allons-y ensemble. Nous ne serons pas trop de deux si c'est une fracture.

Ils trouvèrent la blessée dans la cour du pub, assise à l'ombre d'un arbre. Elle maintenait son bras contre elle en grimaçant de douleur. Un homme était assis près d'elle et deux enfants l'observaient d'un air inquiet. Sue vint à leur rencontre.

— A en juger par la façon dont elle se tient, c'est l'épaule ou la clavicule, dit Janna en traversant la pelouse.

— Mmm... Il va falloir découper la chemise, renchérit Finn comme ils approchaient du petit groupe. Bonjour, je suis le docteur McGregor et voici Mlle Murray, l'infirmière. Je suppose que vous êtes notre blessée...

Un pâle sourire éclaira le visage de la femme.

— Vous supposez bien. Je m'appelle Sally Eastwick. Le cheval s'est cabré, j'ai perdu le contrôle et voilà où j'en suis maintenant, conclut-elle d'un air piteux.

Finn lui adressa un sourire rassurant.

— Nous allons vous examiner à l'intérieur. J'ai peur qu'il faille sacrifier votre chemise.

— Oh, s'il n'y avait que ça...

Ils l'aidèrent à s'installer dans l'arrière-salle et Finn découpa la chemise avec précaution.

— Vous vous êtes démis l'épaule, annonça-t-il après un examen minutieux. Je voudrais m'assurer qu'aucun nerf n'a été touché et qu'il n'y a pas d'autre lésion. Que sentez-vous lorsque vous remuez la main ?

— Des picotements, comme si elle était ankylosée. Mes doigts sont glacés.

Finn prit son pouls radial qui se révéla un peu faible.

— Le nerf brachial est coincé. Depuis combien de temps êtes-vous tombée ?

Le mari jeta un coup d'œil à sa montre.

— Une heure environ. Le retour a été laborieux.

Finn hocha la tête en continuant à palper l'épaule blessée.

— Bien. Je vais d'abord remettre l'épaule à sa place afin de rétablir la circulation du sang dans le bras. Puis nous vous enverrons à l'hôpital pour une série de radios. Mais je ne crois pas qu'il y ait une fracture.

Il se tourna vers Janna.

— Nous allons rentrer au cabinet et lui administrer une dose de péthidine avant d'intervenir.

— Je pars en avant préparer la salle d'examen.

— D'accord. A tout de suite.

Janna courut jusqu'au cabinet. Elle prit le temps de ramasser ses affaires qui traînaient encore dans le hall et de mettre le poisson au réfrigérateur.

Finn se souvenait-il du barbecue qu'ils avaient organisé sur la plage de Camas Ciuicharan quelques jours avant son anniversaire? se demanda la jeune femme en préparant la salle d'examen. Après le repas, ils avaient attendu que la marée remonte. Une fois le feu éteint, ils étaient restés un moment dans l'obscurité, à écouter le doux murmure des vagues.

Fergus et Lindsay étaient avec eux ce soir-là. Peut-être accepteraient-ils de répéter la scène... Dès qu'elle eut terminé ses préparatifs, elle appela Lindsay qui se montra enthousiaste à l'idée d'un barbecue sur la plage.

— Je vais demander à la baby-sitter de garder mes deux monstres et j'emmènerai la petite avec nous. A quelle heure as-tu prévu d'y être?

— Vers 8 heures. Ça te va?

— Fantastique, nous y serons. J'apporte le vin!

Elle raccrocha et ouvrit la porte du cabinet au moment où Finn, la blessée et son époux arrivaient. Les enfants étaient restés au pub avec Sue.

— Attablés devant une énorme part de tarte aux pommes, expliqua le père d'un ton amusé.

Après lui avoir donné de la péthidine, Finn aida la jeune femme à s'allonger sur le ventre, joue contre la table. Avec une délicatesse infinie, il dégagea son bras blessé.

— Aïe..., murmura Sally en se mordant la lèvre.

Finn entreprit de lui masser doucement le dos afin de décontracter les muscles. Puis, écartant le bras sur le côté, il poussa d'un coup sec. Avec un petit craquement, la tête de l'humérus retrouva sa place habituelle.

Sally ferma les yeux. Un long soupir s'échappa de ses lèvres.

— C'est fini ?

Finn et Janna échangèrent un sourire.

— Presque.

Janna l'aida à se redresser et glissa son bras dans une écharpe en mousse pour le soutenir. Quelques minutes plus tard, elle avait retrouvé des couleurs et son pouls battait normalement.

— Je vais vous donner une lettre que vous transmettrez aux urgences de Fort William. Je ne pense pas qu'ils trouvent autre chose, mais je préfère m'en remettre aux radios.

L'époux de Sally alla chercher les enfants et la voiture. Sur des remerciements chaleureux, ils quittèrent le cabinet et Finn exhala un soupir de soulagement.

— Dieu merci, tout s'est bien passé. Je déteste faire ça à l'aveuglette, sans pouvoir visualiser le problème. Mais sa circulation était bloquée, je n'avais donc guère le choix...

— Et tu t'en es sorti comme un chef ! répliqua Janna. Oh... Je viens d'entendre mon estomac protester bruyamment contre la diète que je lui impose.

Finn lui décocha un sourire enjôleur.

— Je t'invite au pub ?

— Avec plaisir... A propos de repas, j'ai invité Lindsay et Fergus à se joindre à nous ce soir.

— Comme au bon vieux temps, murmura Finn d'une voix empreinte de mélancolie.

Janna ne répondit pas. Si seulement leur plan pouvait fonctionner... jusqu'au bout !

C'était marée basse lorsqu'ils se retrouvèrent sur la plage. Finn et Fergus s'occupèrent du feu tandis que Janna préparait le poisson.

— Ils n'ont pas perdu l'habitude, dit-elle en levant les yeux vers Lindsay qui donnait le sein au bébé, assise sur un rocher plat. Nous irons les rejoindre dès que cette vorace aura terminé son repas, d'accord ?

Elle enveloppa le bébé d'un regard attendri. Les années n'avaient pas estompé la douleur qui l'étreignait chaque fois qu'elle posait les yeux sur un enfant. Bientôt, peut-être... La voix de Lindsay l'arracha à sa rêverie.

— J'ai vu que le toit de la grange n'était pas encore posé.

— Fergus a parlé à Angus ? demanda Janna, les yeux pétillant de malice.

— Mmm... Il a promis d'attendre lundi avant de commencer.

— Finn doit être furieux.

— Tu crois ?

Elles gloussèrent.

Ils dégustèrent le poisson en bavardant avec animation puis ils s'installèrent face à la mer. Le coucher du soleil fut somptueux. On aurait dit qu'un immense brasier avait incendié l'océan, projetant dans le ciel une palette de couleurs flamboyantes.

Enlacés sur une couverture à côté du feu, Lindsay et

Fergus se reposaient. Le bébé dormait paisiblement dans leur voiture. Finn se tourna vers Janna. Il souriait, mais son regard demeurait grave.

— Laissons ces deux tourtereaux tranquilles et allons nous promener.

Ils marchèrent à la rencontre de l'océan qui remontait doucement puis se dirigèrent vers la pointe rocheuse et s'arrêtèrent à son extrémité. Un frisson parcourut Janna. Aussitôt, le bras de Finn s'enroula autour de ses épaules et une douce chaleur l'envahit.

Ils demeurèrent un moment immobiles, sans parler. Soudain, le cri d'un phoque troubla le silence et Janna se serra inconsciemment contre Finn.

Lentement, comme s'il avait peur de rompre la magie de l'instant, il inclina la tête et effleura ses lèvres.

— Janna...

Le mot se mêla au bruit des vagues et aux appels stridents des phoques. Il l'étreignit tendrement, la joue posée contre ses cheveux et Janna crut percevoir les battements sourds de son cœur.

— Tu m'as manqué, avoua-t-il dans un souffle. Cela fait tellement longtemps que nous n'avons pas partagé un moment comme celui-ci, sans tension, sans antagonisme. J'aimerais comprendre ce qui nous est arrivé.

Janna retint son souffle.

— La réponse se trouve dans cette tranche de vie que tu as oubliée, murmura-t-elle. Peut-être qu'un jour la lumière se fera dans ton esprit et que tu te souviendras de tout.

Il s'écarta d'elle et plongea son regard clair dans le sien. Son expression était insondable.

— Janna, commença-t-il d'un ton hésitant, est-ce qu'il s'est passé quelque chose de grave cet été-là ? Quelque chose qui t'a blessée... Un événement qui a creusé ce fossé entre nous ? Un détail dont je devrais me souvenir ?

— Ce n'était pas quelque chose de blessant. Ce n'était pas non plus un « détail », mais il faut que tu t'en souviennes.

Finn se détourna vers l'océan.

— Je t'ai fait souffrir, n'est-ce pas ?

Sa voix était rauque, presque inaudible. Bouleversée, Janna glissa sa main dans la sienne. Leurs doigts s'entremêlèrent.

— Ce n'était pas ta faute. Je l'ignorais... mais je le sais à présent.

— Et si je n'arrivais pas à me rappeler ? Est-ce que ce serait grave ?

Janna secoua la tête.

— Non. De toute façon, je finirai par te raconter ce qui s'est passé. Mais j'aimerais que tout te revienne naturellement.

— Nous avons déjà fait un barbecue sur la plage avec Lindsay et Fergus, n'est-ce pas ?

Il braqua sur Janna un regard plein d'espoir.

— Nous avions volé des truites dans l'étang de MacWhirter... Suis-je sur la bonne voie, Janna ?

— Oui. Tu te souviens de cette soirée ?

— Par fragments. Tu portais une robe bleue.

Janna hocha la tête, en proie à un sentiment d'excitation irrépressible.

— Fergus et Lindsay étaient sur un petit nuage et nous sommes allés nous promener, exactement comme ce soir.

— Et je t'ai embrassée.

— Oui.

— Il y a eu autre chose ?

— Pas ce soir-là.

— Pour ton anniversaire, alors. Je ne me souviens absolument pas de cette soirée.

— Je pourrais te prêter la cassette. Quelqu'un avait filmé la fête.

— D'accord.

Elle se hissa sur la pointe des pieds et posa un baiser sur ses lèvres.

— Allons retrouver Fergus et Lindsay. Ils risquent de s'inquiéter.

Main dans la main, unis par de nouveaux espoirs, ils rejoignirent leurs amis.

La semaine qui suivit mit les nerfs de Janna à rude épreuve. De connivence avec sa fille, Mme Murray avait lancé les invitations pour le vendredi soir. Bill et Helen MacWhirter, Jessie McGregor, Fergus et Lindsay ainsi que quelques couples d'amis viendraient fêter son anniversaire.

Le jeudi matin, comme il venait de terminer ses visites à domicile, Finn frappa à la porte de son bureau.

— J'ai de bonnes nouvelles au sujet de Betty Buchan. Elle est sortie de l'hôpital hier, encore un peu affaiblie, et a insisté pour s'installer à la maison de retraite de Craigmore. Je l'ai eue au téléphone et elle m'a dit qu'elle avait pris goût à la vie hospitalière et qu'elle préférait mille fois être chouchoutée dans une maison de retraite plutôt que de se retrouver seule chez elle. Franchement, je n'y comprends plus rien !

Janna ne put s'empêcher de rire devant son air ahuri.

— De quoi te plains-tu, Finn ? C'est une excellente nouvelle, non ?

— Déroutante, mais excellente, je l'admets. Nous irons la voir bientôt.

Ils parlèrent un moment de leurs patients puis Finn consulta sa montre.

— Je dois filer. J'assure les consultations de Craigmore cet après-midi. A plus tard !

— Finn ?

Il s'immobilisa, la main sur la poignée de la porte.

— Oui ?

— Tu n'as pas oublié la petite fête chez mes parents, demain soir ?

— Le voyage dans les méandres de ma mémoire ? Pour rien au monde je ne le manquerai, Janna.

10.

Quand Janna partit pour ses visites le vendredi matin, le soleil inondait les collines. Elle y vit un clin d'œil du destin : sept ans plus tôt, il avait fait un temps superbe le jour de son anniversaire. Radieuse, elle décida de terminer la matinée en rendant visite à Jessie McGregor.

— Bonjour, Janna. Joyeux anniversaire ! lança cette dernière avec un sourire ravi.

— Merci. Je compte bien vous voir chez mes parents ce soir.

Le visage de Jessie s'illumina.

— J'y serai, ne t'inquiète surtout pas. Finn ne parle que de ça depuis le début de la semaine. Tu ne peux pas savoir comme je suis heureuse de te voir. Pour être franche, je préférais quand c'était toi qui venais me soigner. Ça nous donnait l'occasion d'échanger les derniers potins !

Janna l'étreignit tendrement.

— Moi aussi, je venais vous voir avec plaisir. Avec un peu de chance, je vous rendrai visite beaucoup plus souvent.

Jessie la dévisagea.

— Il t'aime toujours, tu sais.

Il y eut un silence.

— Oui, je le crois aussi, murmura Janna avec une

calme assurance. Et cette fois, je ne le laisserai pas partir. Bien... Si nous nous occupions un peu de vous maintenant ?

Elle nettoya l'ulcère, heureuse de constater que le processus de cicatrisation avançait.

— Je reviendrai lundi pour le pansement.

— Tu crois que Finn te laissera faire ?

Un sourire effronté joua sur les lèvres de Janna.

— D'ici à lundi, votre fils mangera dans ma main, Jessie.

La mère de Finn pouffa.

— Il l'a toujours fait, Janna...

Debout devant la fenêtre de la cuisine, les yeux perdus dans la pénombre qui enveloppait le jardin, Finn attendait. Une chose importante allait se produire ce soir, il le sentait. Il avait regardé la cassette du dix-huitième anniversaire de Janna avec une nervosité grandissante. C'était comme si un étranger avait joué son propre rôle. Mais ce soir, il forcerait les barrages de sa mémoire.

Il ferma les yeux, et la devise de son père résonna à ses oreilles : « Dans la vie, tout est question de volonté. La fuite n'est jamais une solution. »

Le parfum de Janna envahit ses narines.

— Te voilà enfin ! Je t'ai cherché partout. M'accorderais-tu cette danse, Finlay McGregor ?

Il pivota vers elle. L'appréhension se lisait dans son regard vert. Ainsi, elle avait peur, elle aussi.

— Viens, murmura-t-il en l'entraînant dans le salon.

On avait poussé les meubles contre les murs, les portes-fenêtres étaient ouvertes sur le jardin et quelques lampes créaient une ambiance intime et chaleureuse. Sur la terrasse, étroitement enlacés, Fergus et Lindsay évoluaient au rythme d'une mélodie langoureuse. Finn attira

Janna dans ses bras et elle exhala un petit soupir en se pressant contre lui.

— Attention, Janna, tu continues à jouer avec le feu...

Elle partit d'un rire joyeux puis, sans cesser de danser, elle le guida vers le fond du jardin.

— Tu me dois un baiser, dit-elle en plantant son regard brûlant dans le sien. Je n'ai pas oublié, tu sais...

Elle lui offrit ses lèvres et Finn les captura dans un baiser enflammé.

— Viens, murmura-t-elle tout contre ses lèvres. Ils n'ont pas besoin de nous pour s'amuser.

Finn la suivit, intrigué.

— Où allons-nous ?

— A Camas Ciuicharan.

— Maintenant ?

— Mmm... Allez, monte, dit-elle en ouvrant la portière de la Jaguar de son père. Je t'emmène.

Il obéit docilement alors qu'une foule de questions se pressaient dans son cerveau confus. Est-ce que cela faisait aussi partie du plan ? Que diable s'était-il passé ce fameux soir ? Avec un soupir découragé, il se laissa aller contre l'appuie-tête.

Janna conduisait vite. En un temps record, ils atteignirent Camas Ciuicharan et elle gara la voiture devant la grange. Puis elle ouvrit le coffre et prit une couverture.

— Suis-moi, Finn.

Sans chercher à comprendre, il lui emboîta le pas, les yeux rivés sur sa silhouette gracile mise en valeur par la courte robe nacrée.

Elle portait la même robe, dans son rêve.

Elle avait pris de l'avance et il la trouva assise sur la couverture, devant l'arche ouvert sur la mer. Les étoiles scintillaient au-dessus d'eux. Comme dans le rêve.

— Janna...

Elle posa un index sur ses lèvres pour le réduire au

silence et lui fit signe de venir la rejoindre. Soudain intimidé, il s'assit à côté d'elle.

La bouche de Janna chercha la sienne et il sut qu'il était perdu. Ce fut un long baiser fiévreux. Les mains de Janna caressèrent son dos avant de s'aventurer sous la chemise. La douceur de ses doigts sur sa peau le fit frémir.

Il la désirait depuis des années. Une éternité, à ses yeux ! Et ce soir, il n'aurait pas la force de s'arrêter. Ses mains tremblaient lorsqu'il l'aida à ôter sa robe. Le clair de lune jouait sur son corps souple et délié et elle se redressa pour le fixer d'un air grave.

— Finn... Fais-moi l'amour, je t'en prie.

Fou de désir, il se débarrassa de ses vêtements et l'attira dans ses bras. Sa peau incroyablement douce sentait la vanille. Comme dans le rêve...

Guidées par une force presque magnétique, ses mains coururent sur son corps, cédant rapidement la place à ses lèvres avides. Noyé sous un flot de sensations enivrantes, Finn aurait voulu que ces instants durent à jamais. Mais Janna enroula ses jambes autour de sa taille et se cambra contre lui.

— Doucement, Janna.

Elle feignit de ne pas l'entendre et ses doigts s'enfoncèrent dans son dos.

— Finn, je t'en supplie. Viens...

Gagné par sa frénésie, il répondit à sa prière et la fit sienne. Propulsés dans le tourbillon du plaisir, ils atteignirent ensemble les cimes de l'extase tandis que leurs cris s'élevaient vers les étoiles.

Un éclair déchira l'esprit de Finn.

Ce n'était pas un rêve. C'était un souvenir, bien réel.

Du bout des doigts, Janna caressait tendrement le dos de Finn.

— Janna ?

— Mmm...

— Je t'aime.

Le regard de la jeune femme s'embua.

— Oh, Finn, je t'aime aussi... Je t'aime tellement.

Elle se mordit la lèvre, contenant ses larmes à grand-peine. Alerté par son silence, Finn se redressa et la fixa avec gravité.

— Je croyais que c'était un rêve.

Il leva la main vers la grange et le ciel étoilé.

— Toutes les nuits, je rêve que je te fais l'amour ici. Nous avons déjà vécu cette scène, n'est-ce pas ?

Janna hocha la tête, trop émue pour parler.

— Oh, mon amour, que nous est-il arrivé ? murmura-t-il d'une voix étranglée. Tout au fond de moi, j'avais le sentiment d'avoir perdu quelque chose, mais je n'en mesurais pas l'importance.

Elle posa la main sur sa joue et il se détourna pour embrasser sa paume.

— Après ton anniversaire, je suis reparti pour Edimbourg, j'ai eu ce maudit accident et tu n'as plus eu de nouvelles de moi. Est-ce pour cela que...

Il hésita.

— Est-ce pour cela que tu t'es consolée dans les bras de Michael ?

Janna lui jeta un regard interdit.

— Michael ? Quel Michael ?

— Le type de Craigmore, tu sais bien.

— Matthew ? Je ne suis jamais sortie avec Matthew. De quoi veux-tu parler exactement ?

— Mais le bébé...

Il se tut brusquement. Le choc, l'incrédulité puis la souffrance se succédèrent sur son visage.

— Oh, mon Dieu, non... J'étais le père du bébé. Oh, mon amour, pardon...

Il la serra contre lui et la berça longuement en chuchotant des paroles apaisantes.

— Oh, Janna, je suis désolé. Dire que tu as cru que je me moquais de ce que tu devenais. De ce que *vous* deveniez...

Les joues baignées de larmes, Janna enfouit son visage dans le cou de Finn.

— J'avais besoin de ton amour, Finn. Tes revirements d'humeur m'ont brisé le cœur. Un jour, tu parlais mariage, le lendemain, tu ne répondais même pas à mes appels.

Le silence s'abattit sur eux, plongeant Janna dans une douloureuse incertitude. Etait-elle allée trop loin en mentionnant ses promesses de mariage ?

Au bout de ce qui lui sembla une éternité, il saisit son menton entre le pouce et l'index et la força à lever les yeux vers lui.

— Malgré tout ce que tu as enduré, accepterais-tu de m'épouser, Janna ? demanda-t-il d'un ton solennel.

De nouvelles larmes jaillirent de ses yeux. Des larmes de bonheur, cette fois.

— Oh oui, Finn. C'est mon vœu le plus cher. J'aurai attendu sept ans avant qu'il se réalise !

Ils s'embrassèrent longuement.

— Au fait, murmura Finn en se redressant, avec toutes ces émotions, j'ai oublié de te donner ton cadeau...

Un sourire énigmatique aux lèvres, il tendit la main vers sa veste, fouilla dans la poche et en sortit une enveloppe.

— Qu'est-ce que c'est ? demanda-t-elle en l'ouvrant d'une main tremblante.

— Le contrat de vente de la grange. Je l'ai fait enregistrer à nos deux noms. J'ignorais ce qui allait se passer ce soir, mais une chose était claire pour moi : je n'avais aucune intention de te laisser repartir sans avoir obtenu ta promesse de m'épouser.

Avec un soupir de pure félicité, Janna se blottit dans ses bras. Leurs lèvres se scellèrent et une nouvelle vague de désir s'abattit sur eux, les emportant dans un abîme de sensualité.

La petite église était bondée. Tous les habitants de la péninsule avaient souhaité assister à la messe de mariage en ce magnifique dimanche d'août. Betty Buchan était également présente. Elle ne tarissait pas d'éloges sur sa maison de retraite et semblait avoir recouvré un peu de son équilibre mental. Assise à côté de Jessie McGregor, elle se tapotait les joues avec un mouchoir.

— Ils forment un couple superbe, Jessie.

— C'est indéniable.

— Si vous voulez mon avis, vous n'allez pas tarder à être grand-mère.

— Mmm...

— Finn ressemble tellement à son père. Dougal aurait été fier de lui.

Jessie hocha la tête, les yeux pleins de larmes. Quel bonheur de les voir enfin mariés !

— Il y a pourtant un détail qui me chiffonne, murmura Betty sur le ton de la confidence. N'est-ce pas une drôle d'idée de célébrer un mariage en pleine nuit ?

MARION LENNOX

L'invité inattendu

HARLEQUIN

COLLECTION BLANCHE

Cet ouvrage a été publié en langue anglaise
sous le titre :
PRESCRIPTION — ONE HUSBAND

Ce roman a déjà été publié dans la collection
BLANCHE (N° 355/1)
en juillet 1996.

83-85, boulevard Vincent-Auriol, 75013 Paris — Tél. 01 42 16 63 63
Service Lectrices — Tél 01 45 82 47 47

1.

« J'ai l'air complètement ridicule ! »

Voilà ce que pensait une jeune mariée le jour de ses noces...

Le Dr Fern Rycroft lissa d'une main impatiente le satin blanc de sa robe et prit une profonde inspiration. L'oncle Al l'attendait. Sam l'attendait. La population entière de l'île, semblait-il, attendait qu'elle suive la voie de la sagesse et épouse Sam Hubert.

Mais ça ne leur suffisait pas. Les insulaires voulaient surtout qu'elle rentre au bercail avec son époux. Eh bien, ils n'étaient pas près de voir leur souhait exaucé !

Vivre à Barega ? Jamais...

— Tu es prête, Fern ?

L'oncle Al commençait à trépigner. L'inquiétude crispait son visage empreint de bonté.

Fern n'eut aucun mal à deviner ses pensées. Il se disait que, malgré ses vingt-huit ans et son diplôme de médecine, sa nièce avait toujours les immenses yeux verts, les courtes boucles rousses et les taches de son de la petite orpheline désespérée qu'il avait recueillie treize ans plus tôt. Pour lui, elle serait toujours une enfant.

Cependant, elle ne soupçonnait pas les véritables causes de l'anxiété d'Albert Rycroft, celles qu'il essayait de dissimuler derrière un sourire rassurant. Car il lisait dans le regard de l'adorable jeune femme la même tristesse qu'autrefois, quand elle avait perdu ses parents, le même désarroi et la conviction que la vie ne lui réservait rien de bon...

Lorsqu'il avait ramené sa nièce à la maison, cette année-là, les habitants de l'île avaient aussitôt été conquis par l'apparente gaieté de Fern, son rire contagieux et son dynamisme à toute épreuve.

Ils disaient qu'elle était leur « potion magique », et quand elle avait annoncé qu'elle voulait étudier la médecine, ils l'avaient gentiment taquinée :

— Toi, tu n'auras pas besoin de donner des médicaments à tes malades ! Ton sourire suffira à les guérir.

Mais Albert Rycroft, lui, entendait la note de désespoir qui vibrait dans le rire clair de sa nièce ; il savait qu'elle avait traversé l'enfer, que plus jamais elle n'aurait confiance dans une existence qui lui avait arraché sa famille en une nuit.

— Oncle Al...

— Non, mon petit. Tout le monde est là, tu ne peux pas les décevoir, ma chérie.

Fern lui lança un regard pénétrant, puis esquissa un sourire malicieux.

— Mais je ne vais pas m'enfuir, rassure-toi. Sam et moi avons pris la meilleure décision possible.

— Tout à fait. Et cette histoire entre Sam et Lizzy Hurst est oubliée depuis longtemps.

Elle hocha la tête.

— Lizzy est enracinée dans cette terre, tandis que Sam et moi sommes partis vivre ailleurs. Nous reviendrons, bien sûr, mais... en touristes. Alors, tu te décides à me conduire à l'autel ? ajouta-t-elle en glissant sa main dans celle de son oncle. A moins que tu ne préfères avoir une vieille fille sur les bras pour le restant de tes jours ?

— Ça ne m'ennuierait pas, et ta tante non plus. Tu sais

combien nous t'aimons, ma chérie. Cependant tu as raison : il est temps pour toi de te marier.

La petite église était bondée, et tous les visages se tournèrent vers Fern lorsqu'elle apparut, tandis que l'organiste plaquait les premiers accords de la marche nuptiale.

Elle se figea sur le seuil de la chapelle, comme pour contempler l'avenir qui l'attendait au bout de l'allée centrale.

Puis elle laissa retomber sa traîne de satin et s'avança.

— Quelle jolie mariée ! Comme elle est belle ! murmuraient les gens, éblouis par la somptueuse robe cousue par tante Maud, émus par le sourire tremblé de Fern.

Ils l'ignoraient tous, mais ce n'était pas la vraie Fern qu'ils voyaient.

La vraie Fern était ailleurs.

Elle n'avait aucun rapport avec cette créature en blanc qui marchait au bras de son oncle et souriait aux invités.

La vraie Fern était pétrifiée.

Il lui était arrivé de lire des romans sentimentaux, quand elle en avait assez des manuels de médecine. Elle savait donc qu'une mariée était censée flotter sur un nuage, sentir son cœur s'affoler en apercevant son bien-aimé qui l'attendait devant l'autel.

Mais pourquoi son cœur aurait-il battu plus vite ? Ce n'était que Sam, le garçon qu'elle connaissait depuis si longtemps, qu'elle épousait parce que c'était la meilleure chose à faire.

Elle s'obligea à tourner son regard vers son futur mari, lut de l'anxiété dans ses yeux.

Etrange...

C'était Sam qui l'avait harcelée pendant des années pour la convaincre de se marier avec lui. Pourquoi diable serait-il maintenant angoissé ?

Ce genre de cérémonie mettait tout le monde sur les nerfs, songea-t-elle.

Tante Maud avait recommandé à son époux de marcher lentement, et il suivait ses ordres à la lettre. Il leur faudrait une éternité pour atteindre l'autel. Le temps semblait suspendu.

Lizzy était peut-être dans l'église... Cela expliquerait le trouble de Sam.

Fern balaya des yeux l'assistance endimanchée et croisa soudain le regard d'un homme qui se tenait tout près d'elle.

Qui était-ce ? Elle ne l'avait encore jamais vu. Très élégant dans son smoking noir, il paraissait différent des autres invités.

Pourquoi ?

Il n'avait pourtant rien d'extraordinaire, pensa-t-elle, intriguée. Il était grand et solidement bâti, comme la plupart des insulaires qui travaillaient la terre ou vivaient de la pêche.

Ses épais cheveux blonds étaient un peu trop longs, décolorés par le sel et le soleil ; le vent marin avait tanné son visage — les hommes de l'île avaient tous ce genre de physique.

Fern connaissait chacun d'entre eux, pourtant, elle n'avait jamais rencontré celui-ci.

Seigneur, quel romantisme ! En cet instant, réputé être le plus important de la vie d'une femme, elle aurait dû ne songer qu'à Sam.

Pourquoi se souciait-elle tant de cet inconnu ?

A cause de son regard noir incroyablement perçant, sans doute. Il la scrutait avec une sorte d'ironie, comme s'il savait que la vraie Fern n'était pas cette créature vêtue de satin blanc, mais une petite fille qui s'était déguisée pour jouer à la mariée.

Oui, lui voyait la vraie Fern...

C'était insupportable. Indignée, elle accéléra le pas, entraînant l'oncle Al à sa suite.

Sam l'attendait près de l'autel. Et Sam paraissait au bord de l'évanouissement...

Sous son voile diaphane, Fern fronça les sourcils.

— Ça ne va pas ? chuchota-t-elle à son futur mari.

— Je ne... je suis désolé...

Il avait le teint verdâtre, des gouttes de sueur brillaient sur son front qui commençait à se dégarnir, et il avait déboutonné la veste de son smoking.

— Sam, qu'est-ce que tu as ? demanda-t-elle tout bas, alarmée.

Une main pressée sur son estomac, plié en deux, il lança à sa fiancée un regard empli d'effroi, puis détala à toutes jambes.

Fern demeura seule devant l'autel.

Elle resta plantée là, cramponnée au bras de son oncle. Soudain, comme si la sortie de Sam avait donné le signal de la débandade, il y eut des bruits de chaises, de talons claquant sur le sol.

Les gens se précipitaient au-dehors, livides, les traits crispés. L'église se vidait à toute allure. On aurait dit qu'un incendie venait d'éclater.

Ahurie, Fern regardait ses invités s'enfuir.

Tournant brusquement les talons, le prêtre courut vers la sacristie. L'organiste cessa de jouer et se leva d'un bond, une main sur la bouche.

Soudain, dans la foule qui se bousculait pour franchir les portes, Fern aperçut une jeune femme tout de noir vêtue ; son exubérante tignasse, retenue par une barrette, était reconnaissable entre mille.

Lizzy Hurst... Elle tentait de s'éclipser, aussi discrètement que possible, mais, contrairement aux autres, elle avait un teint de rose et un sourire triomphant aux lèvres.

Intoxication alimentaire...

C'était la seule explication plausible, songea Fern. Ils avaient tous ingéré un produit toxique quelconque.

Tante Maud, elle aussi, était victime de l'étrange phénomène. Chancelante, elle s'approcha de son mari.

— Ramène-moi à la maison, Al..., marmonna-t-elle. Vi... vite ! Oh, Fern, excuse-moi, mais... je crois que je vais...

Sans achever sa phrase, elle pivota et courut vers la sortie.

L'oncle Al secouait la tête d'un air hébété.

— Mais qu'est-ce que...

— Je crois que le mariage est ajourné, coupa Fern d'une voix tremblante. Tante Maud a besoin de toi, dépêche-toi.

Albert Rycroft opina et suivit son épouse. Fern resta seule devant l'autel.

C'était un cauchemar...

Au bout d'un moment, elle se décida à redescendre l'allée centrale, sa traîne de satin balayant le sol avec un froissement qui paraissait saugrenu en cet instant.

Le spectacle qui l'attendait dehors la laissa interdite. Les invités qui avaient réussi à rejoindre leurs voitures démarraient sur les chapeaux de roues, comme s'ils avaient le diable à leurs trousses. Les autres se débrouillaient comme ils pouvaient. Fern aperçut la silhouette massive de Sam qui, réfugié dans les buissons près de l'église, semblait sur le point de rendre l'âme.

« Pauvre Sam », pensa-t-elle, apitoyée. Lui qui rêvait d'une magnifique cérémonie, qui avait tout organisé avec tant de soin...

Qu'avaient donc mangé tous ces gens ?

Elle se dirigeait vers son fiancé, quand une voix l'arrêta :

— Quel mariage !

La voix était grave et mélodieuse, teintée d'une subtile ironie. Fern n'eut même pas à se retourner pour deviner qui lui parlait ainsi. L'inconnu, bien sûr.

— Qu'avez-vous donc servi à vos invités ?

Comme Fern ne répondait pas, observant avec stupeur le chaos environnant, il posa une main fraîche sur son épaule.

— Alors, docteur Rycroft ? reprit-il, fixant sur elle un regard pénétrant.

— Je ne... je n'ai pas... Oh, mon Dieu, c'est affreux !

— J'avoue que je n'avais jamais encore assisté à un mariage pareil, rétorqua-t-il d'un ton narquois.

— Ecoutez, j'ignore qui vous êtes, mais, franchement, il n'y a pas de quoi rire !

— Non, en effet. Attendons pour nous esclaffer de savoir ce qui s'est passé. Venez, docteur Rycroft, ajouta-t-il en la prenant par le bras.

— Mais je ne vous connais pas... Qui êtes-vous ?

Il eut un sourire si chaleureux qu'elle dut se mordre les lèvres pour ne pas sourire à son tour.

— Moi, je vous connais, docteur Rycroft. Quand je me rends à un mariage, je demande toujours le nom de la fiancée, c'est un principe.

Fern avait l'impression d'être engluée dans quelque mauvais rêve. Elle secoua doucement la tête.

— Je me présente..., ajouta-t-il en lui tendant une main forte et belle. Quinn Gallagher, le médecin de l'île.

Elle le dévisagea longuement et sentit avec soulagement que le vertige la quittait. Son esprit recommençait à fonctionner.

Quinn Gallagher... le sauveur de l'île... et de Fern Rycroft.

Barega attendait un médecin depuis une éternité ; malheureusement personne ne désirait s'installer sur cette île perdue, séparée du continent par un large bras de mer.

Les habitants étaient trop peu nombreux et les touristes trop rares pour qu'un cabinet fût rentable.

Aussi, lorsque Fern avait annoncé son intention d'étudier la médecine, les insulaires avaient applaudi. Ils allaient enfin avoir quelqu'un pour les soigner. Et ils auraient également un avocat, si Sam Hubert revenait au pays.

Hélas, Fern et Sam n'avaient aucune envie de vivre dans l'île. Dieu seul savait combien elle se sentait coupable.

— Après tout ce que nous avons fait pour toi..., lui reprochait-on. Nous t'avons acceptée comme si tu étais des nôtres, tu devrais au moins nous en être reconnaissante.

Mais elle ne pouvait pas revenir à Barega. C'était au-dessus de ses forces.

Voilà pourquoi, lorsque sa tante lui avait écrit que l'île avait désormais un médecin, Fern avait remercié le ciel. A en croire Maud, le Dr Gallagher était un homme charmant, compétent, toujours à l'écoute de ses patients. Un vrai médecin de famille. « J'espère que tu ne verras pas d'inconvénient à ce que nous l'invitions au mariage », concluait Maud.

Fern avait répondu par retour du courrier que, naturellement, le Dr Gallagher serait le bienvenu. Elle vouait une brûlante gratitude à cet inconnu qui la sauvait de la culpabilité.

Un vrai médecin de famille... Sottement, elle s'était représenté le fameux Dr Gallagher comme un être vieillissant qui, au seuil de la retraite, souhaitait ralentir ses activités et profiter de ses loisirs pour taquiner le poisson et se promener sur la plage.

Pourquoi un homme comme Quinn Gallagher, qui paraissait avoir une trentaine d'années, avait-il décidé d'exercer son métier à Barega ?

Ça ne la concernait pas, songea-t-elle avec irritation. Pourquoi se posait-elle ce genre de question alors que la moitié de ses invités — et son fiancé — semblaient à l'article de la mort ?

— Je... il faut que je rejoigne Sam, bredouilla-t-elle en relevant sa traîne.

— Je crois que, pour l'instant, votre bien-aimé a surtout besoin qu'on le laisse tranquille, rétorqua-t-il, montrant Sam qui, dans les buissons, hoquetait désespérément.

— Mais qu'est-ce qui a bien pu...

— Les rendre malades ? acheva-t-il. Je l'ignore, cependant nous finirons bien par trouver la clé de l'énigme. Posons comme postulat de base qu'il ne s'agit pas d'une épidémie foudroyante, une sorte de fièvre maritale, et tenons-nous-en à une hypothèse plus simple, autrement dit à une banale intoxication alimentaire. En principe, les symptômes se déclarent environ quatre heures après l'ingestion d'aliments toxiques. Donc, pour nous résumer : qu'avez-vous servi à vos invités voici quatre heures, docteur Rycroft ?

— Eh bien... il y a eu le lunch...

Fern s'interrompit, les sourcils froncés, observant le photographe qui, son appareil autour du cou, déambulait sur le parvis en roulant des yeux horrifiés.

— Le lunch..., répéta Quinn Gallagher d'une voix lente. Vous pouvez être plus précise ? Il est 5 heures à présent. Ces gens ont déjeuné vers 1 heure ?

— Euh... oui.

— Ils ont tous mangé ensemble ?

— Oui... Tante Maud avait d'abord prévu d'offrir une collation aux quelques cousins venus du continent, mais, finalement, la moitié de l'île s'est retrouvée à la maison.

— Et quel était le menu ?

— Je... je ne me rappelle pas. J'étais tellement nerveuse que je n'ai rien pu avaler.

— Heureusement pour vous, dit-il, railleur. Mais vous ne répondez pas à ma question, docteur Rycroft. Je me moque de ce que vous avez ou non ingurgité, puisque vous n'êtes pas malade. Je vous demande ce qu'ont mangé vos invités. Alors, s'il vous plaît, cessez un instant de jouer les jeunes mariées effarouchées, et comportez-vous comme le médecin que vous êtes.

Le ton était dur, la voix métallique. Ce fut pour Fern comme une douche froide qui dissipa d'un coup les brumes où s'engluait son esprit.

D'un geste machinal, elle ôta son voile de tulle et passa une main dans ses courtes boucles rousses. Il avait raison, elle devait réagir en médecin.

— Ils ont mangé des toasts, préparés ce matin par tante Maud et quelques voisines.

— Qu'y avait-il sur ces toasts ?

Quelle absurde conversation... Elle était là dans sa robe de mariée, sur les marches de l'église, en compagnie d'un homme qui n'était pas son fiancé et qui l'interrogeait sur le menu du lunch !

— Du jambon, des œufs, de la salade, des anchois...

— Le summum de la gastronomie, si je comprends bien. Les ingrédients étaient frais ?

— Oui, bien sûr. Ce n'est pas ça qui a pu les rendre malades.

— Quelque chose a pourtant dû les intoxiquer, insista-t-il avec sévérité. Allons, ma chère, réfléchissez. Si la nourriture n'est pas en cause, nous avons peut-être un problème plus sérieux sur les bras. Vous êtes certaine qu'ils ont seulement mangé des toasts ?

— Mais oui, gémit Fern. Il n'y avait que...

Elle s'interrompit brusquement.

Lizzy...

Lizzy Hurst était arrivée en retard, elle avait planté un baiser sur les joues cramoisies de Sam, en lui souhaitant tout le bonheur du monde. Elle était désolée de ne pas avoir de cadeau, avait-elle expliqué, mais ses finances ne le lui permettaient pas. Toutefois, pour contribuer à l'allégresse générale, elle leur apportait un plateau d'huîtres.

Des huîtres toutes fraîches, ramassées le matin même, à déguster avec une sauce aux échalotes bien corsée.

Les invités s'étaient jetés sur les fruits de mer, félicitant Lizzy qui souriait.

Elle souriait encore, lorsqu'elle s'était faufilée hors de l'église...

— Les huîtres, murmura Fern. Je parie que...

— Pardon ?

Fern se mordit les lèvres. Pauvre Sam... Lui qui avait tellement redouté les réactions de Lizzy, et qui avait presque pleuré de gratitude parce qu'elle semblait ne pas lui en vouloir. Mais elle mijotait sa vengeance...

— Ils ont mangé des huîtres..., dit-elle d'une voix tremblante. Comme on les a servies avec une sauce aux échalotes très relevée, les gens ne se sont pas rendu compte qu'elles étaient peut-être avariées.

— D'où provenaient ces huîtres ?

— De chez Lizzy Hurst, murmura Fern. Elle est ostréicultrice.

— Mais, dans ce cas, elle sait reconnaître les coquillages impropres à la consommation !

— Oui.

Quinn la dévisagea d'un air incrédule.

— Vous insinuez que ce pourrait être un acte délibéré ?

Fern hocha la tête, au bord des larmes.

— J'en suis presque sûre.

Il resta un instant silencieux, plongé dans ses réflexions.

— Si vous ne vous trompez pas... comment pouvez-vous avoir la certitude qu'elle n'a pas empoisonné les fruits de mer ? Docteur Rycroft, c'est peut-être beaucoup plus grave que...

— Non, coupa-t-elle, Lizzy n'est pas stupide à ce point... et elle n'est pas vraiment méchante. Oh, mon Dieu..., balbutia-t-elle en fourrageant de nouveau dans ses cheveux. C'est une accusation terrible, j'en suis consciente, d'autant que je n'ai aucune preuve. Mais Sam et Lizzy ont quasiment grandi ensemble, elle l'a toujours adoré et pensait qu'un jour ils se marieraient. A dix-sept ans, Sam a décidé de quitter l'île et de devenir avocat. Il ne voulait plus de Lizzy. Elle en a perdu la tête. Dix ans se sont écoulés depuis leur rupture, mais chaque fois que Sam revient à Barega, elle le harcèle et lui rend la vie impossible.

— Eh bien..., marmonna-t-il. Vous pensez donc qu'elle a saboté votre mariage ?

— Lizzy possède un parc à huîtres au sud de l'île. Elle connaît son métier sur le bout des doigts, elle est capable de repérer d'un coup d'œil si un coquillage est bon ou pas, et elle sait que nous ne pourrons rien prouver contre elle.

Quinn balaya les alentours d'un regard pensif.

— Apparemment, le photographe n'est pas malade, remarqua-t-il.

— Il n'assistait pas au lunch.

— Votre oncle ?

— Il déteste les huîtres.

— Et vous ?

— Je n'étais pas en état d'avaler quoi que ce soit.

— Tout concorde, rétorqua-t-il d'un ton catégorique. Mais il faut que Lizzy confirme notre hypothèse. Savez-vous où elle habite ?

— Oui.

— Je suggère que nous lui passions un petit coup de fil.

— Elle n'a pas le téléphone. Et, à mon avis, nous aurons du mal à la trouver. Cependant, je suis d'accord avec vous : nous devons lui parler. Je m'en charge...

Elle soupira, contemplant avec une grimace sa belle robe blanche.

— Il vaut mieux que je me change avant de partir à la recherche de Lizzy.

— En effet, cette tenue ne paraît guère appropriée, répliqua-t-il avec un sourire moqueur.

— Vous pouvez rire, riposta-t-elle en lui lançant un regard noir, ce n'est pas votre mariage qu'on a saboté.

Le sourire de Quinn s'élargit, étirant ses lèvres sensuelles.

— Quel dommage...

— Nous perdons du temps, coupa-t-elle sèchement. Vous m'accompagnez ?

— Non, on risque d'avoir besoin de moi ici.

Il tourna son regard vers Sam, toujours plié en deux.

— Je vais ramener Sam chez ses parents, dit Fern. Je ne les vois nulle part, ils ont dû partir.

— Je m'en occupe, rétorqua-t-il d'un ton rude. Les hommes jeunes et solides ne courent aucun risque. Ce n'est pas pour eux que je m'inquiète. Lizzy Hurst n'est peut-être pas méchante, mais sa petite farce pourrait avoir des conséquences dramatiques. Frank Reid est âgé et diabétique. Si je ne m'abuse, il est rentré seul chez lui. J'y vais de ce pas.

Fern pressa une main sur sa bouche. Mon Dieu, elle avait oublié le vieux Frank...

— Il y a aussi Pete Harny ! s'exclama-t-elle. Il est hémophile, je suppose que vous êtes au courant. Je crois qu'il a mangé des huîtres, mais... si une hémorragie se déclare, ses parents vous préviendront.

— S'ils ne sont pas trop malades, s'ils ont la force de décrocher leur téléphone... De toute façon, il vaut mieux que je lui donne un traitement préventif.

Il secoua la tête ; un petit muscle tressautait sur sa mâchoire.

— Quelle folle, cette Lizzy Hurst ! marmonna-t-il. Comment a-t-elle pu commettre un acte pareil !

— Elle est amoureuse, répliqua faiblement Fern. L'amour justifie tout, c'est bien connu.

— Vous êtes en robe de mariée, or je ne vous imagine pas empoisonnant toute une population.

— Mais je ne suis pas amoureuse.

Ces mots avaient jailli d'eux-mêmes. Ils demeurèrent en suspens dans l'air tiède de l'après-midi, étranges, incongrus...

Quinn Gallagher la dévisagea longuement, et elle n'essaya même pas d'échapper à ce regard intense qui la fouillait.

Quel drôle de tableau ils formaient, tous les deux ! Une femme en blanc, au côté d'un homme grand et solide, en smoking noir. Un couple de comédie pour une parodie de mariage.

— Auriez-vous la bonté de m'expliquer ce que vous faites dans ce lieu, si vous n'êtes pas amoureuse ? murmura Quinn. Pourquoi vous amusez-vous à rendre les filles de l'île jalouses au point de devenir quasiment des criminelles ?

— Je... je voulais dire que je ne suis pas comme Lizzy, bafouilla-t-elle. Je... Sam et moi avons décidé de nous marier parce que... c'est mieux ainsi. Il ne s'agit pas de passion, de...

Elle se tut.

C'était complètement absurde. Il fallait qu'elle s'en aille, tout de suite.

Relevant sa robe qui traînait sur le sol, elle jeta un coup d'œil à Sam. Tant pis pour lui, il n'aurait qu'à se débrouiller seul. Elle devait retrouver Lizzy.

Elle devait surtout s'éloigner au plus vite de Quinn

Gallagher. Il l'observait d'un air amusé, presque apitoyé, comme un aigle observe la proie qu'il tient entre ses serres.

— Je... j'y vais. Je vous appellerai si je parviens à dénicher Lizzy. Où... où puis-je vous joindre ?

— J'ai un téléphone portable. La standardiste de l'île vous donnera le numéro.

— Vous... vous vous occuperez de Sam ?

— Je me charge de votre bien-aimé, tranquillisez-vous. Dépêchez-vous de retrouver Lizzy.

Hochant la tête, Fern releva plus haut sa robe et se mit à courir.

La mariée s'enfuyait...

Il n'y avait plus qu'une seule voiture devant l'église, la grosse limousine blanche qui devait transporter les nouveaux époux jusqu'au lieu du banquet. Elle semblait ridicule avec ses rubans, ses nœuds de tulle, sa plage arrière décorée de fleurs au milieu desquelles trônaient deux poupées en habits de noce.

Par chance, les clés de contact étaient sur le tableau de bord.

Les dents serrées, Fern se glissa au volant. Naturellement, sa traîne se coinça dans la portière.

Avec un gémissement rageur, elle tira brutalement sur le tissu qui se déchira. Quinn Gallagher était toujours devant les portes de l'église, immobile. Il ne la quittait pas des yeux.

Elle démarra quand son pied chaussé d'un escarpin de satin écrasa l'accélérateur. Elle dut fournir un effort considérable pour ne pas regarder, dans le rétroviseur, la silhouette du Dr Gallagher...

Voilà, son mariage était à l'eau.

Pour de bon ?

Non, quelle idée aberrante ! Ils n'auraient qu'à remettre la cérémonie à un autre jour, demain par exemple.

Mais tante Maud aurait besoin d'un peu de temps pour se rétablir. Depuis son arrivée dans l'île, Fern s'inquiétait pour sa tante qu'elle trouvait fatiguée, vieillie. Cette intoxication alimentaire risquait de l'affaiblir.

Heureusement que Quinn Gallagher était là pour veiller sur les habitants les plus fragiles, auxquels ces maudites huîtres pouvaient causer de sérieux problèmes. Fern, en cet instant, aurait voulu être à son côté pour visiter ces gens qu'elle connaissait depuis toujours.

— Je devrais plutôt penser à Sam, marmonna-t-elle.

Mais elle n'avait aucune envie d'être avec son fiancé. Mon Dieu, s'il savait ça, le pauvre Sam serait anéanti.

Pestant entre ses dents, elle accéléra de nouveau. Le véhicule fit un bond en avant et se mit à filer à une allure tout à fait inconvenante pour une voiture de mariés.

Quel gâchis !

2.

Trois minutes plus tard, Fern s'arrêtait dans un hurlement de pneus devant la maison des Rycroft. Dès qu'elle eut franchi le seuil, elle sut que cette journée de cauchemar lui réservait encore d'atroces surprises et qu'il lui faudrait boire le calice jusqu'à la lie.

— Fern !

Elle entendit la peur dans la voix de son oncle qui se tenait en haut de l'escalier. Or Albert Rycroft n'était pas homme à s'effrayer facilement.

Retroussant sa robe jusqu'aux genoux, Fern monta les marches quatre à quatre.

« Mon Dieu... pitié ! »

Quand elle vit sa tante, elle comprit aussitôt. Maud Rycroft était affalée sur le sol, son chapeau orné de fleurs gisant pitoyablement à son côté. Elle ne bougeait plus.

Fern s'agenouilla dans un froufou de satin, prit le pouls de la malade. Rien...

— Que s'est-il passé ? demanda-t-elle en allongeant sa tante sur le plancher.

— Elle... elle a vomi, bredouilla M. Rycroft, comme tout le monde... D'abord à la sortie de l'église, et puis maintenant...

Il se tordait les mains, les yeux rivés sur son épouse inerte.

— Elle était bouleversée, elle sanglotait. Tout à coup, elle m'a dit qu'elle avait mal dans la poitrine et dans le bras... puis elle s'est évanouie. Je n'ai même pas eu le temps de la soutenir pour l'empêcher de tomber.

Ce devait être une crise cardiaque, songea Fern.

A moins que Lizzy ait mis du poison dans ses huîtres. Certains produits toxiques affectaient le cœur et provoquaient des paralysies.

Non, ce n'était pas possible. Lizzy n'aurait pas commis pareille infamie.

— Appelle le Dr Gallagher, ordonna-t-elle. Dis-lui que Maud a une syncope et que j'ai besoin de lui. Vite !

Elle eut honte de parler aussi durement à ce vieil homme qu'elle aimait tendrement, mais le temps pressait. Elle avait laissé sa trousse médicale à Sydney, et sans Quinn elle ne pouvait rien faire.

En attendant, il fallait oxygéner le cerveau de Maud. Immobilisant le visage de sa tante entre ses mains, elle insuffla de l'air dans la bouche de la malade.

Puis elle appuya les deux mains sur la poitrine de Maud, pressa de toutes ses forces.

Un, deux, trois...

Elle avait tellement l'habitude de pratiquer des massages cardiaques que c'était devenu un réflexe. Mais combien de gens avait-on sauvés de cette manière ? Les statistiques étaient effrayantes : moins de vingt-cinq pour cent...

« N'y pense pas, ce n'est pas le moment, s'admonesta-t-elle. Cette fois, ça va marcher... »

« Mon Dieu, je vous en prie... »

Maud n'avait que soixante ans, elle était trop jeune pour mourir, et Fern l'aimait...

De nouveau, elle se pencha sur la bouche de sa tante, reprit le massage. Elle entendait la voix de son oncle, au rez-de-chaussée ; un instant après, ses pas résonnèrent dans l'escalier.

— Il arrive..., annonça M. Rycroft.

Fern ne s'arrêta pas. Son oncle, chancelant, s'appuya au mur.

— Fern..., balbutia-t-il. Tu crois qu'elle va...

Elle ne répondit pas.

« Respire, tante Maud, respire... »

A quoi servait tout son savoir, si elle ne parvenait pas à arracher sa tante des griffes de la mort ?

Il lui fallait un défibrillateur. Le massage n'avait aucun effet.

Où était donc Quinn Gallagher ? Sans défibrillation, le cœur de Maud ne redémarrerait pas.

Soudain, elle entendit une portière claquer au-dehors, une voix retentir. Un instant plus tard, Quinn faisait irruption dans la chambre. Il tenait le défibrillateur à la main.

Fern ne releva pas la tête. Sans un mot, Quinn s'accroupit et, déchirant sans hésitation la jolie robe de Maud, appliqua les électrodes.

Il était précis et efficace, songea machinalement Fern. A l'évidence, il avait l'habitude des situations d'urgence.

D'un geste, il tira Fern en arrière.

— Allons-y, dit-il en pressant sur le bouton de l'appareil.

Sous l'impact du choc électrique, le corps inerte tressauta. Aussitôt, Fern insuffla une nouvelle goulée d'air dans la bouche de la malade.

— Encore une fois, déclara Quinn.

Ça ne marchait pas.

« Seigneur, je vous en supplie... »

Quinn saisit le poignet de Maud.

— Le pouls revient, murmura-t-il.

La gorge nouée, Fern scrutait le visage de sa tante.

— Par pitié..., gémit-elle.

Soudain, la poitrine de Maud se souleva, et une respiration sifflante, douloureuse, se fit entendre.

Sans perdre une seconde, Quinn saisit la bouteille et le masque à oxygène qu'il avait apportés.

— La syncope a duré combien de temps, docteur Rycroft ?

Fern se mordit les lèvres, essuyant les larmes qui roulaient sur ses joues.

— Oncle Al..., bredouilla-t-elle. Quand je suis arrivée, elle était inconsciente depuis combien de temps ?

Albert Rycroft, livide, contemplait fixement son épouse. Fern se redressa avec difficulté et s'approcha de son oncle. Elle lui saisit les mains, les serra fortement.

— Elle respire, mais il faudra peut-être un moment avant qu'elle reprenne connaissance, dit-elle d'un ton rassurant. Maud était inconsciente depuis longtemps quand je suis arrivée ? répéta-t-elle doucement.

Les paupières d'Albert Rycroft battirent. Un frisson le parcourut, comme s'il émergeait d'un profond sommeil.

— Ça n'a duré que quelques secondes... Elle est sortie de la salle de bains, elle est tombée et j'ai entendu ta voiture...

— Ça fait dix minutes en tout, peut-être moins..., dit Fern en se tournant vers Quinn.

— Heureusement que Frank Reid n'habite pas loin. J'étais devant chez lui quand j'ai reçu votre appel.

Peu à peu, le visage de Maud perdait son horrible couleur bleuâtre. Le sang revenait à ses joues. Soudain, elle tressaillit et porta une main au masque qui recouvrait sa bouche.

Fern s'agenouilla auprès d'elle.

— Tout va bien, tatie. Tu as eu un malaise, mais ce n'est rien. Le Dr Gallagher t'a mis un masque à oxygène, n'essaie pas de l'enlever. Reste tranquille.

Avec un faible gémissement, Maud Rycroft ouvrit les yeux. Ses lèvres remuèrent, comme si elle voulait parler.

— Qu'y a-t-il, madame Rycroft ? demanda Quinn en soulevant le masque.

— Le mariage..., balbutia-t-elle. Ma pauvre petite Fern...

Quinn lui tapota gentiment l'épaule.

— Ne vous tourmentez pas, madame Rycroft, ce n'est que partie remise. La plupart des femmes rêvent de remettre leur robe de mariée, ajouta-t-il avec son irrésistible sourire. Certaines vont jusqu'à divorcer et se remarier pour pouvoir le faire. Votre nièce n'aura même pas à se donner cette peine.

Une lueur malicieuse s'alluma dans le regard de Maud.

— Notre Fern... ne fait jamais rien comme tout le monde, murmura-t-elle d'un ton las. Je vous la confie, docteur Gallagher, prenez soin d'elle.

— Comptez sur moi, rétorqua-t-il gravement.

Bouleversée, Fern courut se changer. Elle enfila à la hâte un jean et un T-shirt, puis, toujours au pas de course, regagna le rez-de-chaussée. Là, elle découvrit qu'oncle Al et Quinn avaient installé tante Maud dans le break de Quinn, parfaitement équipé pour le transport des malades.

— C'est une véritable ambulance ! s'exclama-t-elle, étonnée.

Maud reposait confortablement sur une civière, sa bouteille d'oxygène accrochée à une potence. Il y avait assez de place dans le véhicule pour deux brancards, mais on avait replié le second afin de permettre à Albert Rycroft de s'asseoir au côté de son épouse.

— La plupart des ambulances ne valent pas ce carrosse, rectifia gaiement Quinn. Je n'aime pas travailler avec des moyens de fortune, et comme j'ai l'intention de m'installer définitivement à Barega...

— Mais... pourquoi avez-vous choisi cette île ? demanda Fern, déconcertée.

— Pourquoi pas ?

— Aucun médecin n'a jamais accepté de venir ici.

— Parce que ce n'est pas rentable ? Est-ce la raison pour laquelle vous êtes partie, docteur Rycroft ?

— Non, je... Il me semble que ça ne vous regarde pas, docteur Gallagher, dit-elle d'un ton sec.

— Tiens donc... Je vous prends à témoin, madame Rycroft, déclara-t-il en souriant à Maud. Votre nièce refuse de m'expliquer pourquoi elle est partie, mais elle veut savoir pourquoi je suis venu vivre ici. Franchement, cela vous paraît-il loyal ?

De nouveau, une étincelle malicieuse s'alluma dans les yeux de Maud.

— Fern a toujours eu l'esprit de contradiction..., murmura-t-elle. Où... où m'emmenez-vous ?

— A la clinique.

Fern sursauta.

— Vous avez ouvert une clinique ? s'enquit-elle, ébahie.

— Mais oui. Bon... vous me confiez votre tante ?

— Eh bien...

— Je ne la quitterai pas, murmura-t-il. Je vous le promets.

Soudain, il tendit la main et lui effleura la joue. Ce geste la désarçonna tellement qu'elle faillit fondre en larmes.

« Ressaisis-toi, bon sang ! »

Elle s'écarta d'un mouvement brusque, incapable de soutenir le regard de Quinn.

— Dans ce cas, que souhaitez-vous que je fasse ?

Mais pourquoi posait-elle cette question ? Elle était médecin, l'égale de cet homme, il n'avait pas d'ordres à lui donner.

— J'aimerais que vous rendiez visite aux deux patients que je comptais voir, et qu'ensuite vous me retrouviez à la clinique. Cette intoxication risque de provoquer des déshydratations, et nous ne serons pas trop de deux. Pour ma part, je vais appeler la police et demander au sergent de rechercher Lizzy Hurst. Il faut avoir la certitude que les huîtres n'ont pas été empoisonnées.

— Je vous rejoindrai le plus vite possible, mais, s'il vous plaît... n'alertez pas le sergent Russell.

— Pourquoi ?

— Je n'aurai pas de mal à trouver Lizzy. Nous sommes du même âge, nous étions amies dans notre jeunesse. Je sais où elle ira se cacher et, si elle s'aperçoit que la police la recherche...

Elle s'interrompit, baissant la tête.

— Eh bien... que craignez-vous, docteur Rycroft ? demanda-t-il avec impatience.

— Lizzy est impulsive, un peu déséquilibrée. Elle a agi sous le coup de la colère, mais, depuis, elle a dû réfléchir, mesurer les conséquences de son acte. Elle est déjà suffisamment malheureuse ; si elle se sent menacée...

— Elle pourrait attenter à ses jours ?

— Oui, murmura Fern. Ça ne me surprendrait pas.

Quinn opina, puis se tourna vers Albert Rycroft.

— Vous connaissez Lizzy Hurst, alors partagez-vous l'opinion de votre nièce ?

— Fern a raison, dit le vieil homme avec un soupir. Lizzy est un peu folle, mais elle n'est pas méchante. Si, en plus d'avoir perdu Sam, elle apprend qu'elle a mis quelqu'un en danger...

— Bon, coupa Quinn. Prenez ma trousse et mon téléphone sans fil afin que je puisse vous joindre à tout instant. Ne perdez pas de temps, docteur Rycroft. Toutefois, passez d'abord chez Frank Reid et Pete Harny, avant de vous occuper de Lizzy. Après tout, les innocents ont la priorité. Je vous attends à la clinique, j'ai besoin de vous.

Ces derniers mots résonnèrent étrangement dans l'esprit enfiévré de Fern. Elle se sentit soudain réchauffée. Quinn Gallagher l'attendait, il avait besoin d'elle.

Sam aussi...

« Pauvre Sam », songea-t-elle avec remords. Il devait être affreusement mortifié que sa fiancée ne fût pas demeurée auprès de lui pour le réconforter. Mais si elle l'avait fait, elle n'aurait pas pu sauver Maud.

Sam comprendrait, il le fallait. Il était probablement retourné chez ses parents, et elle irait le rejoindre... dès que possible.

Frank Reid habitait une ferme voisine de celle des Rycroft. Sa voiture était garée devant la porte, mais Fern remarqua que le vieux Frank n'avait pas détaché ses chiens. Or en principe, quand il rentrait chez lui, c'était la première chose qu'il faisait.

Elle frappa à la porte. Pas de réponse.

Inquiète, elle poussa le battant. Les chiens tiraient frénétiquement sur leur chaîne en aboyant comme des sauvages.

— Frank ?

— Je suis là, mon petit, entre...

Il était dans sa chambre, au bout du couloir, pelotonné sous un amas de couvertures. A le voir ainsi, Fern fut submergée par la colère. Elle ne pardonnerait jamais à Lizzy d'avoir manigancé une farce aussi cruelle.

— Comment ça va, Frank ? demanda-t-elle en s'approchant du lit.

— Je crois que ça passe un peu, murmura-t-il. Mais j'ai l'impression d'avoir reçu un coup de pied de mammouth dans l'estomac.

— Je n'en suis pas surprise.

Elle se hâta de lui prendre la tension qui, à son grand soulagement, se révéla presque normale.

— Quand avez-vous vomi pour la dernière fois ?

— Il y a un quart d'heure environ.

— Et je suppose que vous vous sentez encore atrocement mal ?

— Saint Pierre vient d'ouvrir son livre, mon petit,

marmonna-t-il. Il ne tardera plus à m'appeler... Je lis mon nom sur la page.

— Eh bien, ne regardez plus et tournez-vous sur le ventre, ordonna gentiment Fern. Vous savez ce que je vais faire ?

— Me planter une aiguille dans le postérieur, je parie... Les toubibs adorent faire des piqûres. Et toi, Fern Rycroft, j'ai toujours pensé que tu avais des tendances sadiques.

— C'est indispensable pour devenir un bon médecin, dit Fern sur le ton de la plaisanterie en préparant une seringue. L'injection stoppera les nausées.

— Je crois que je préfère encore vomir, marmonna-t-il en enfouissant son visage dans l'oreiller.

Fern éclata de rire. D'un geste vif et précis, elle piqua le vieil homme.

— Voilà, c'est fini. Vous n'avez rien senti, avouez-le.

Frank se remit sur le dos.

— Je n'avoue rien du tout. Ne compte pas sur moi pour encourager le vice.

Avec un petit rire, elle alla chercher une serviette dans le cabinet de toilette, la mouilla, puis essuya doucement la figure du vieillard.

— Ça va mieux ?

— Hmm... Tu es une bonne petite, ajouta-t-il en lui prenant les mains. La plus gentille de l'île... Quel dommage que tu ne restes pas ici...

— Il faut que je contrôle votre taux de sucre, coupa-t-elle.

Secoué par un nouveau spasme, il grimaça.

— Ne te gêne pas... Mon attirail est sur la table, là... J'aurais dû le faire moi-même, mais je n'ai pas eu la force de sortir de mon lit.

— Je comprends ça...

Fern saisit la trousse qu'il lui indiquait, piqua le pouce

de Frank pour recueillir une goutte de sang et vérifia rapidement le taux de sucre. Le résultat la fit sursauter.

— Frank...

— Je sais, marmonna-t-il. Je n'ai pas été raisonnable... J'ai bu deux verres de vin, ce qui m'est formellement interdit. J'étais conscient de jouer avec le feu, note, mais c'était la fête. Là-dessus, j'ai avalé ces fichues huîtres...

Fern hocha pensivement la tête. Il ne pouvait pas rester seul dans cette maison, c'était trop risqué.

— Ne me regarde pas comme ça, petite, grogna-t-il. Je vais très bien.

— Ah oui ? Je vous expédie à la clinique.

Elle s'attendait à ce qu'il proteste, cependant il se contenta de soupirer.

— J'étais sûr que tu allais me dire ça. Après tout, on n'est pas si mal, là-bas.

— Vous y avez déjà séjourné ? dit-elle, étonnée.

— Il y a quelques semaines, j'ai fait une hypoglycémie et je suis tombé. Le Dr Gallagher m'a emmené dans sa clinique. On m'a bien soigné, je dois le reconnaître.

— On ?

— Les infirmières et la petite Jessie. J'ignore qui est cette fille. Apparemment elle n'est pas une employée de Gallagher, mais en tout cas elle a bon cœur.

— Tant mieux, rétorqua Fern en souriant. Je préviens le Dr Gallagher.

Elle appela le bureau de poste de l'île qui la mit aussitôt en communication avec Quinn.

— Vous n'aurez qu'à m'amener Frank quand vous en aurez terminé avec Pete et Lizzy, déclara-t-il. Si vous pensez qu'il vaut mieux ne pas le laisser seul, j'envoie le sergent ou Jessie le chercher.

— Pour l'instant, il ne vomit plus. Je crois qu'il peut attendre une heure. De toute façon, il a le téléphone près de son lit. S'il se sent mal, il vous appellera.

Qui donc était cette Jessie? A sa connaissance, il n'y avait pas dans l'île d'infirmière portant ce prénom.

— Je pars chez Pete Harny, ensuite je m'occuperai de Lizzy, conclut-elle. A tout à l'heure.

— Dépêchez-vous, rétorqua-t-il d'un ton sec.

Elle remit le téléphone sans fil dans sa poche, puis se tourna vers Frank qui l'observait avec perplexité. A l'évidence, il commençait à reprendre ses esprits.

— Dis-moi, petite, tu n'étais pas censée te marier aujourd'hui?

— J'ai été forcée de changer mes plans, répondit-elle gaiement. Ce sera peut-être pour une autre fois.

— Tu mérites qu'on te passe la bague au doigt, grommela-t-il. En revanche, ton fiancé... Une vraie baudruche, ce garçon.

Fern détourna les yeux, mal à l'aise. Elle devait téléphoner à Sam, s'assurer qu'il n'était pas trop malade.

Mais elle était pressée, elle n'avait pas le temps...

Quand elle frappa à la porte des Harny, ce fut Pete qui ouvrit. Un large sourire éclaira le visage du jeune hémophile.

— Je te préfère en jean, Fern! Tu es beaucoup mieux qu'avec cette horrible robe blanche.

— Je ne suis pas loin de partager ton avis, rétorqua-t-elle, soulagée de le voir en pleine forme. Tu te sens bien, Pete?

— Evidemment! rétorqua-t-il avec dédain. J'ai pas mangé des huîtres, moi!

— Parce que tu as compris que les coquillages étaient la cause du problème? s'enquit-elle, impressionnée par l'intelligence de ce gamin précocement mûri par la maladie.

— C'est logique, non? Papa et maman sont malades

comme des chiens, or ils ont mangé des huîtres, tandis que moi je n'y ai pas touché.

— Ah bon ? Il m'a pourtant semblé te voir en prendre une ou deux sur le plateau.

— Oui, c'est vrai. Lizzy Hurst insistait tellement pour que tout le monde y goûte, et maman dit toujours que, quand on est invité, il faut manger ce qu'on vous offre. Mais moi, je n'aime pas les huîtres, surtout avec de la sauce aux échalotes. Alors je les ai mises dans les pots de fleurs de ta tante. Tu as intérêt à les sortir vite de là, sinon les plantes vont crever.

— Tu fais bien de me prévenir ! rétorqua Fern, amusée. Tes parents sont en haut ?

Elle monta à l'étage saluer les parents de Pete qui, heureusement, n'étaient pas trop mal en point. Mme Harny eut même la force de s'apitoyer sur Fern.

— Je t'admire... A ta place je serais effondrée. Quelle tragédie ! Dire que ce devait être le plus beau mariage de l'île.

— Oh, ce n'est que partie remise..., dit Fern en soupirant.

Mais cette idée lui paraissait de plus en plus absurde. Aurait-elle le courage de recommencer ?

Il s'agissait maintenant de trouver Lizzy.

Elle remontait dans sa voiture, quand la sonnerie du téléphone retentit.

— Fern ? C'est Quinn.

La jeune femme se figea.

— Tante Maud ? murmura-t-elle.

— Elle va bien, rassurez-vous. Désolé... je ne voulais pas vous effrayer.

— Excusez-moi, je suis un peu nerveuse. Que se passe-t-il ?

— Où êtes-vous ?

— Devant chez les Harny. Je pars à la recherche de Lizzy.

— Pas de problème avec Pete ?

— Non, il n'a pas mangé d'huîtres. Ses parents ont été malades, mais ils se sentent déjà mieux. Quant à Frank, il faut le mettre en observation. Vous avez assez de place à la clinique ?

— Nous disposons de quatre lits réservés aux hommes qui, pour l'instant, sont inoccupés.

— Quatre lits ! Mon Dieu...

— Mon Dieu ? répéta-t-il d'un ton narquois. Vous vous étonnez qu'on puisse dépenser de l'argent pour créer un centre hospitalier dans cette île, n'est-ce pas ?

— Oui, c'est vrai. Je ne comprends pas.

— Et vous me soupçonnez d'avoir des motivations inavouables ?

— Non, pas du tout, je...

— Vous êtes surprise.

— Aucun médecin sensé ne souhaiterait exercer à Barega.

— Plus exactement, *vous* ne le souhaitez pas.

Fern réprima un mouvement d'impatience.

— Est-ce tout ce que vous aviez à me dire, docteur Gallagher ?

— Non.

Une note d'ironie vibrait de nouveau dans sa voix grave. Fern serra les dents, furieuse.

— Alors qu'aviez-vous à me dire ? marmonna-t-elle.

— Je regrette de ne pas être avec vous, répondit-il d'un ton doux qui la désarçonna. Vous ne devriez pas être seule pour affronter Lizzy.

— Je suis capable de me débrouiller...

— Je sais, murmura-t-il. Mais j'aimerais être avec vous.

3.

Lizzy n'était pas chez elle.

Fern frappa plusieurs fois à sa porte, sans résultat. Elle n'en fut pas surprise. Depuis son plus jeune âge, dès qu'elle avait des ennuis, Lizzy filait vers son refuge — en l'occurrence, un vieux bateau de pêche.

En contrebas de la maison s'étendait un petit estuaire où se trouvaient les parcs à huîtres. Soixante ans auparavant, le grand-père de Lizzy avait nettoyé les rives et planté des saules. Au fil du temps cependant, la nature exubérante avait repris ses droits. Les arbres, devenus géants, émergeaient d'un enchevêtrement de végétation qui formait un mur infranchissable.

Mais Fern connaissait le moyen de pénétrer dans cette jungle.

Lorsque Lizzy était adolescente et qu'elle avait désespérément besoin d'une amie, elle avait montré à Fern le chemin conduisant au vieux rafiot qui, par miracle, flottait encore sur les eaux glauques de l'estuaire. Les Hurst possédant un autre bateau, amarré près de la jetée, nul ne se souciait plus de l'épave abandonnée.

— C'est ma cachette, lui avait confié Lizzy. Quand papa me fait des misères, je viens ici.

Or M. Hurst faisait souvent des misères à sa fille. Sa femme l'avait quitté peu après la naissance du bébé et n'avait plus jamais donné signe de vie; il rendait Lizzy responsable de son malheur et se vengeait sur elle.

Celle-ci était un peu folle, certes, mais on pouvait la comprendre.

Fern descendit la pente le plus silencieusement possible, certaine que Lizzy s'enfuirait au moindre bruit. Quand elle atteignit le bateau, elle monta sur le pont et poussa la porte de la cabine.

Lizzy était bien là...

Elle était recroquevillée dans un coin comme un petit animal sauvage, le regard brûlant, les cheveux en bataille.

Le cœur de Fern se serra.

— Oh, Lizzy..., murmura-t-elle.

S'approchant de son amie, elle l'attira dans ses bras. Lizzy se raidit puis, soudain, éclata en sanglots déchirants.

Elle mit longtemps à se calmer; quand ses tremblements s'apaisèrent, elle balbutia :

— J'ai honte, Fern... J'ai fait ça à cause de Sam... Je pensais qu'il... qu'il l'avait bien mérité... parce qu'il m'a abandonnée... alors qu'il devait m'épouser. Je l'aime, tu comprends, et... il n'a pas le droit de se marier avec toi... parce que c'est moi qu'il a demandée en mariage!

— Vous aviez douze ans à l'époque, rétorqua Fern d'un ton rude. Vous étiez des enfants... Les serments que vous avez échangés ne comptent pas.

— Pour moi, ils comptent!

Fern saisit les mains de Lizzy, les pressa fortement, comme pour ramener son amie à la réalité.

— Si je pensais que Sam t'aime, je ne l'épouserais pas, tu le sais bien.

— Tu ne le connais pas.

— Peut-être, dit Fern avec un soupir. Mais toi non plus. Sam et moi avons les mêmes désirs. Nous voulons une vie agréable, loin de Barega. Or tu ne quitteras jamais cette île, même pour suivre Sam.

— J'aurais trop peur...

— Tu vois, tu l'avoues toi-même.

Fern se redressa. Il était temps à présent d'en venir au fait.

— Liz, qu'as-tu fabriqué avec ces huîtres ?

— Oh..., bredouilla Lizzy, ravalant un sanglot. Tu as deviné ?

— Ce n'était pas très compliqué, répondit sèchement Fern. Sois franche, Lizzy : tu ne les as pas empoisonnées, n'est-ce pas ?

— Bien sûr que non, je ne suis pas folle. Je voulais simplement que Sam soit malade.

— Alors, qu'est-ce que tu as fait ?

— Hier, j'ai ramassé les huîtres et je les ai laissées quelques heures en plein soleil. Ensuite, je les ai mises au réfrigérateur, et j'ai préparé une sauce aux échalotes pour masquer l'odeur. Je savais que ce n'était pas grave. Il m'est arrivé assez souvent de manger des coquillages avariés et je n'en suis pas morte.

— Tu pensais donc que les gens seraient simplement malades...

— Et que Sam serait forcé de renoncer à son beau mariage, répliqua Lizzy d'un ton agressif. Ce n'est pas juste, Fern. Pourquoi l'épouses-tu ? Tu ne l'aimes pas.

— Sam est mon ami, nous vivons tous les deux sur le continent et nous sommes seuls. C'est une bonne raison pour se marier, et ton acte stupide n'y changera rien. Ça n'aura servi qu'à mettre certaines personnes en danger.

— Tu exagères ! protesta faiblement Lizzy.

— Non, hélas, dit Fern en soupirant. Tante Maud était si bouleversée et si malade qu'elle a eu une crise cardiaque. Nous avons réussi à la ranimer de justesse, mais j'ignore s'il n'y aura pas de séquelles. Quant à Frank Reid, son taux de sucre a augmenté de façon alarmante. Le Dr Gallagher et moi allons essayer de réparer les dégâts que tu as causés, et j'espère que nous y parviendrons.

Lizzy leva vers son amie un regard horrifié.

— Oh, mon Dieu..., gémit-elle. Je ne voulais pas...

— Je sais... Ceci dit, une fois de plus, tu n'as pas réfléchi. Tu étais furieuse contre Sam et moi, mais c'est à tante Maud que tu as fait le plus de mal. Pourtant, elle a toujours été gentille avec toi.

Sur ces mots, Fern tourna les talons et quitta le bateau.

Le cœur lourd, elle regagna sa voiture et prit la direction de la clinique. Le disque rouge du soleil s'enfonçait peu à peu dans l'océan, embrasant l'horizon.

Elle s'arrêta pour prendre Frank Reid qu'elle installa à l'arrière de la limousine, au milieu des fleurs et des rubans. Le vieil homme semblait épuisé ; inquiète, Fern ne cessait de l'observer dans le rétroviseur, craignant qu'il s'évanouisse.

Il était 7 heures, à présent.

L'heure où, normalement, elle aurait dû rouler vers l'aérodrome. Sam et elle avaient prévu de retourner sur le continent dès ce soir, pour retrouver leur vie habituelle.

Jamais elle n'aurait le courage de recommencer. On se passerait de cérémonie, tant pis si les Rycroft étaient déçus. Une fois à Sydney, Sam et elle se contenteraient d'un mariage civil.

Quinn Gallagher avait acheté la plus grande résidence de l'île, construite naguère par un acteur célèbre qui, lassé d'être harcelé par ses admiratrices, rêvait d'une pittoresque thébaïde. Mais il avait fui les feux de la rampe si longtemps que le public avait fini par oublier la star, provoquant sa déchéance, et la belle demeure qui se dressait fièrement au nord de l'île avait fermé ses portes et ses volets. Personne n'en voulait.

— C'est un décor de cinéma, ironisaient les insulaires en arpentant l'enfilade de salons, la salle de bal, le parc où scintillaient les eaux bleues d'une superbe piscine.

C'était pourtant un cadre idéal pour une clinique, songea Fern lorsqu'elle franchit les grilles au volant de sa limousine blanche. En voyant l'enseigne lumineuse — Centre médical de Barega —, elle ressentit une pointe de jalousie. Ce devait être merveilleux de travailler ici...

« Ne sois pas stupide ! » se tança-t-elle.

Elle n'était pas plus tôt garée devant le perron éclairé, que Quinn apparut. Il avait troqué son smoking contre un pantalon de toile et une blouse blanche. Cependant cette tenue n'enlevait rien à son charme, bien au contraire...

Il descendit les marches et ouvrit la portière de la voiture.

— Avez-vous trouvé cette fille ?

— Lizzy ? Euh... oui, bafouilla-t-elle.

Pourquoi perdait-elle tous ses moyens dès que cet homme posait les yeux sur elle ?

— Alors ?

— Il semblerait que les huîtres soient restées au soleil trop longtemps, répondit-elle, craignant, si elle avouait toute la vérité, que Lizzy ait des ennuis avec la police.

Quinn lui lança un regard aigu ; à l'évidence, il n'était pas dupe.

— Bon... Nous n'avons donc pas de problèmes majeurs à redouter ?

— Non, je ne crois pas.

Hochant la tête, il se pencha vers Frank Reid ; lui saisissant le poignet, il contrôla son pouls.

— Comment vous sentez-vous ? demanda-t-il avec gentillesse. Je vais chercher un chariot.

— Je suis capable de marcher, marmonna Frank.

— A quoi bon vous fatiguer alors que vous pouvez vous faire transporter comme un roi fainéant ? rétorqua Quinn avec un sourire malicieux.

Il alla prendre un chariot, près du perron, aida Frank à s'y étendre, puis lui fit gravir le plan incliné donnant accès à l'entrée principale.

Fern les suivit, observant le décor avec curiosité. On n'avait pas lésiné pour rénover la demeure. Elle y était venue une seule fois, à l'occasion d'une grande fête donnée par le précédent propriétaire et, à l'époque, le décor lui avait paru quelque peu clinquant. A présent, l'intérieur de la bâtisse était fonctionnel et confortable.

Jamais elle n'aurait imaginé qu'un lieu pareil existerait un jour à Barega.

Quinn poussa le chariot jusqu'à une chambre à deux lits, si spacieuse qu'on aurait aisément pu y recevoir cinq ou six malades. Les portes-fenêtres ouvraient sur la véranda et le parc ; au loin on apercevait l'océan. Un cadre idyllique, propice à la convalescence.

— Fern !

Celle-ci sursauta violemment, se tournant d'un bond vers l'homme couché dans l'un des deux lits, et auquel elle n'avait pas prêté attention en entrant.

— Sam !

L'angoisse la saisit. Si Quinn avait décidé d'hospitaliser Sam, c'est qu'il redoutait des complications.

— Mais où étais-tu ? marmonna Sam, adossé à une montagne d'oreillers. J'ai appelé chez ton oncle... je t'ai cherchée partout... Finalement, j'ai dû demander à mes parents de m'amener ici.

Fern dévisagea son futur mari. Il avait repris des couleurs et, dans son pyjama bordeaux, il avait assez bonne mine. Perplexe, elle lança un regard à Quinn.

— M. Hubert a vomi à trois reprises, expliqua Gallagher d'un ton solennel.

Une lueur moqueuse brillait dans ses yeux. Il semblait avoir des difficultés à contenir son hilarité.

— M. Hubert craignait de se déshydrater. Il a jugé plus prudent de venir ici.

— Mais tu n'es pas plus souffrant que les autres..., dit Fern sans réfléchir.

Une expression de fureur se peignit sur les traits de Sam.

— Comment peux-tu le savoir ? Tu ne t'es pas occupée de moi. Tu m'as laissé tout seul ! tonna-t-il d'une voix vibrante d'indignation et d'incrédulité.

Fern prit une inspiration. Elle connaissait bien Sam ; il avait tendance à dramatiser, à parler de pneumonie quand il souffrait d'un vulgaire rhume, mais comme il était de constitution robuste, Fern n'avait généralement pas à le dorloter. Aujourd'hui, il avait dû s'affoler.

Mal à l'aise, elle se pencha pour l'embrasser sur le front.

— Je suis navrée, mon chéri. Maud avait besoin de moi.

— Elle n'était certainement pas aussi malade que moi !

Fern serra les dents, luttant pour conserver son calme.

— Elle a eu une crise cardiaque.

— Une crise cardiaque ?

— Oui.

Sam se tint coi un instant, avant de marmonner d'un ton belliqueux :

— Ta tante est âgée... De plus elle avait son mari auprès d'elle. Moi aussi, j'étais en droit d'avoir ma femme à mon côté !

Fern ne répondit pas.

« Compte jusqu'à dix, ma vieille... », s'exhorta-t-elle.

Le regard narquois de Quinn, qui ne perdait pas une miette de leur dialogue, pesait sur elle. C'était insupportable.

— Je ne suis pas encore ta femme, Sam. Maintenant, si tu veux bien m'excuser, je dois m'occuper de M. Reid avec le Dr Gallagher.

— Ah..., dit-il d'une voix mourante. Je vais vomir !

Furibonde, Fern saisit la cuvette posée sur la table de chevet. Comment avait-elle pu se laisser convaincre d'épouser un imbécile pareil, un être aussi égoïste et puéril ?

— Tiens, vas-y !

Outré, Sam se radossa à ses oreillers.

— Pouvez-vous me donner un coup de main, docteur

Rycroft ? dit Quinn d'une voix suave. Mes deux infirmières ont eu la malencontreuse idée de manger des huîtres.

Les dents serrées, Fern l'aida à installer Frank Reid dans son lit, ce qui prit un certain temps, car le vieil homme n'avait plus la force de bouger. Sam les observait d'un air boudeur, paraissant presque jaloux, et Fern se sentait de plus en plus furieuse, surtout parce que Quinn Gallagher semblait s'amuser énormément.

— Je vais au labo, dit-il. Vous finirez sans moi, docteur Rycroft ?

— Mais oui, marmonna-t-elle.

— Je suis bien content que tu t'occupes de moi, intervint Frank Reid. Tu es un ange, petite. Le Dr Gallagher et toi, vous faites un bon tandem, ajouta-t-il en coulant un regard malicieux en direction de Sam. Vous êtes bien assortis, tous les deux.

Alors que Sam blêmissait de rage, c'est en souriant que Quinn quitta la chambre. Pendant quelques minutes, Fern s'affaira autour du lit du vieux Frank puis lui souhaita une bonne nuit. Elle se contenta d'un salut un peu sec à son fiancé et sortit dans le couloir.

Quinn l'y attendait.

— Vous ne restez pas auprès de votre bien-aimé ? dit-il, ironique. Je vous signale que vous pouvez tirer les rideaux pour avoir plus d'intimité. Dès que M. Reid sera endormi, personne ne vous dérangera.

Appuyé au mur, il jouait avec son stéthoscope. Ses doigts étaient superbes, longs et nerveux.

« Des doigts de chirurgien », songea-t-elle.

Pourquoi cette image lui venait-elle à l'esprit ? Elle ignorait s'il était chirurgien, cependant, il émanait de lui l'assurance et l'autorité qu'on prête généralement aux princes du monde médical. Dans son cas, il s'agissait plutôt de suprême arrogance.

— Pourquoi avez-vous admis Sam dans votre service ? s'enquit-elle avec colère. Il n'a rien à faire ici.

— Vous n'êtes pas contente de le savoir entre de bonnes mains ? rétorqua-t-il calmement.

— Et si vous aviez besoin de ce lit pour un vrai malade ?

— Eh bien, je demanderais à la future Mme Hubert de jeter sa moitié à la rue. De toute façon, je n'ai pas eu le choix. Votre fiancé est certainement un brillant avocat, et je le crois de taille à convaincre n'importe quel juré qu'un et un font trois. Vraiment, il est très persuasif.

— Que... qu'est-ce qu'il vous a raconté ? bredouilla-t-elle en rougissant.

— Il m'a expliqué que, si je ne l'accueillais pas dans ma clinique, il risquait fort de rendre l'âme avant la fin de la nuit, et qu'il m'en tiendrait responsable. A quoi j'ai rétorqué que s'il mourait, il ne serait peut-être pas en mesure d'accuser qui que ce soit. « Détrompez-vous, m'a-t-il dit. Ma fiancée vous poursuivra en justice, vous brisera les reins et veillera à ce que vous soyez radié à tout jamais de l'ordre des médecins. »

— Il n'a quand même pas dit ça ? murmura-t-elle, incrédule.

— Si... Il m'a semblé qu'un homme capable de proférer de telles menaces entre deux nausées méritait d'être hospitalisé — ou du moins de régler la facture exorbitante que je compte bien lui présenter dès demain. Bien... voulez-vous embrasser votre tante, docteur Rycroft ?

Cette question balaya d'un coup la colère de Fern. Quinn Gallagher faisait preuve d'une ironie et d'une morgue insupportables, cependant il avait sauvé Maud.

— Oui, s'il vous plaît... Docteur Gallagher, je vous suis très reconnaissante de...

— Ne me remerciez pas, coupa-t-il.

Il la contemplait fixement et, soudain, le trouble étrange qui s'était emparé d'eux lorsque leurs regards s'étaient croisés à l'église les saisit de nouveau. Elle remarqua que les pupilles de Quinn se dilataient et qu'une expression circonspecte se peignait sur ses traits.

— Je suis heureux que nous ayons pu ranimer Mme Rycroft, ajouta-t-il d'une voix sourde. Votre oncle et votre tante sont des gens charmants.

— Oui... je sais.

— Alors pourquoi ne venez-vous jamais les voir ?

Fern tressaillit, comme s'il l'avait giflée.

— Je suis là, non ?

— Votre dernière visite remonte à un an. Ils n'ont que vous au monde, docteur Rycroft. Les habitants de cette île ne tarissent pas d'éloges sur vous ; pourtant, vous vous escrimez à fuir Barega. J'avoue que je ne comprends pas.

— Mêlez-vous de ce qui vous regarde, docteur Gallagher.

— Justement, je me sens concerné par la santé de votre tante, rétorqua-t-il d'un ton dur.

Glissant les mains dans les poches de sa blouse, il tourna les talons et s'éloigna. Après une hésitation, Fern lui emboîta le pas.

— En quoi la santé de ma tante..., commença-t-elle.

— Elle souffre de votre absence, figurez-vous.

Il marchait si vite et il avait de si longues jambes que Fern était presque obligée de courir pour rester à sa hauteur.

— Je ne peux quand même pas revenir ici simplement parce que...

— Parce qu'il y a ici des gens qui ont besoin de vous ? Non, bien sûr, ce serait stupide.

Quand ils entrèrent dans la chambre, Maud était endormie. La gorge nouée, Fern s'approcha. Sa tante paraissait si frêle, si vulnérable...

Presque mourante.

Non, tante Maud ne pouvait pas mourir. Fern l'aimait trop.

Une jeune femme au teint pâle était assise près du lit. Sensiblement du même âge que Fern, elle était d'une minceur maladive ; ses yeux bruns semblaient trop grands dans son petit visage auréolé de cheveux châtains fins comme de la soie. Elle était vêtue d'un jean et d'un T-shirt, une tenue surprenante pour une infirmière.

Souriante, elle se leva pour les accueillir.

— Mme Rycroft va bien..., chuchota-t-elle. Le pouls est normal.

— Merci, Jess, répliqua Quinn. Je te présente la nièce de Maud, le Dr Fern Rycroft. Voici Jessie, la vétérinaire de l'île. Elle m'appelle souvent à la rescousse quand elle a des problèmes avec ses patients à quatre pattes, alors ce soir je lui ai demandé de m'aider à soigner les humains.

— J'ignorais qu'un vétérinaire s'était installé à Barega, dit Fern, surprise.

— Je ne suis là que depuis six mois, répliqua Jessie avec un sourire timide. Votre tante est une femme adorable, et je suis heureuse que son état s'améliore. Désires-tu que je reste encore un moment, Quinn ?

— Non, je pense que ça ira. Je connecterai le moniteur cardiaque à celui qui se trouve dans mon bureau, cela me permettra de garder un œil sur Mme Rycroft.

— Parfait, dit Jessie en se dirigeant vers la porte. Si vous voulez bien m'excuser... j'ai trois bébés à nourrir.

De plus en plus éberluée, Fern la salua d'un vague hochement de tête. Ainsi, depuis sa dernière visite, l'île s'était dotée d'une véritable infrastructure médicale.

Ainsi, on n'avait plus besoin du Dr Fern Rycroft à Barega. Bizarrement, cette pensée ne lui causait aucun plaisir.

— Votre oncle est rentré chez lui, murmura Quinn qui l'observait avec attention. Vous pouvez partir, docteur Rycroft. Je m'occuperai de votre tante.

Elle n'en doutait pas, cependant l'idée de laisser sa tante seule dans cette chambre lui était insupportable. Maud lui avait donné tant d'affection...

— Je passe à la maison voir mon oncle et je reviens..., dit-elle d'une voix qui tremblait d'émotion. Si ça ne vous ennuie pas, je préfère ne pas la quitter.

— D'accord, mais je surveillerai quand même le moniteur. Ça vous permettra de vous reposer.

— Je ne dormirai pas, rétorqua Fern avec raideur. Même si Maud était en pleine forme, les événements de cette journée m'empêcheraient de fermer l'œil.

Il lui fallut moins d'une demi-heure pour regagner la demeure familiale, rassurer son oncle et retourner à la clinique. Elle n'échangea que quelques mots avec Quinn qui allait voir le vieux Frank.

— Il s'est remis à vomir et il faut que je surveille son état, dit-il. Restez auprès de votre tante et contrôlez le moniteur.

Fern pénétra sans bruit dans la chambre et s'étendit sur le lit inoccupé. Au bout d'un moment, elle se glissa sous les couvertures. Malgré la douceur de la nuit, elle tremblait de tous ses membres. La fatigue nerveuse, sans doute.

Tendant le bras, elle referma ses doigts autour du fin poignet de sa tante, heureuse de sentir son pouls battre régulièrement.

Jamais elle n'avait été aussi proche d'un être humain, à l'affût d'un soupir, d'un tressaillement. Il fallait que Maud vive...

Les minutes, les heures s'égrenèrent.

Fern veillait, tous ses sens en éveil. Des sons étouffés lui parvenaient des pièces voisines, et elle entendit le vieux Frank gémir plusieurs fois. Pourvu qu'il se rétablisse, pourvu que la folie de Lizzy n'ait pas de conséquences tragiques...

Fern commençait à se sentir coupable. Jamais elle n'aurait dû accepter que le mariage se déroule dans l'île. C'était jeter de l'huile sur le feu.

Soudain, elle entendit Sam rouspéter et fit un effort pour réprimer un mouvement d'humeur. Elle devrait peut-être aller le voir...

Non, Sam était le cadet de ses soucis. Maud avait besoin d'elle, et cela seul comptait.

Fern savait que, de temps en temps, depuis son bureau, Quinn devait regarder le moniteur qui contrôlait l'état de sa tante. Fern avait dit qu'elle ne dormirait pas, mais un médecin consciencieux accorde en général peu de crédit à une telle affirmation. Et Quinn était un médecin consciencieux.

Cette pensé réconforta Fern. Maud était en sécurité. Avec Quinn Gallagher, rien ne pouvait lui arriver.

Quelle absurde conviction ! Elle ne connaissait pas cet homme. Pourquoi lui inspirait-il tant de confiance ? Sans doute était-elle un peu déstabilisée et la lucidité lui faisait défaut. Les préparatifs du mariage l'avaient épuisée et, durant des jours, elle s'était inlassablement demandé si elle avait pris la bonne décision.

La voix de Sam lui parvint de nouveau, rageuse. Elle entendit Quinn qui lui répondait, si bas qu'elle ne comprit pas ce qu'il disait.

Un instant après, elle reconnut son pas dans le couloir. Il s'arrêta devant la porte de la chambre qui s'ouvrit sans bruit ; sa haute silhouette se découpa dans le rectangle de lumière.

Il s'approcha du lit où reposait Maud, vérifia rapidement son pouls et sa tension. Fern l'observait, retenant son souffle, admirant malgré elle la précision de ses gestes.

Alors qu'il s'apprêtait à tourner les talons, il marqua une hésitation et braqua la minuscule lampe torche qu'il tenait à la main vers Fern. Le pinceau lumineux balaya le visage de la jeune femme.

— Je ne dors pas, murmura-t-elle. J'ai une certaine conscience professionnelle, figurez-vous.

— Je n'en ai jamais douté, docteur Rycroft, rétorqua-t-il avec un sourire. Mais je me sens responsable de votre tante, elle est ma patiente. Voulez-vous une tasse de thé ?

— Volontiers...

Elle repoussa les couvertures et se redressa. En découvrant qu'elle était toujours en jean et T-shirt, Quinn écarquilla les yeux.

— Moi qui m'attendais à quelque affriolante nuisette... Votre bien-aimé est de l'autre côté du mur, vous auriez dû en profiter.

— Il n'est pas mon bien-aimé, répliqua-t-elle sèchement. Je... comment va-t-il ?

— Très mal. M. Reid a eu le mauvais goût de perturber le sommeil de M. Hubert qui s'en est indigné. Il exige qu'on le mette dans une chambre particulière ou qu'on évacue M. Reid. Je lui ai expliqué que, si l'hôtel ne lui convenait pas, il n'avait qu'à rentrer chez lui. Ça lui a fortement déplu.

— Il... il est très énervé, bafouilla Fern, atterrée. Il n'est pas toujours aussi désagréable.

— Vraiment ? Vous pouvez remercier votre ange gardien de vous avoir accordé un petit sursis, docteur Rycroft. Mais je suppose que vous savez ce que vous faites.

— En effet, rétorqua-t-elle entre ses dents. Ecoutez, ne vous dérangez pas pour moi, je me passerai de thé.

— Il est déjà prêt, venez.

— Mais je..., marmonna-t-elle, jetant un regard anxieux vers le lit voisin.

— Mme Rycroft ne risque rien pour l'instant, rassurez-vous. Cette porte-fenêtre donne sur la véranda, installez-vous, j'apporte le thé.

— Nous n'allons pas déranger... M. Reid ?

— Vous craignez que votre fiancé nous entende ? Il a tenu à ce qu'on ferme la fenêtre sous prétexte qu'il est allergique au pollen, ou je ne sais quoi. Nous sommes tranquilles, la nuit est à nous. Je regrette simplement de n'avoir pas de champagne à vous offrir.

— Mais...

— Ne protestez pas, murmura-t-il en lui posant un doigt sur les lèvres. Rendez-vous dans cinq minutes.

— Non, je...

Trop tard, Quinn était sorti. Nerveuse, elle se pencha sur sa tante endormie, contrôla son pouls. C'était parfaitement inutile, elle en avait conscience.

Elle n'irait pas sous la véranda. Elle n'avait aucune envie de bavarder avec cet homme qu'elle ne connaissait pas, qui l'irritait et la déconcertait.

Mais elle avait besoin de se dégourdir les jambes, de boire quelque chose de chaud. Pourquoi hésiter ? C'était ridicule.

De fait, elle s'était affolée pour rien. Quinn, assis en face d'elle dans un fauteuil de rotin, sirotait paisiblement son thé.

— Désolé de n'avoir pas de biscuits à vous offrir, dit-il avec un sourire.

— Oui, le service laisse à désirer, répondit-elle sur le ton de la plaisanterie.

— Je voulais mettre un petit tablier de dentelle, mais ça ne me va pas vraiment...

Ils continuèrent à boire en silence. La nuit, douce et embaumée, les enveloppait comme un manteau de velours. Fern éprouvait un étrange bien-être, une voluptueuse sensation de langueur.

A contrecœur, elle reposa sa tasse vide sur la table basse et se leva. Si tout s'était déroulé comme prévu, elle aurait dû en ce moment dormir au côté de Sam, or elle se trouvait en compagnie d'un autre homme qui la...

« Arrête de divaguer ! »

— Merci pour le thé, dit-elle d'une voix un peu haut perchée. Il vaut mieux que je retourne...

Soudain, quelque chose d'humide et froid frôla sa cheville nue. Surprise, elle baissa les yeux et découvrit un petit wallaby qui s'était approché sans bruit et reniflait sa peau.

— Qu'il est mignon !

Conquise, elle s'accroupit pour le caresser. Le minuscule kangourou, nullement effarouché, se mit à lui mordiller les doigts.

— Mais d'où vient-il ? C'est un bébé ? demanda-t-elle à Quinn.

Quinn la regardait en souriant.

— Non, il est presque adulte. C'est l'un des protégés de Jessie, et il vit ici depuis quatre mois. En prenant de l'âge, il devient de plus en plus intrépide.

Saisissant le wallaby, Quinn se dirigea vers la balustrade à laquelle était accrochée une sorte de poche garnie de chiffons de laine. Il y glissa la petite bête qui émit un cri offusqué.

En riant, Quinn repoussa doucement le nez d'un noir luisant qui pointait hors du sac. Vaincu, le wallaby se rencogna dans son nid.

— Il commence à comprendre qu'il est un animal nocturne, dit Quinn. Sa mère a été tuée par une voiture, et on l'a amené à Jess qui l'a nourri au biberon. Depuis quelque temps, elle lui fait passer ses nuits dehors sous la véranda pour qu'il s'habitue à se promener seul et à aller chercher sa nourriture.

— Jess vit ici ?

— Bien sûr. Cette résidence est immense, et Jess a installé ses quartiers dans l'aile est. Il arrive que ses patients s'aventurent dans la partie réservée aux humains, et qu'on rencontre un wallaby ou un échidné en vadrouille dans les couloirs. Ça met de l'animation.

— Je ne sais pas trop ce que le ministère de la Santé en penserait, rétorqua Fern.

— Dieu merci, les fonctionnaires ne sortent jamais de leurs bureaux et, s'ils s'avisaient de fermer cet endroit, ils auraient une guerre civile sur les bras. Barega proclamerait son indépendance et hisserait le drapeau rouge sur le toit de cette demeure. Les habitants de l'île tiennent beaucoup à leur médecin et à leur vétérinaire.

— Oui, je m'en doute...

Fern se tut, contemplant l'océan tout proche. Les rayons de lune dessinaient sur les vagues un chemin miroitant qui semblait mener aux confins de l'univers.

Un chemin qu'on avait envie de suivre...

Elle tourna la tête vers Quinn. Il l'observait avec attention, un léger sourire errait sur ses lèvres.

— Qu'y a-t-il, Fern ? murmura-t-il avec douceur.

A son grand désarroi, elle sentit les larmes monter à ses yeux. Que lui arrivait-il ?

La fatigue lui jouait des tours. Elle avait l'impression d'être une coupe pleine que le moindre soubresaut ferait déborder.

— Je... je vais retourner auprès de Maud, balbutia-t-elle.

— Vous pouvez dormir à présent. Je surveillerai le moniteur, mais elle ne risque plus rien.

— Et vous, quand vous reposerez-vous ?

— Moi, j'ai la capacité de dormir debout, répondit-il avec humour. Jusqu'à l'année dernière, je dirigeais le service des urgences de l'hôpital Saint-Martin, à Maybroe. J'ai appris à supporter le manque de sommeil.

Fern le dévisagea avec stupéfaction. Saint-Martin était l'un des meilleurs hôpitaux d'Australie, où travaillaient les équipes les plus performantes, rompues aux techniques de pointe.

— Mais... si vous étiez à Saint-Martin... que faites-vous ici ?

— J'avais besoin de changer de rythme.

— Vous gâchez votre talent...

— Non, je ne crois pas. A Saint-Martin, je n'étais pas indispensable, et on n'a eu aucun mal à me remplacer. Tandis qu'ici... même les médecins qui ont grandi dans l'île refusent de soigner leurs concitoyens.

— Vous êtes injuste. Je ne peux pas...

— Revenir vivre ici ?

— C'est ça.

Soudain, ils entendirent un gémissement, provenant du service réservé aux hommes. Il y eut un silence, comme si la personne qui se plaignait attendait une réaction, puis un nouveau gémissement, plus vigoureux.

Sam...

— Il faut que j'y aille, murmura Fern.

— Non, rétorqua-t-il avec une grimace d'exaspération. S'il vous voit, votre cher Sam vous infligera encore une scène à sa façon, or je ne veux pas qu'on dérange le vieux Frank.

— Bien...

Quinn lui sourit ; la prenant par le bras, il la guida jusqu'au fauteuil, la fit asseoir et s'éloigna.

Fern demeura seule, songeant qu'elle devrait profiter de l'incident pour regagner la chambre de Maud et s'y enfermer.

Elle ne bougea pas cependant, elle s'en sentait incapable. Cette nuit avait quelque chose de magique. Elle semblait hors du temps, bien loin de la réalité.

Quelques minutes plus tard, Quinn revint, les mains enfoncées dans les poches de sa blouse. Une lueur narquoise dansait dans ses yeux sombres.

— Que se passe-t-il ? demanda-t-elle à mi-voix.

— Votre bien-aimé a des aigreurs d'estomac. J'ai essayé de lui expliquer que la moitié des habitants de l'île étaient dans le même cas et qu'ils prenaient leur mal en patience, mais il m'a répondu que les autres souffraient certainement beaucoup moins que lui. Qu'est-ce que vous pouvez bien trouver à ce type ?

— Pardon ?

— Vous avez parfaitement compris ma question. C'est un vaniteux, hypocondriaque de surcroît, et vous comptez l'épouser ?

— Ça ne regarde que moi.

— Certes, mais je vous pose quand même la question. Et si vous ne répondez pas, je la répéterai à haute voix jusqu'à ce que votre fiancé pique une crise de nerfs parce que nous l'empêchons de dormir du sommeil du juste.

— Vous n'avez pas le droit...

— En effet, rétorqua-t-il avec son irrésistible sourire. Mais je le prends. Alors, vous m'expliquez ou je hausse le ton ?

— J'aime Sam.

— Balivernes !

— Si, c'est vrai ! dit-elle avec fougue. Je ne sais pas où vous voulez en venir, mais la vie n'est pas... un roman ! Et le véritable amour n'a rien à voir avec... le coup de foudre ! Je connais Sam depuis l'adolescence. Nous avons les mêmes souvenirs, la même vision de l'existence. Quand nous sommes ensemble, à Sydney, nous parlons de l'île, de...

— Vous épousez cet imbécile parce que vous avez le mal du pays ? coupa-t-il, interloqué.

— Mais non, je... Oh, de quoi vous mêlez-vous, à la fin ?

— Je m'efforce d'empêcher une catastrophe, déclara-t-il d'un ton rude. Vous valez mieux que ça, bon sang ! Savez-vous seulement à quel point vous êtes belle ?

— Non ! murmura-t-elle avec désespoir. Je ne comprends pas ce que vous cherchez...

— Moi non plus. Mais je suis sûr que sous ce masque de femme raisonnable et pragmatique se cache une âme ardente. Je sais qu'un matin vous vous réveillerez au côté de votre avocat, et que vous vous direz avec horreur : « Mon Dieu, qu'est-ce que j'ai fait ? »

— Pas du tout !

— Je vous garantis que si. Votre Sam est un animal à sang froid, il est aussi sensuel qu'un crapaud. Je parie qu'il se contente de vous embrasser sur la joue !

— Il n'y a pas que la passion dans la vie, répliqua-t-elle d'un air buté.

Quinn la dévisagea ; la colère flambait dans son regard.

— J'ai l'impression que vous ne savez même pas de quoi vous parlez. « Il n'y a pas que la passion dans la vie... », répéta-t-il d'un ton sarcastique. Quelle sottise ! Quand on rencontre quelqu'un qui vous bouleverse, qui vous fait vibrer, qui...

Il n'acheva pas sa phrase. D'un geste vif, il l'attira contre lui et chercha sa bouche.

Elle aurait dû se débattre, le remettre vertement à sa place, mais un étrange vertige s'emparait d'elle. Les lèvres de Quinn étaient si douces, ses mains si brûlantes...

Il lui sembla que quelque chose d'impalpable se déchirait en elle, qu'une force primitive, irrationnelle, la poussait vers cet homme, l'obligeait à répondre à son baiser.

Non...

La petite voix résonnant au tréfonds de sa conscience finit par rompre le redoutable charme qui paralysait sa volonté. Au prix d'un terrible effort, elle réussit à repousser Quinn.

Il la lâcha aussitôt et s'écarta d'un pas. La lune nimbait sa silhouette d'un halo mystérieux, ses yeux noirs formaient deux lacs d'ombre, d'une profondeur insondable.

— Vous voyez bien que vous êtes capable de passion..., murmura-t-il d'une voix rauque. Est-ce que vous ressentez ça avec votre Sam ?

Fern recula, comme un petit animal traqué.

— Je... il faut que je retourne auprès de tante Maud.

— Oui, je crois que c'est plus sage. Pourtant...

— Oui ? dit-elle dans un souffle.

— Demandez-vous pourquoi vous n'éprouvez pas le besoin de rejoindre celui que vous deviez épouser aujourd'hui. Il me semble que vous avez intérêt à vous poser la question...

4.

De retour dans la chambre, Fern s'allongea sur le lit, contemplant l'étrange broderie que les rayons de lune tissaient sur les murs de la pièce. Des pensées incohérentes se bousculaient dans son esprit. Il lui semblait être égarée dans un labyrinthe infernal, sans issue.

Elle accueillit les premières lueurs de l'aube avec un indicible soulagement.

A 6 heures, la porte s'ouvrit sur une femme d'un certain âge, qui portait un plateau. Fern reconnut aussitôt Geraldine Hamstead, la voisine des Rycroft et l'une des deux infirmières diplômées de l'île.

— Une tasse de thé ? chuchota Geraldine. Elle dort encore, tant mieux..., ajouta-t-elle en se penchant sur Maud.

Comme pour démentir cette affirmation, Maud ouvrit les yeux. Elle considéra Geraldine d'un air ahuri, puis tourna son regard vers Fern. Son visage se crispa et une larme roula sur sa joue.

— Oh, ton beau mariage..., balbutia-t-elle. Ma pauvre chérie...

Fern bondit hors de son lit et s'approcha de Maud qu'elle embrassa tendrement.

— Allons, tatie, ne pleure pas, ça n'en vaut pas la

peine, déclara-t-elle d'un ton ferme. Je me marierai un autre jour.

— Oui, mais pas dans l'île, je le sais bien, répliqua Maud en ravalant ses larmes. C'était Lizzy, n'est-ce pas ?

— Oui... Nous aurions dû nous douter qu'elle ferait une bêtise. Oublie tout ça, ce n'est pas grave. Geraldine nous a apporté du thé. Tu en veux ?

— Oui, s'il te plaît...

Aidée par sa nièce et l'infirmière, Maud s'adossa à ses oreillers et but quelques gorgées.

— Merci, Geraldine...

— De rien, voyons..., rétorqua cette dernière avec un grand sourire. J'aurais dû être là cette nuit, mais j'étais malade comme un chien à cause de ces maudites huîtres. Barbara était au fond de son lit, elle aussi, si bien qu'il n'y avait plus d'infirmière en état de fonctionner à Barega. Heureusement que le Dr Gallagher et Jess n'ont pas assisté au lunch. Bon..., enchaîna-t-elle en se tournant vers Fern. Nous allons faire un brin de toilette, alors je te prierai de sortir, mademoiselle. De toute façon, le Dr Gallagher veut te parler.

Fern réprima une grimace. Elle n'avait aucune envie d'affronter Quinn Gallagher. Si elle l'avait pu, elle aurait sauté dans un avion et ne serait pas revenue avant un an au moins.

Voyant que Fern ne bougeait pas, Geraldine la houspilla gentiment.

— Ne fais pas attendre notre bon docteur, Fern. Il a trop de travail. Tu le trouveras dans le bureau au bout du couloir, sur ta gauche. Et ne t'inquiète pas, je m'occupe de ta tante.

Fern leva les mains en signe de capitulation.

— Je vous gêne, si je comprends bien ? D'accord, je vous laisse...

⁂

Quand elle entra dans le bureau, Quinn était en train de siroter du thé noir comme de l'encre. Il lui désigna d'un geste une énorme théière posée sur la table.

— Servez-vous...

— Maintenant je sais comment vous combattez le sommeil, dit-elle d'une voix qui manquait singulièrement d'assurance.

— C'est plus efficace que les amphétamines. Vous n'avez pas bonne mine, ce matin.

— J'ai eu une nuit agitée, rétorqua-t-elle machinalement.

Quinn haussa les sourcils.

— A cause de moi ?

— Disons que vous avez votre part de responsabilité.

— Docteur Rycroft, si un petit baiser vous perturbe à ce point, il me semble que vous n'êtes pas prête pour le mariage.

— Oh, je vous en prie ! s'exclama-t-elle, indignée.

— D'accord, ce n'était pas un petit baiser. C'était même extrêmement agréable. Que diriez-vous de recommencer ?

Fern recula d'un bond.

— Il n'en est pas question !

Quinn poussa un soupir d'affliction ; une lueur dangereuse brillait dans ses yeux noirs.

— Dommage... Enfin, nous avons la vie devant nous. Je pourrais peut-être enchaîner votre prince charmant à son lit durant quelques semaines, le temps de vous conquérir ?

— Si vous faites allusion à Sam...

— Evidemment ! rétorqua-t-il d'un air angélique. Combien de princes charmants avez-vous en réserve, docteur Rycroft ?

Fern serra les dents, luttant contre une furieuse envie de le gifler. Il arborait son irrésistible sourire, à la fois tendre et narquois, et elle avait le pénible sentiment de perdre pied, d'être soudain privée de tous ses repères.

— Savez-vous que, pour une dame qui n'a pas dormi de la nuit, vous êtes ravissante ? murmura-t-il.

Tendant la main, il repoussa doucement une boucle rousse qui tombait sur le front de la jeune femme.

— Vraiment ravissante, répéta-t-il d'une voix sourde.

Elle s'écarta d'un mouvement brusque.

— Arrêtez ce petit jeu, s'il vous plaît !

— Bon, d'accord. Revenons à nos moutons, docteur Rycroft : que comptez-vous faire à propos de votre tante ?

— C'est-à-dire ? répliqua-t-elle, stupéfaite.

— Elle refuse de se rendre sur le continent. J'en ai déjà discuté avec elle, et elle n'a pas l'intention de consulter un spécialiste. Elle prétend que le voyage jusqu'à Sydney, pour subir des examens, achèverait de la tuer. J'avoue qu'elle n'a peut-être pas tort. Elle souffre d'ischémie.

Les genoux tremblants, Fern se laissa tomber sur une chaise.

— Elle... elle est sérieusement atteinte ?

— Vous voulez voir l'électrocardiogramme ?

Sans attendre de réponse, il ouvrit le tiroir de son bureau et en sortit le tracé qu'il tendit à Fern. Celle-ci l'étudia en silence.

— Il date de la semaine dernière, reprit Quinn. Elle est venue plusieurs fois me consulter pour des douleurs dans la poitrine. J'ai essayé de mon mieux d'endiguer le problème, mais le fiasco d'hier a anéanti mes efforts.

— Je... j'ignorais que c'était si grave.

— Quand on est loin, on ne peut pas deviner.

Fern songea aux lettres qu'elle recevait de Maud ; sa tante avait toujours mille anecdotes drolatiques à raconter, et rien ne permettait de soupçonner que sa santé se détériorait. Albert Rycroft écrivait moins souvent et, au téléphone, Fern l'avait parfois trouvé préoccupé. Mais, quand elle lui demandait ce qui n'allait pas, il répondait invariablement qu'il avait des soucis à cause du troupeau, des clôtures qu'il fallait sans cesse réparer.

Elle s'était bien gardée de l'interroger davantage.

— Alors, que comptez-vous faire ? insista Quinn.

Elle reprit le tracé de l'électrocardiogramme, l'examina de nouveau, comme si elle espérait y trouver une réponse.

— Je ne sais pas..., murmura-t-elle.

— J'ai pratiqué plusieurs examens et adressé les résultats à l'un de mes amis, un cardiologue de Sydney, afin qu'il les analyse. Il préconise une angiographie et probablement un pontage.

— Je doute qu'elle aille à Sydney...

— Vous devez la persuader. Si on ne l'opère pas, je crains qu'elle ne survive pas très longtemps. Un an tout au plus.

— J'essaierai de la convaincre, balbutia Fern au bord des larmes.

C'était un combat perdu d'avance, elle le savait. Sa tante n'avait quitté l'île qu'une seule fois, à l'âge de dix ans. Ayant souffert d'un effroyable mal de mer durant toute la traversée et s'étant sentie complètement perdue sur le continent, elle s'était juré de ne plus jamais renouveler l'expérience. Il n'était pas non plus question de la transporter par avion. L'idée de monter dans ce qu'elle appelait « ces engins » la terrifiait.

— Et si vous n'y parvenez pas ?

— Je ne sais pas..., répéta-t-elle d'une toute petite voix.

— Vous pourriez demeurer auprès d'elle.

— Ça ne changera rien, elle ne vivra pas plus longtemps..., objecta-t-elle avec désespoir.

— C'est vrai, rétorqua-t-il d'un ton doux.

S'asseyant à son côté, il lui saisit les mains. Il ne la

traitait plus comme un médecin capable d'analyser posément la situation, mais comme un simple être humain, désemparé devant la maladie d'un proche, qu'il fallait aider à accepter la réalité.

— Votre oncle n'est pas assez solide pour affronter seul la mort de son épouse. Si je ne m'abuse, vous êtes sa seule famille. Il n'a que vous au monde, et vous devez le soutenir.

— Mais... je ne peux pas revenir ici..., gémit-elle.

— Pourquoi ?

Elle ne répondit pas tout de suite, cherchant frénétiquement une issue.

— Sam... Je vais l'épouser, il ne voudra pas rester...

— Il ne vous aime pas, coupa brutalement Quinn. Ce n'est qu'un sale égoïste.

— Vous êtes injuste. Il ne...

— Docteur Rycroft, pourquoi refusez-vous avec tant d'acharnement de rester à Barega ?

Cette question la frappa comme un coup de fouet. Elle demeura bouche bée, les yeux agrandis d'effroi.

— On dirait que vous avez peur. De quoi ?

— Je ne... mais non, c'est ridicule.

— Pas du tout, murmura-t-il, plongeant son regard noir dans le sien. Votre tante m'a expliqué que vous aviez perdu vos parents et votre sœur dans un terrible accident de voiture. Vous aviez quinze ans, je crois. Ça a dû être affreux pour vous.

Elle tenta de dégager ses mains, mais il les tenait fermement.

— J'ai l'impression que vous avez fait le vœu de ne plus jamais vous exposer à une pareille souffrance, de ne plus vous attacher à quiconque pour ne pas risquer d'avoir de nouveau le cœur déchiré, de vous sentir abandonnée.

— Non...

— Voilà pourquoi vous préférez vous éloigner de votre oncle et de votre tante, de cette île où les gens vous aiment. Voilà pourquoi vous épousez cette baudruche. Ainsi, vous aurez la sécurité et, s'il vous quitte, vous ne souffrirez pas.

— Mais qu'est-ce que vous racontez ?

C'était insupportable ! Il prononçait des mots que, même dans le secret de son âme, elle n'avait jamais osé formuler.

— J'ai raison, n'est-ce pas ? poursuivit-il en lui pressant les mains, comme s'il cherchait à lui communiquer sa force. Cependant, vous ne pouvez pas fuir vos responsabilités. Maud et Albert vous aiment, ils ont besoin de vous. Votre place est auprès d'eux.

Elle avait l'impression que des lames chauffées à blanc lui fouaillaient le corps. C'était si douloureux qu'elle en avait le souffle coupé.

— Lâchez-moi, balbutia-t-elle.

— Fern, vous devez affronter la réalité et cesser de vous défendre contre la vie.

— Même si je le voulais, je ne pourrais pas rester, riposta-t-elle dans un sursaut d'énergie. L'île n'est pas assez grande pour deux médecins, et je ne voudrais pas vous voler votre clientèle.

— Je n'apprécierais pas, en effet. Alors, que faire ?

— Rien, il n'y a pas de solution !

— Et si je vous proposais de nous associer ?

Elle le regarda comme s'il avait perdu la tête, puis baissa les yeux sur ses mains qu'il tenait encore. Il les lâcha, comme à contrecœur.

— Je suis sûr que ça marcherait, dit-il avec douceur.

— Il n'y a pas assez de travail pour deux.

— La ville s'agrandit, et on prévoit de construire un hôtel de deux cents chambres. La compagnie aérienne envisage de développer ses activités, les touristes commencent à fréquenter Barega. Je n'ai aucune envie de travailler comme un forcené, j'aurai donc besoin d'aide, et je préférerais engager un médecin autochtone. J'aimerais que vous soyez mon associée.

— Pourquoi avez-vous décidé de vous installer ici? s'enquit-elle d'un ton brusque.

Quinn esquissa un sourire.

— Peu importe, l'essentiel c'est que je sois là. Je me suis fixé pour objectif de fournir les meilleurs soins possibles aux habitants de Barega, or vous avez toutes les qualités requises pour m'aider dans cette tâche.

— Ecoutez, j'apprécie votre offre, mais... il n'est pas question que je l'accepte.

Elle se redressa vivement, passa une main nerveuse dans ses boucles rousses.

— Il faut que je rentre à la maison.

— Pourquoi?

— Pour prendre mon petit déjeuner! rétorqua-t-elle, exaspérée.

— Je crois que Jessie l'a préparé, je sens d'ici la bonne odeur du bacon.

— Je n'ai pas faim, marmonna-t-elle d'un air mauvais.

— Vous ne voudriez quand même pas offenser Jessie? Elle qui s'est si bien occupée de votre tante... Où avez-vous été élevée, docteur Rycroft? Il va falloir apprendre les bonnes manières...

Fern ouvrit la bouche pour protester, mais elle était trop lasse.

— Oh, zut!

— Voilà qui est mieux, répliqua-t-il en la prenant par le bras. A table, docteur Rycroft. Quand on a l'estomac vide, on ne raisonne plus sainement. Après le petit déjeuner, vous verrez que mon offre vous paraîtra beaucoup plus intéressante.

⁂

Jessie n'était pas dans la cuisine. Elle avait dressé le couvert pour deux et laissé un petit mot sur la table.

« Bon appétit à vous deux ! L'un des chevaux de Chris Marger s'est cassé une patte, je dois y aller. Quinn, aurais-tu la gentillesse de nourrir Walter ? Merci. »

— Vous partagez la cuisine ? s'enquit Fern d'un ton hésitant.

Elle analysait mal la nature des relations existant entre Quinn et Jessie. Ils habitaient sous le même toit et semblaient très liés.

— Non, chacun a ses quartiers. Mais Jessie a pitié de moi et elle me mitonne des petits plats... En échange, je lui donne un coup de main pour les bébés.

— Les bébés ?

— Walter, entre autres, répondit-il avec un sourire malicieux.

S'approchant du fourneau, il saisit une poche, reliée à une prise de courant par un fil électrique, et accrochée au dossier d'une chaise.

— Docteur Rycroft, je vous présente Walter...

Il entrouvrit le sac pour montrer à Fern un minuscule wallaby dont la peau rose commençait à peine à se couvrir de duvet.

— La maman de Walter a été grièvement brûlée dans un incendie de forêt. Jess a dû l'abattre, et ce jeune monsieur a bien failli mourir. La fumée l'avait à moitié asphyxié.

Il tendit la poche à la jeune femme puis ouvrit le réfrigérateur où étaient rangés plusieurs biberons pareils à des jouets.

— Asseyez-vous... Vous pourrez le nourrir pendant que je m'occupe du bacon. Une juste répartition des tâches, non ?

— Mais je n'ai jamais fait ça, marmonna-t-elle en observant le petit animal d'un air dubitatif.

Blotti dans une couverture électrique qui formait un cocon douillet, comparable à la poche ventrale de la femelle wallaby, il levait vers Fern des yeux ronds et brillants. Il semblait aussi anxieux qu'elle.

— Ce n'est pas sorcier ! rétorqua gaiement Quinn. Si j'y arrive, vous ne devriez pas avoir de problème.

Il réchauffa le lait dans le four à micro-ondes, prit une couverture suspendue au-dessus du fourneau et donna le tout à Fern.

— Asseyez-vous, répéta-t-il.

Déconcertée, elle obtempéra. Il disposa la couverture sur ses genoux, puis, avec d'infinies précautions, comme s'il manipulait le plus précieux des objets, il retira le bébé wallaby du sac et le coucha dans le giron de Fern.

Jamais elle n'avait rencontré un homme aussi doux.

Il fit couler une goutte de lait sur son poignet pour en vérifier la température, puis approcha le biberon du museau du wallaby qui se mit aussitôt à téter de bon cœur.

Instinctivement, Fern rabattit les pans de la couverture sur le corps minuscule. Puis elle prit le biberon des mains de Quinn.

— Je n'ai jamais vu de wallaby aussi petit..., murmura-t-elle, attendrie.

— Il ne quittera pas la poche avant des mois. Vous voulez des toasts ?

— Oui..., répondit-elle distraitement, caressant du bout des doigts la tête duveteuse de Walter.

— Et il est encore trop tôt pour savoir s'il survivra. Le bacon, vous l'aimez comment ?

— Oh, peu importe...

— Bien cuit, alors. Pour moi, un bacon qui ne craque pas sous la dent ne vaut pas un clou.

— Il pourrait mourir ? murmura-t-elle. Pourquoi ?

— Ce n'est pas facile de sauver un bébé de cet âge.

Les deux premières semaines, Jessie se promenait en permanence avec le sac pendu à son cou pour que Walter perçoive ses mouvements et les battements de son cœur. Sinon, l'angoisse l'aurait tué. Vous n'imaginez pas le mal qu'elle s'est donné... Elle dormait même avec lui. Ensuite, nous avons essayé plusieurs antibiotiques pour vaincre l'infection pulmonaire — d'ailleurs, il n'est pas tout à fait guéri. Il nous a fallu un temps fou pour trouver le médicament qui convenait.

— Nous ?

— Oui, je m'en suis mêlé, forcément. Je mets souvent Jessie à contribution et, en échange, je lui permets de puiser dans ma pharmacie. Ici, les humains et les animaux se mélangent.

— Je vois...

— Vous devriez vous joindre à nous, on s'amuse bien.

Ils s'amusaient...

Dans l'exercice de son métier, Fern avait toujours fait preuve d'un sérieux inébranlable, sans doute pour juguler les angoisses qui l'habitaient depuis si longtemps. L'idée que la médecine puisse être amusante lui semblait presque sacrilège.

Et pourtant...

Elle balaya du regard la cuisine encombrée où régnait une atmosphère chaleureuse, apaisante. La tentation était forte, pour ne pas dire irrésistible.

Elle reporta son attention sur Quinn qui l'observait en souriant.

— Vous en êtes capable, je vous assure, dit-il gentiment. Ce n'est pas plus terrible que de sauter du grand plongeoir. On a la frousse, les genoux qui tremblent, mais... il suffit de se lancer. Avouez que c'est quand même bête de rester éternellement coincé sur un bout de bois, alors qu'en bas l'eau est si bonne.

Avait-il raison ? Peut-être qu'en épousant Sam elle se condamnait à l'immobilité...

Seigneur, elle divaguait. La vie qui l'attendait lui convenait parfaitement. Elle aurait un mari, un poste bien rémunéré dans un grand hôpital de Sydney...

Le petit wallaby, repu, somnolait déjà. Un instant Fern se vit berçant un bébé qui aurait ses boucles rousses et les yeux noirs de Quinn...

Absurde ! Irritée, elle reposa le biberon et recoucha Walter dans sa poche douillette. Elle ne voulait pas d'enfant, et Sam était d'accord. Il souhaitait se consacrer exclusivement à sa carrière ; quant à Fern, elle ne supportait pas l'idée d'être responsable d'un être sans défense.

Elle se redressa, en proie à une pénible sensation de suffocation.

— La salle de bains est à côté, dit Quinn d'un ton doux. Vous voulez peut-être vous rafraîchir pendant que je fais cuire les œufs ?

— Oui, merci...

Il lui lança un long regard, comme pour lui dire qu'il comprenait sa peur et cherchait à la rassurer.

— Je vous accorde deux minutes, docteur Rycroft, ajouta-t-il en souriant. Passé ce délai, vous n'aurez plus rien à manger.

5.

Ce fut un étrange début de matinée.

Lorsqu'elle rejoignit Quinn et s'assit à la table, Fern fut submergée par une inexplicable sensation qu'elle ne parvint pas à chasser : il lui semblait avoir passé toute sa vie dans cette cuisine.

Pourtant, le décor ne ressemblait en rien à son environnement familier. Le petit logement qu'elle occupait à l'hôpital était d'une propreté glacée et d'une sobriété confinant au dépouillement. Pas de portraits de famille, pas de bibelots ni de souvenirs évoquant les jours heureux.

Ici régnait au contraire un joyeux et chaleureux désordre. La vaste pièce s'organisait autour de l'immense fourneau qui diffusait une agréable chaleur. Le long des murs couraient des étagères surchargées de bocaux, de provisions, de flacons de médicaments. Des dizaines de bouquets de lavande séchée pendaient du plafond.

— Jessie adore ce parfum, expliqua Quinn, et j'avoue qu'il ne me déplaît pas.

Sur le sol, devant la fenêtre donnant sur l'océan, gisaient des roses coupées et des branches de fuchsias. Sans doute Jessie les avait-elle cueillies avant de partir, songea Fern, étonnée. Elle n'avait pas eu le temps de les mettre dans des vases.

Soudain, elle vit un wombat jaillir d'une poche cachée dans un coin de la cuisine. Le petit marsupial se précipita vers les fleurs et se mit en devoir de les grignoter avec appétit.

— Combien d'animaux Jessie garde-t-elle ici ? demanda Fern, les yeux écarquillés.

— Trop, répondit-il avec un sourire. Pour l'instant, nous avons quatre bébés : le wallaby, le petit wombat, une perruche que Jess installe sous la véranda tous les matins, et un échidné qui campe derrière le fourneau.

— Un échidné..., répéta-t-elle, ahurie.

Il s'agissait d'un animal pourvu d'une sorte de bec corné, le cousin australien du porc-épic.

— C'est... original, ajouta-t-elle.

— Comme vous dites. Heureusement, ces bestioles n'ont pas de piquants avant l'âge de un an. C'est Jessie qui s'occupe de lui, Dieu merci. Figurez-vous que les bébés porcs-épics ne savent pas téter ; ils pétrissent le ventre de leur mère avec leurs petites pattes pour faire affleurer le lait. Ensuite ils n'ont plus qu'à lécher à même la peau. Je vous garantis que nourrir Oscar n'est pas une partie de plaisir.

— Ah bon ? bredouilla-t-elle, de plus en plus abasourdie.

— Vous ne le saviez pas, docteur Rycroft ? demanda-t-il avec un demi-sourire. Vous n'avez pas appris ça, en pédiatrie ?

— Euh... non.

— Oscar est le plus fragile de nos jeunes pensionnaires, et je préfère ne pas le sortir de son nid pour vous le montrer. Avec un peu de chance, la prochaine fois que vous déjeunerez ici, vous aurez l'occasion de l'admirer.

— Ça me surprendrait...

Quinn haussa les sourcils.

— Pourquoi ? Je suis sûr qu'il nous arrivera souvent

de nous retrouver ici pour le petit déjeuner. J'en suis même certain. Un peu de café ?

— Vous buvez aussi du café ? Le thé ne vous suffit pas ? rétorqua-t-elle, dans un effort désespéré pour faire dévier la conversation.

— Je prends deux cafés par jour, histoire de ne pas me dégoûter complètement du thé, répondit-il avec un sourire malicieux.

Il s'interrompit un instant.

— Docteur Rycroft, mon offre est on ne peut plus sérieuse. Votre tante m'a expliqué que vous aviez suivi une formation d'anesthésiste. Je suis chirurgien, par conséquent...

— Vous êtes chirurgien ? coupa Fern, stupéfaite.

Son intuition ne l'avait donc pas trompée. Dès le début, elle avait pensé que cet homme avait l'assurance et la prestance d'un chirurgien.

— Oui, et je suis également spécialisé dans la médecine d'urgence. A nous deux, nous pourrions faire du bon travail.

— Je ne comprends toujours pas pourquoi vous avez décidé de vous installer ici.

— Cette remarque sonne presque comme une accusation. J'ai mes raisons, docteur Rycroft. Il faut parfois faire confiance aux gens sans chercher plus loin.

— Hmm... Admettons... Je suppose que Jessie est arrivée en même temps que vous. Pourquoi a-t-elle choisi cette île ?

— L'explication est simple. Jessie rêvait d'un endroit comme celui-ci, d'un petit paradis où les animaux vivent encore en liberté.

— Elle est venue ici à cause des animaux ? s'enquit Fern dont le ton ne cachait pas l'incrédulité.

— Je vous rappelle qu'elle est vétérinaire. Elle aime les bêtes et, comme vous peut-être, elle se tient éloignée des humains. Ici, elle a la possibilité de soigner les animaux blessés et de les rendre ensuite à la vie sauvage. Sur le continent, elle était obligée de les envoyer dans des réserves. Si elle les avait relâchés trop près de la ville, les chiens les auraient tués.

— Il y a aussi des chiens à Barega.

— Notre Jessie a tout prévu. Quand elle a appris que l'île avait besoin d'un vétérinaire, elle a posé ses conditions. Elle a exigé que tous les chiens soient attachés dès la tombée de la nuit, faute de quoi leurs propriétaires seraient forcés d'acquitter une amende. Les fermiers sont tellement contents d'avoir quelqu'un pour soigner leur bétail qu'ils ont accepté sans discuter.

— Je vois...

Fern reposa sa tasse sur la table et fixa le sol. Elle n'avait pas le courage d'affronter le regard de Quinn.

— Alors, que décidez-vous, Fern ? Vous entrez dans l'équipe ?

Pour toute réponse, elle secoua la tête.

— Vous avez peur de sauter, le plongeoir est trop haut ? Je serai sans doute en bas pour vous recevoir... et je vous jure que l'eau est bonne...

Un silence vibrant s'installa dans la pièce. Les joues rouges, Fern se leva.

— Il faut que j'y aille...

— Vous avez raison, rétorqua-t-il en consultant sa montre. J'ai des consultations à 9 heures, le devoir m'appelle. Voulez-vous dîner avec moi ce soir ?

— N... non, murmura-t-elle.

— Ce n'est pas gentil. Je ne suis quand même pas si mauvais cuisinier. Changerez-vous d'avis si je demande à Jessie de préparer le repas ?

— Non... Vous remercierez Jessie de ma part, mais je dînerai avec mon oncle. Je compte quitter l'île dans deux ou trois jours, et je tiens à passer le plus de temps possible avec... ma famille.

— Je comprends.

Il se redressa à son tour ; tendant la main, il lui effleura la joue.

— Al et Maud vous aiment beaucoup, bien que vous vous obstiniez à garder vos distances. Et il y a d'autres personnes dans cette île qui pourraient vous aimer, si vous leur donnez une petite chance.

— Je vous en prie, laissez-moi tranquille, balbutia-t-elle.

Désemparée, elle pivota et se dirigea vers la porte.

— D'accord, Fern, je vous laisse tranquille..., murmura-t-il. Pour l'instant...

Avant de partir, Fern passa voir sa tante. Maud somnolait ; en entendant la porte s'ouvrir, elle sursauta et esquissa un sourire tremblé.

La gorge nouée, Fern s'approcha du lit et posa un baiser sur la joue pâle de la malade.

— Oh, tatie... Pourquoi ne m'as-tu pas dit que tu étais souffrante ? Les préparatifs du mariage t'ont épuisée. Si j'avais su...

— Si tu avais su, tu aurais eu un bon prétexte pour te marier sur le continent... Sois franche !

— Ça t'aurait épargné de la fatigue. Je m'en veux de n'avoir pas remarqué, à mon arrivée, que tu avais des problèmes. Tatie... le Dr Gallagher pense qu'un pontage s'impose.

Les lèvres pincées, Maud haussa les épaules.

— Tu es encore jeune et vigoureuse, reprit Fern. Cette opération te permettrait de vivre jusqu'à cent ans.

— Il ne peut pas m'opérer à Barega.

— Non, c'est vrai. Il faut que tu sois hospitalisée dans un service de cardiologie où tu recevras les meilleurs soins.

— Je serai donc obligée d'aller à Sydney ?
— Oui. Mais je serai avec toi, je ne te quitterai pas.
— Et ensuite ?
— Je te ramènerai ici, je te le promets.
— Et tu repartiras pour Sydney.
— Je n'ai pas le choix, ma vie est là-bas.
— Oh non, murmura tristement Maud. Depuis la disparition de ta famille, tu n'es chez toi nulle part. Tu as refusé de t'enraciner dans notre île, et maintenant...
— Ne parlons pas de moi, coupa Fern d'un ton doux. Pour l'instant, c'est de toi qu'il s'agit. Si tu ne te soignes pas énergiquement, tu auras d'autres attaques.
— On verra bien...
— C'est un peu égoïste, tu ne crois pas ? Oncle Al sera perdu sans toi.
— Il s'habituera...
— Tu tiens vraiment à lui causer ce chagrin ?
Maud détourna les yeux.
— Non..., murmura-t-elle après un silence. Mais, tu comprends, j'ai un souvenir tellement affreux de mon dernier voyage...
— Qui remonte à cinquante ans..., objecta Fern avec un brin d'irritation. Tu as fait la traversée dans un bateau de pêche, par gros temps, et il vous a fallu une semaine pour atteindre le continent. Cette fois, tu voyageras dans un avion sanitaire qui te...
— Un avion ? balbutia Maud, horrifiée. Ces engins s'écrasent à tout bout de champ.
Fern lui prit la main et la pressa contre sa joue.
— Tu es capable de vaincre ta peur, tatie... Fais-le pour oncle Al, pour moi...
— Oh, ma chérie... Toi, tu n'as jamais eu besoin de ta pauvre tante.
— Ne dis pas ça, ce n'est pas vrai.
— J'aimerais te croire, mais...

Maud ferma les yeux, ravalant ses larmes.

— Fern, je suppose que, maintenant, tu ne veux plus te marier chez nous, dans l'île ?

— Ce serait de la folie, répondit Fern d'une voix blanche.

— Ça t'arrange...

Maud demeura un moment silencieuse, puis elle darda sur sa nièce un regard étrangement brillant.

— Il faut que tu te maries ici. Au diable Lizzy !

— Mais...

— Ecoute-moi, coupa Maud. Je te propose un marché. Si tu me promets que la cérémonie aura lieu à Barega, je me ferai opérer. Je monterai dans un de ces maudits avions. Tu dois te marier ici, dans notre vieille église. Alors ?

— Mais Sam..., bredouilla Fern, effarée.

— Il acceptera si tu insistes.

— Je ne crois pas que...

— Tu arriveras à le convaincre.

— Tatie, je ne...

A cet instant, la porte s'ouvrit et Quinn Gallagher pénétra dans la chambre.

— Excusez-moi de vous déranger, docteur Rycroft, je voulais voir votre tante avant les consultations. Alors, madame Rycroft, ajouta-t-il en souriant, comment allez-vous ? Je présume que vous n'avez pas changé d'avis à propos de l'opération ?

— Oh ! si, murmura Maud d'un ton triomphant. Explique-lui, Fern.

— Elle ira à Sydney, balbutia la jeune femme.

— Dis-lui ce que tu m'as promis, comme ça il sera témoin. Si je meurs ce matin, tu seras obligée de tenir ton serment.

— J'ai promis que, si elle se faisait opérer, je me marierais dans l'île, murmura Fern.

Quinn haussa les sourcils.

— Avec Sam ?

— Peu m'importe qu'elle épouse Sam ou le croque-mort de Barega, marmonna Maud avec lassitude. Je veux que son mariage ait lieu chez nous. C'est compris, ma chérie ?

— Oui...

— Bien, bien ! dit Quinn Gallagher, un sourire énigmatique aux lèvres. Très bien !

Oh, Seigneur !

En proie à une incontrôlable nervosité, Fern embrassa sa tante et, les yeux baissés pour ne pas croiser le regard de Quinn, se précipita dans le couloir.

Elle courait vers la sortie quand elle pensa brusquement à Sam. Il devait l'attendre. Elle ne pouvait quand même pas partir sans lui dire bonjour.

Mon Dieu... Pourquoi avait-elle si peu envie de le voir ?

Se raidissant, elle poussa la porte de la chambre où se trouvait son fiancé. Si jamais il s'avisait de lui infliger une nouvelle scène...

Mais Sam était assis dans son lit, la mine radieuse. Il avait visiblement recouvré ses esprits et sa bonne humeur naturelle.

Comme il lui ouvrait les bras, elle se sentit obligée de s'y blottir. Il lui planta un baiser sonore sur le front.

— Comment vas-tu, mon chou ? Et ta tante ?

— Ça va mieux, mais elle est encore très faible, répondit-elle en grimaçant un sourire.

Sam toussota ; l'embarras se peignit sur ses traits.

— Le Dr Gallagher m'a dit tout à l'heure qu'elle avait failli mourir, et... et que j'avais été plutôt pénible cette nuit. Je suis vraiment désolé... Tu me pardonnes ?

Cette question la désarma complètement. Elle scruta ce visage si familier, si amical. Avec Sam, elle mènerait une existence paisible, sans drame.

— Tu as eu peur, tu n'étais pas dans ton état normal, dit-elle gentiment. Moi, j'ai eu de la chance, je n'ai pas touché à ces maudites huîtres.

— Je ne pensais pas que Lizzy irait jusque-là pour moi, rétorqua-t-il avec une certaine admiration. Elle est quand même incroyable.

Fern s'écarta de lui, les sourcils froncés.

— Sam... tu ne veux pas épouser Lizzy, tu en es certain ?

Il se figea, l'air offensé.

— Evidemment ! Où as-tu pêché une idée pareille ? Tout est fini entre Lizzy et moi, du moins en ce qui me concerne. Nous étions inséparables autrefois, d'accord, mais c'était avant ton arrivée. A l'époque, je n'avais pas encore décidé de quitter l'île. Tu imagines Lizzy en épouse d'avocat ? Si je l'emmenais à Sydney, elle aurait peur de sortir dans la rue, et si j'invitais chez nous des clients qui ne lui reviennent pas... elle serait capable de leur servir des plats empoisonnés !

— Tu veux dire que... si Lizzy parvenait à s'adapter à ton mode de vie, tu pourrais te marier avec elle ?

— Bien sûr que non, répondit-il avec un sourire bienveillant. J'ai besoin d'une compagne raisonnable, pas d'une écervelée. Tu es fatiguée, mon chou, et c'est pour ça que tu doutes... La plupart des jeunes femmes sont nerveuses avant le mariage, c'est normal.

— Mais...

— Fern, arrête de couper les cheveux en quatre. Nous avons pris la meilleure décision possible, tu le sais bien. Nous nous connaissons par cœur, ce qui nous évitera d'avoir par la suite de mauvaises surprises. De plus, nous n'avons aucun sujet de discorde : nous ne désirons pas avoir d'enfant afin de nous consacrer pleinement à notre carrière. Nous sommes faits l'un pour l'autre, c'est évident. Dès que nous serons de retour à Sydney...

— Tante Maud tient à ce que nous nous mariions ici, dit-elle avec un soupir.

— Ah bon ? Lizzy va encore...

— Je pense qu'elle se tiendra tranquille. Naturellement, je préférerais lui épargner cette épreuve, cependant ma tante n'en démord pas. Si nous nous inclinons, elle est prête à se rendre à Sydney pour subir un pontage — or, sans cette opération, elle est condamnée.

— Ta tante irait à Sydney ? rétorqua Sam, éberlué. Elle a toujours clamé que jamais plus elle ne mettrait les pieds sur le continent. Eh bien...

Il se frotta pensivement le menton.

— Nous avons trois semaines de vacances, marmonna-t-il. On pourrait se marier... mettons vendredi. Ça nous laisserait quinze jours de congés avant de reprendre le travail.

Tout ça était d'un romantisme échevelé... Elle soupira.

— Bon... Mais je ne veux pas d'une cérémonie en grande pompe. D'ailleurs nous serons peut-être obligés de nous marier ici, à la clinique, si ma tante n'est pas rétablie. Nous ferons ça dans l'intimité, avec tes parents et mon oncle.

— Ça me convient parfaitement, répliqua-t-il avec un sourire ravi. Si la bénédiction a lieu ici, Lizzy n'osera pas nous embêter. Tu porteras quand même ta belle robe, n'est-ce pas ? Tu étais superbe, hier.

Fern songea à la toilette maculée de terre et au voile chiffonné qu'elle avait abandonnés dans un coin de sa chambre. En réalité, elle avait une envie folle de la jeter au feu et de l'oublier à tout jamais.

— Il faudra que je la porte à nettoyer, dit-elle avec réticence. Mais je la mettrai, d'accord...

— Alors, tout est réglé.

— Eh ben, moi, j'attends vendredi de pied ferme ! claironna soudain Frank Reid.

Malgré le rideau qui séparait les deux lits, le vieil homme n'avait manifestement pas perdu un mot de leur conversation.

— Je n'ai pas l'intention de louper ton mariage, Fern Rycroft, ajouta-t-il. Je veux voir ça de mes yeux.

Après mûre réflexion, Sam décida de passer la journée à l'hôpital, au cas où il aurait une rechute. Quinn accéda à sa requête avec un empressement suspect ; à l'évidence, il comptait servir à son patient une note particulièrement salée.

— Tu pourrais rentrer à la maison, objecta Fern, gênée.

— Pas question, décréta Sam d'un ton sans réplique. Je tiens à préserver mon capital santé, figure-toi, et avec le Dr Gallagher je ne risque rien.

— Certes, marmonna Fern en jetant un coup d'œil soupçonneux à Quinn qui venait d'entrer dans la chambre.

Elle embrassa son fiancé, puis elle sortit de la pièce en compagnie de Quinn qui arborait un sourire de loup.

— Il n'a rien à faire ici..., dit-elle, une fois dans le couloir.

— Vous avez une idée pour le faire déguerpir ? Il ne me gêne pas, docteur Rycroft, après tout il paye. Et si j'ai besoin du lit, je trouverai bien un moyen pour l'évacuer — *manu militari*, s'il le faut.

Fern ne put s'empêcher de rire, même si elle se sentait affreusement mortifiée.

— Ne vous inquiétez pas, poursuivit Quinn en lui effleurant la joue. Je m'occuperai de votre fiancé. Pour vous...

Sur quoi, il pivota et s'éloigna à grands pas. Elle hésita un instant, puis se dirigea vers le perron. Il lui semblait marcher dans un épais brouillard. Jamais elle n'avait été aussi désorientée.

Lorsqu'elle arriva à la ferme, elle trouva son oncle profondément déprimé. Pour le réconforter, elle lui annonça que Maud avait accepté de se faire opérer et qu'il devait garder espoir. Soulagé, il partit aussitôt pour la clinique.

Fern demeura seule, contemplant d'un œil morne le désastre qui l'entourait.

Les assiettes et les verres du lunch traînaient encore sur la table. Quelques huîtres achevaient de pourrir sur un plat. Quelle horreur !

Retroussant ses manches, Fern se mit au travail. Lorsqu'elle eut achevé de laver la vaisselle, elle s'attaqua à la lessive, briqua le plancher et astiqua les meubles, traquant avec acharnement le moindre grain de poussière.

Elle ne voulait pas penser à l'offre de Quinn Gallagher. De toute façon, se répétait-elle, cette proposition ne la tentait pas. Absolument pas !

L'après-midi touchait à sa fin, lorsqu'elle rangea ses balais et ses chiffons. Morose, elle décida de descendre jusqu'au port.

Les mains dans les poches de son jean, elle déambula parmi les bateaux. Normalement, ils auraient dû être en mer, mais la plupart des pêcheurs avaient assisté au lunch et mangé les huîtres de Lizzy. Ils achevaient de soigner leurs malheureux estomacs.

Elle avait atteint le milieu de la jetée quand un bruit inhabituel la fit sursauter. Elle s'immobilisa, essayant de repérer d'où il provenait.

Le bruit se répéta — des coups de hache sur du bois, semblait-il. Soudain, un cri s'éleva, suivi d'un vrombissement de moteur.

Plissant les paupières, Fern aperçut un bateau de pêche

qui filait vers le large. Elle reconnut *Le Dauphin*... le bateau de Lizzy !

En proie à une angoisse subite, elle s'élança vers le bout de la jetée. Alf Gunn se tenait sur le ponton, les bras ballants, l'air hébété. Le vieux pêcheur, qui allait sur ses quatre-vingts ans, vivait sur son rafiot, amarré près de celui de Lizzy.

— Alf, que se passe-t-il ? demanda Fern, affolée.

— La petite..., murmura-t-il. Lizzy... Quand j'ai entendu le coup de hache, je me suis précipité. Je croyais que c'étaient des vandales. Mais c'était Lizzy... Elle a fait un trou dans la coque... Un si beau bateau, tu te rends compte ? Et puis elle a lancé le moteur, et elle est partie...

— Oh, mon Dieu, mais pourquoi ?

Ils se regardèrent, atterrés.

— C'est du suicide, Fern, bredouilla le vieillard. Après ce qu'elle a fait hier...

— Le trou est gros ?

— Assez... Elle ne risque pas de couler tout de suite, mais quand elle sera en pleine mer...

— Il faut la rattraper. C'est possible, Alf ?

— On la rattrapera, rétorqua-t-il d'un ton farouche. Embarque, petite.

Alf était né sur un bateau, il connaissait l'océan par cœur, comme Lizzy. Seul un marin aguerri pourrait déjouer le terrible plan que Lizzy, dans son désespoir, avait élaboré pour en finir avec la vie.

Dès la sortie du port, se dressait une redoutable barrière de récifs. Lizzy mit le cap sur eux. Elle avait éteint toutes les lumières à bord, et on distinguait à peine la coque du *Dauphin*.

— Elle va s'écraser sur les rochers ! balbutia Fern.

— Non, pas Lizzy. Elle est trop maligne. Si elle heurte les récifs, les vagues risquent de la ramener très vite vers le rivage. A mon avis, ce n'est pas ce qu'elle veut. Il y a un passage, mais il faut bien connaître l'endroit.

— Et vous le connaissez ?

C'était une question inutile. La mine résolue, Alf mit lui aussi le cap au nord. Fern, terrorisée, ferma à demi les yeux.

L'écume jaillissait de toutes parts, masquant et dévoilant tour à tour les formes déchiquetées des écueils. Mon Dieu, jamais ils ne passeraient...

Ils franchirent pourtant la barrière et se retrouvèrent soudain en haute mer. Devant eux, *Le Dauphin* poursuivait sa route, et il s'enfonçait de plus en plus.

— Il faut qu'il reste à flot encore un petit moment, marmonna Alf entre ses dents, sinon le courant va le ramener vers les récifs, et cette fois...

Fern, une main pressée sur sa bouche, retenait son souffle. Les secondes s'égrenaient, interminables.

Tout à coup, le bateau sembla s'immobiliser, puis il bascula sur le côté. Lentement, la mer l'aspira.

Alors qu'il commençait à disparaître, une frêle silhouette se dressa sur le pont...

6.

— Bon Dieu !

Alf avait agrippé le bras de Fern, un geste inattendu de la part de ce vieux loup de mer peu enclin à manifester ses émotions.

— Elle va se noyer ! s'écria Fern.

— Le bateau n'est pas assez lourd pour l'entraîner vers le fond, rétorqua Alf, réfléchissant à voix haute. Mais il y a un courant très fort par ici. Elle a pensé à tout...

Il manœuvra pour s'approcher du point où *Le Dauphin* avait sombré. Des remous agitaient la surface de l'eau, mais on ne voyait plus rien.

Alf coupa le moteur, lança une bouée et un gilet de sauvetage par-dessus bord.

En vain...

Un silence de mort les enveloppait, à peine troublé par le clapotis des vagues. Lizzy avait disparu.

— Ce n'est pas possible qu'elle ait coulé à pic, marmonna Alf. Quand on nage aussi bien que Lizzy Hurst, on ne se noie pas si vite. Mais le courant va l'emporter vers le large, c'est pour ça qu'elle est venue ici. Il ne nous reste plus qu'à nous laisser porter, nous aussi.

— Mais, Alf...

— L'eau nous pousse dans la même direction. Regarde la bouée et le gilet ; ils dérivent, et ils sont toujours côte à côte. Si je remets les gaz, on la perdra. Il vaut mieux nous laisser porter, répéta-t-il.

Les mains en porte-voix, le vieil homme hurla :

— Lizzy ! On est là, reviens ! Arrête de faire l'imbécile...

Il s'interrompit, en proie à une quinte de toux.

— Appelle-la, toi. Mes poumons ne sont plus assez costauds... Je descends chercher une torche.

— Lizzy ! cria Fern. Lizzy !

Sa voix se répercutait lugubrement dans le silence. Un instant plus tard, Alf la rejoignit avec une puissante torche qu'il alluma, tandis que Fern continuait à s'époumoner.

Soudain, dans le faisceau lumineux, ils aperçurent une silhouette très frêle, d'une blancheur bouleversante dans ces épaisses ténèbres.

— Lizzy !

Elle était à une trentaine de mètres du bateau.

— Allez-vous-en ! Laissez-moi tranquille !

Elle plongea dans les profondeurs.

— Si elle ne veut pas qu'on la repêche, on n'y arrivera pas, dit Alf d'une voix éteinte. L'eau est glacée par ici, Lizzy va mourir de froid. Sans parler des requins...

— Les requins !

Alf braqua sa torche en tous sens ; pas d'ailerons suspects à l'horizon.

— Ils ne sont pas nombreux car ils n'aiment pas non plus le froid, mais quand même...

— Alf, on ne peut pas...

— Si elle est décidée à en finir, je ne vois pas comment on l'en empêcherait. On n'a plus qu'à rester là, au cas où elle changerait d'idée. On devrait peut-être alerter la police par radio — encore que ça ne changera pas grand-chose.

La radio, bien sûr !

— C'est Sam qu'il nous faut ! s'exclama Fern.

— Quoi ?

Sans répondre, Fern se précipita dans la cabine. Durant

son adolescence, elle était souvent sortie en mer avec les pêcheurs, et elle savait parfaitement se servir d'une radio. Et elle avait besoin de Sam.

Mais Sam se pensait malade, quasiment à l'article de la mort. Il ne viendrait pas.

Quinn Gallagher l'y obligerait. On pouvait compter sur lui.

Toutes les demeures de l'île étaient joignables par radio ; la clinique répondit aussitôt à l'appel. Quand elle entendit la voix de Quinn, Fern ne put réprimer un sanglot.

— Quinn ! Est-ce que Sam est encore là ?

— Qu'y a-t-il ? Où êtes-vous ?

Le plus succinctement possible, elle lui résuma la situation. Elle émettait sur la fréquence de détresse, et la moitié de l'île était probablement à l'écoute.

Tant pis, l'heure n'était pas à la discrétion. Il s'agissait avant tout de sauver Lizzy.

— Sam est le seul qui puisse l'empêcher d'aller jusqu'au bout, conclut-elle. Si elle l'entend, elle renoncera peut-être.

— Je vous l'amène, de gré ou de force. Nous serons là le plus vite possible. Je lance un appel ! ajouta Quinn d'un ton pressant. Il me faut un bateau, tout de suite !

Des grésillements retentirent sur la ligne. Les pêcheurs se proposaient tous pour emmener Sam Hubert.

La plupart des insulaires laissaient leur radio branchée en permanence sur la fréquence de détresse — au cas où... A Barega, la solidarité des marins n'était pas une légende.

— Nous arrivons, Fern ! dit Quinn. Tenez bon.

Ce fut une véritable armada qui quitta le port, escortant *Le Narval* sur lequel se trouvait Sam. Leurs lumières clignotaient dans le clair de lune, formant un ballet d'une saisissante beauté.

Mais Fern n'y prêta même pas attention.

Elle scrutait désespérément la mer. Lizzy avait disparu depuis un long moment. Pourtant, elle devait être tout près.

Le Narval se détacha des autres bateaux qui s'étaient immobilisés à quelques centaines de mètres, et s'approcha lentement. A côté de la modeste embarcation d'Alf, on aurait dit un mastodonte.

On fit descendre un dinghy le long de la coque d'acier. Deux hommes étaient à son bord : Sam... et Quinn Gallagher.

Lizzy nageait depuis plus d'une demi-heure.

Les puissants projecteurs du *Narval* éclairaient les vagues d'une lumière crue. Au loin, les pêcheurs montaient la garde. Des centaines de personnes, ici et sur la terre ferme, retenaient leur souffle.

Lizzy Hurst était une enfant de Barega, et chacun voulait la revoir vivante. Fern frissonna ; jamais elle n'avait eu comme en cet instant le sentiment profond d'appartenir à cette communauté.

— Lizzy !

L'appel de Sam, qui parlait dans un mégaphone, la fit tressaillir. Il paraissait bouleversé, paniqué.

— Lizzy, reviens ! Je ne veux pas que tu meures... à cause de moi !

Soudain, la voix de Lizzy s'éleva, faible, vibrante de désespoir.

— Laisse-moi tranquille... Tu l'aimes... je n'ai plus qu'à disparaître.

— Lizzy, bon sang ! cria Sam. Tu n'as rien d'une femme d'avocat, tu le sais bien !

— Va-t'en.

C'était un dialogue absurde, effarant.

Horrifiée, Fern vit Sam se dresser dans le dinghy, chanceler dangereusement. Contrairement à la plupart des insulaires, il n'avait pas le pied marin. Quinn, d'une main ferme, l'obligea à se rasseoir.

— Lizzy, je t'en supplie !

— Je ne serai la femme de personne... C'est fini !

— Non !

Sam avait hurlé, comme si quelque chose en lui venait de se briser. Il repoussa violemment Quinn et se jeta à l'eau.

— Sam !

Le cri était venu de Lizzy. Elle l'avait vu tomber. Elle qui allait à la rencontre de la mort sans frémir avait brusquement peur pour son amour...

— Un requin !

Fern pivota d'un bond. Les projecteurs du *Narval* qui balayaient les vagues afin de repérer Lizzy étaient braqués sur un sinistre aileron noir qui filait à toute allure.

— Sam... Lizzy ! s'écria Fern, affolée.

Alf avait déjà remis le moteur en marche. A une trentaine de mètres en avant de la proue, on pouvait apercevoir Sam qui nageait vigoureusement.

— Arrête-toi, Sam, ne bouge plus !

Ses mouvements risquaient d'attirer le requin qui s'était approché des bateaux dans l'espoir d'y trouver de la nourriture, car les pêcheurs avaient l'habitude de rejeter à la mer les poissons abîmés.

— Non... Sam !

C'était la voix de Lizzy de nouveau, une voix terrorisée, et Fern la vit nager de toutes ses forces — du moins celles qui devaient lui rester — vers son bien-aimé.

Alf distinguait à présent nettement les deux naufragés et fonçait dans leur direction. Le dinghy, plus maniable et plus rapide, volait sur la crête des vagues.

Un hurlement atroce s'éleva.

Sam...

— Non ! hurla Lizzy.

Le cri de désespoir de Lizzy fit frissonner Fern. Où trouvait-elle l'énergie d'avancer ? Elle fut la première à atteindre Sam qu'elle prit dans ses bras.

Le requin avait déjà frappé car une traînée rougeâtre apparut dans la lumière des projecteurs. L'aileron noir se propulsait de nouveau vers Lizzy et Sam...

— Coupe le moteur, petite ! cria Alf.

Fern s'exécuta. Alf avait saisi un fusil, accroché près du gouvernail. Il épaula et visa. Le coup de feu claqua.

Alf n'avait pas manqué sa cible. Le requin explosa littéralement, et une large flaque rouge s'étala à la surface de l'eau.

Ils n'avaient que quelques instants de répit devant eux car tous les requins des environs allaient se précipiter, attirés par le sang, et ils ne feraient qu'une bouchée des naufragés et du dinghy.

Armé d'un grappin, Alf se pencha pour attirer le canot contre la coque du bateau. Quinn avait réussi à attraper Lizzy par les aisselles pour la hisser à bord, mais elle refusait de lâcher Sam, inerte dans ses bras.

Le dinghy oscillait dangereusement, menaçait de chavirer.

— Prends ça, Fern ! ordonna Alf en lui tendant le grappin.

Pour un homme de quatre-vingts ans, il était d'une agilité surprenante. Il courut dans la cabine et revint avec une amarre pour arrimer le dinghy au bateau. Dès que le canot fut stabilisé, Quinn prit les choses en main.

— Ecoutez-moi, Lizzy ! cria-t-il. Il faut m'aider. Poussez Sam de toutes vos forces, ensuite cramponnez-vous au cordage. Allez !

La jeune femme était épuisée, désespérée, cependant l'autorité de Quinn eut raison de sa résistance.

Avec un gémissement douloureux, elle poussa Sam jusqu'à ce que Quinn l'agrippe par le col. Puis elle s'accrocha à l'amarre.

— Vous pouvez la remonter ? demanda Quinn à Alf et Fern.

— C'est comme si c'était fait, toubib ! répondit Alf. Retiens-moi, petite !

Fern le retint par son ceinturon tandis qu'il se penchait pour saisir la main de Lizzy. Quand elle fut sûre qu'il ne risquait pas de perdre l'équilibre, elle agrippa l'autre main de la naufragée. D'un seul mouvement, ils la hissèrent à bord.

Ils l'étendirent sur le pont, puis se précipitèrent pour remonter Sam. Tandis qu'Alf aidait Quinn, Fern s'agenouilla pour examiner le blessé qui gisait dans une mare de sang.

Dieu merci, il était vivant...

Mais il avait une terrible blessure au côté droit. Les dents du requin, coupantes comme des rasoirs, avaient déchiqueté la peau et les muscles.

Il fallait coûte que coûte stopper l'hémorragie, sinon Sam serait mort dans quelques minutes.

— Tout va bien, Sam..., dit Fern d'une voix qui, miraculeusement, ne tremblait pas. Tu es sauvé...

Il eut un gémissement rauque, tenta de bouger la tête et perdit connaissance.

« Pourvu qu'il reste inconscient jusqu'à ce qu'on puisse lui donner de la morphine ! » pria Fern.

Prise d'une sorte de frénésie, elle examina la blessure, tâtant la chair meurtrie pour repérer d'où jaillissait le flot de sang. Avec son coupe-vent en coton, elle fabriqua une grosse compresse qu'elle appliqua sur le rein.

A deux mains, elle pressa de toutes ses forces le tissu sur la plaie.

Lizzy, recroquevillée sur le pont, sanglotait doucement. Elle était épuisée et frigorifiée, en état de choc, mais Fern n'avait pas le temps de s'occuper d'elle.

Mon Dieu, jamais elle ne parviendrait à stopper l'hémorragie...

— Il est gravement atteint ? demanda Quinn en s'accroupissant auprès d'elle.

Son ton, qui ne trahissait aucun affolement, apaisa Fern.

— Nous avons besoin de couvertures, Alf, reprit-il d'un ton impérieux après avoir vu ce qu'elle faisait. Descendez Lizzy dans la cabine et débrouillez-vous pour la réchauffer. Alors, qu'en est-il, docteur Rycroft ?

A l'entendre, ils auraient pu se trouver dans le service d'urgence d'un grand hôpital, et non sur un rafiot de pêche perdu en pleine mer. Fern lui en fut reconnaissante : grâce à lui, elle retrouvait ses réflexes professionnels. Sam n'était plus l'homme qu'elle devait épouser, mais un patient comme les autres, dont la vie était en danger.

— Les muscles sont déchiquetés et je présume que l'intestin est endommagé. Peut-être d'autres organes le sont-ils aussi.

— Bon, continuez à comprimer la blessure.

Jetant un coup d'œil alentour, il aperçut une planche qu'Alf utilisait pour décharger les caisses de poisson. Il s'en saisit et la posa à côté de Sam. Celui-ci était toujours inconscient, le visage livide. Il était à l'agonie, pensa Fern avec désespoir.

— Il faut le ramener à terre, murmura-t-elle. Il faut du sérum physiologique, du plasma, de la morphine...

— J'ai du sérum et de la morphine dans ma sacoche, sur *Le Narval*. Je leur ai demandé de me l'apporter. Attention, je vais le déplacer...

Avec d'infinies précautions, il fit glisser sur le brancard improvisé le torse de Sam, puis ses hanches. Après quoi, il installa une cagette sous ses pieds, afin de surélever le bas du corps.

A cet instant, Alf émergea de la cabine, les bras chargés de couvertures.

— Lizzy est au chaud, marmonna-t-il. Je l'ai installée dans mon sac de couchage électrique.

— Vous avez un sac de couchage électrique ? demanda Quinn, étonné.

— Eh oui, j'aime le confort, répondit Alf avec un petit rire.

Quinn arracha la chemise de Sam et enveloppa le blessé dans les couvertures. Il était essentiel de maintenir sa température.

— Qu'est-ce que je peux faire maintenant, toubib? demanda Alf.

— Récupérer ma sacoche qui est sur *Le Narval*.

Alf remit le moteur en marche. Quelques minutes plus tard, des hommes du *Narval* prenaient pied sur le pont et tendaient sa sacoche à Quinn.

Soudain, l'un d'entre eux, qui s'affairait à remonter le dinghy, poussa un cri horrifié, et Fern tourna la tête.

Le canot était en lambeaux. Les requins l'avaient lacéré.

Sam et Quinn Gallagher pouvaient remercier leur bonne étoile...

Durant plusieurs heures, Sam fut aux portes de la mort. Au milieu de la nuit cependant, grâce à la compétence de Quinn, la balance pencha en faveur de la vie.

A ce moment-là, Fern était tellement épuisée qu'elle ne ressentait plus rien.

Depuis leur arrivée à la clinique, ils ne s'étaient pas accordé un instant de répit. Heureusement que Quinn était un excellent chirurgien, sinon Sam n'aurait pas eu la moindre chance. Sa blessure était abominable.

Il fallait aussi se féliciter que le blessé fût du groupe O positif — s'il avait été d'un groupe plus rare, ils n'auraient pas eu assez de sang pour lui faire une transfusion.

Fern s'était chargée de l'anesthésie — une tâche délicate lorsqu'on opérait un patient aussi gravement atteint — et avait regardé Quinn travailler. Il l'avait beaucoup impressionnée.

Elle savait que la chirurgie réparatrice exigeait une intelligence aiguë, du courage et du talent. Or Quinn possédait visiblement toutes ces qualités.

L'intestin de Sam était endommagé, et même complètement déchiqueté sur une petite section. Avec un calme stupéfiant, Quinn pratiqua une résection ainsi qu'un abouchement des deux segments, et nettoya soigneusement la cavité abdominale pour parer tout risque d'infection.

Sam n'aurait pas été mieux soigné à Sydney.

Les deux infirmières de la clinique les assistaient, et tous quatre s'activèrent des heures durant pour arracher Sam des griffes de la mort. Dans n'importe quel hôpital, il aurait fallu une équipe de sept ou huit personnes pour venir à bout de cette tâche.

Ils avaient fait le maximum. Maintenant, c'était à Sam de se battre...

Quand il fut sur le chariot, et que les infirmières l'emmenèrent, Quinn ôta son masque et poussa un soupir de soulagement.

— Vous avez été... magnifique, dit Fern en se dirigeant d'un pas chancelant vers le lavabo pour se laver les mains.

— Vous n'étiez pas mal non plus, docteur Rycroft.

— Vous ne semblez même pas fatigué.

— Je crois que je le suis, mais je fonctionne sur pilote automatique.

— En tout cas, vous avez sauvé Sam...

— Je l'espère. Nous le saurons avec certitude au cours des prochains jours. Souhaitons qu'il n'y ait pas d'infection. Je l'ai recousu de façon grossière. Ce ne sera pas très joli à regarder et il faudra qu'un chirurgien esthétique répare tout ça.

— L'esthétique n'a aucune importance, l'essentiel c'est qu'il s'en sorte.

— Oui...

Exténuée, Fern s'appuya au lavabo ; ses jambes ne la portaient plus. Quinn se débarrassa de ses gants, puis s'approcha de la jeune femme et la prit par la taille.

— Vous n'en pouvez plus, murmura-t-il en l'attirant contre lui. Au dodo, docteur Rycroft. Dites-moi..., ajouta-t-il après un silence, vous vous rendez compte que vous venez de perdre votre fiancé ?

La joue appuyée contre le torse puissant, elle écoutait le cœur battre avec un bruit sourd, la voix résonner étrangement dans sa chair.

— Non... Sam va vivre, balbutia-t-elle, j'en suis certaine.

— Oui, mais pas avec vous.

Qu'est-ce qu'il racontait ? Aucune importance... Elle se sentait trop bien, blottie au creux de ces bras si solides — elle était à l'abri. Le cauchemar s'achevait.

— Votre Sam est devenu fou quand il a su que Lizzy avait décidé de se suicider, murmura-t-il. J'avoue que je me suis trompé sur son compte. Moi qui le pensais incapable de passion... Lorsque je lui ai appris ce qui se passait, il a bondi hors de son lit. Il a insisté pour que je vienne, sous prétexte que j'étais plus performant que vous, et que sa Lizzy avait besoin des meilleurs soins... J'ai d'abord refusé, parce que je devais veiller sur votre tante... Il est entré dans une fureur telle que j'ai été forcé de céder, sinon il m'étranglait.

— Sam ? dit-elle dans un souffle.

— Oui, Sam.

Il resserra son étreinte, lui caressa les cheveux.

— Heureusement, Jessie est arrivée à ce moment-là, et elle m'a proposé de rester auprès de Maud.

Fern hocha la tête ; son esprit était comme engourdi.

— Sam et Lizzy ont toujours été amis... Nous étions amis, tous les trois.

Il la repoussa doucement et lui prit le menton pour l'obliger à le regarder dans les yeux.

— Soyez lucide... Sam aime Lizzy.

— Taisez-vous...

Il y eut un long silence, à peine troublé par le tic-tac de la pendule.

— Il faut pourtant que vous m'écoutiez, Fern..., dit-il d'une voix sourde. Vous n'imaginez pas à quel point je voudrais que vous ne soyez pas... ce que vous êtes...

Une lueur d'incompréhension vacilla dans le regard de Fern.

— Une femme que n'importe quel homme souhaiterait avoir près de lui..., reprit-il. Une femme que je pourrais...

Il se tut, visiblement bouleversé. D'instinct, Fern lui tendit ses lèvres. Son attitude n'avait cependant rien de provocant. La force qui les poussait l'un vers l'autre allait bien au-delà du simple désir.

En cet instant, ils étaient comme les deux moitiés d'un même fruit qui se retrouvaient enfin, qui fusionnaient dans une sorte d'éblouissement.

Au-dessus de leurs têtes, la pendule poursuivait sa marche immuable. Ils demeuraient enlacés, bouche contre bouche, sans bouger.

Et c'était comme s'ils cherchaient, par cette étreinte, à purifier leur âme de tous les chagrins qui les avaient meurtris.

Le vide affreux qui palpitait au tréfonds de Fern depuis la nuit où les siens avaient trouvé la mort se refermait soudain. Blottie dans la chaleur de Quinn, elle sentait de nouveau la vie couler dans ses veines tel un nectar enivrant. Son cœur se dilatait d'émotion. Elle aurait voulu pleurer, mais le baiser de Quinn ne laissait place qu'au bonheur.

Puis il glissa les mains sous sa blouse, referma les doigts sur ses seins en une caresse d'une indicible douceur, comme s'il effleurait le trésor le plus précieux du monde.

De fait, en cette seconde, la vie leur offrait le plus merveilleux des cadeaux.

Elle renversa la tête en arrière pour le regarder et fut étourdie par le regard brûlant, impérieux, qu'il fixa sur elle.

— Vous m'appartenez..., murmura-t-il. Vous le sentez comme moi, n'est-ce pas? Nous ne formons qu'un seul être. Je l'ai compris dès la minute où je vous ai vue...

Elle ferma à demi les yeux, en proie au vertige. Elle voulait rester avec cet homme, elle ne désirait pas autre chose, mais Sam était toujours son fiancé. Dans la pièce voisine, il menait un terrible combat contre la mort...

— Il faut que vous parliez à Sam, dit Quinn, devinant ses pensées. Nous allons réorganiser nos existences, ma douce, pour pouvoir être ensemble.

— Oh, je ne sais pas..., balbutia-t-elle.

La peur, le doute s'emparaient d'elle.

— Moi, je sais, dit-il, enfouissant son visage dans les boucles rousses de la jeune femme.

— Vous êtes encore là ?

Cette voix fraîche fut la première intrusion de la réalité dans la bulle de pure félicité où ils étaient enfermés.

A contrecœur, ils s'écartèrent l'un de l'autre. Quinn cependant ne la lâcha pas tout à fait ; il passa le bras autour de sa taille dans un geste possessif, et Fern s'appuya avec gratitude contre lui.

Tous deux se tournèrent vers la porte. Jessie se tenait sur le seuil.

— Ah, vous voilà ! Je craignais que Quinn vous ait raccompagnée chez vous, or j'ai téléphoné à votre oncle voici quelques heures pour le prévenir que vous dormiriez ici.

— C'est... c'est possible ? bredouilla Fern d'un air hébété.

Jessie leur sourit, sans paraître remarquer la rougeur de son interlocutrice ni sa bouche meurtrie par les baisers de Quinn.

— Bien sûr ! Vous ne pourrez toutefois pas vous installer dans la chambre de votre tante car Lizzy occupe le second lit. Sa température revient peu à peu à la normale, et je lui ai administré un sédatif. Quand je lui ai dit que Sam avait des chances de s'en tirer, elle s'est endormie comme un bébé.

— Je... je vois..., marmonna Fern.

— Je crois que vous ne voyez plus rien du tout, rétorqua gentiment Jessie. Vous semblez exténuée. Il vaudrait mieux la coucher, Quinn.

— Mais...

— J'ai une grande chambre à deux lits et, la nuit, je laisse mon perroquet dans la cuisine. Vous ne serez pas dérangée, sinon par mes ronflements. Quinn, tu ne vas pas te reposer ?

— Pas encore, j'attends que Sam se réveille de l'anesthésie. Ça risque de prendre deux ou trois heures.

— Dans ce cas, nous avons intérêt à récupérer des forces pour te remplacer demain matin. Vous êtes en état de marcher, Fern ?

— Oui, je..., commença celle-ci.

Mais quand elle essaya de faire un pas, ses jambes se dérobèrent. D'un mouvement souple, Quinn la souleva dans ses bras.

— Je vais vous porter, princesse..., murmura-t-il avec tendresse.

7.

Fern dormit d'un sommeil de plomb.

Quand elle se réveilla, le soleil entrait à flots dans la chambre. Jessie, un plateau dans les mains, la salua gaiement.

— Bonjour ! Café, bacon et toasts... Vous avez faim ?

— Oui, marmonna Fern en se frottant les yeux.

Tournant la tête vers Jessie, elle réprima une exclamation de surprise. La jeune vétérinaire se promenait avec une poche frétillante suspendue à son cou.

— Du calme là-dedans..., dit-elle en tapotant placidement son fardeau. Tu auras bientôt ton lait.

Comme Fern la dévisageait d'un air ahuri, elle émit un petit rire.

— Cette nuit, j'ai hérité d'un nouveau bébé wombat. C'est un fermier qui l'a trouvé, alors qu'il aidait une brebis à mettre bas. Il est en piteux état, et j'ignore s'il survivra, mais j'essaie de lui donner une chance. Je le garde contre moi pour qu'il ait l'impression d'être dans la poche ventrale de sa mère.

— Je... je vois...

Cette demeure était un véritable asile de fous. Elle servait à la fois d'hôpital, de clinique vétérinaire, d'orphelinat...

Un peu étourdie, Fern jeta un coup d'œil au réveil. Elle sursauta.

11 heures...

Ce n'était pas possible !

— Eh oui ! dit Jessie d'un ton amusé en voyant son expression. Voilà pourquoi je vous apporte votre petit déjeuner. De plus, l'avion sanitaire qui doit emmener Sam sur le continent atterrira dans une demi-heure. Nous avons pensé que vous souhaiteriez embrasser votre fiancé.

— Oh... oui, bien sûr.

Fern saisit la tasse que Jessie lui tendait et but avidement une gorgée. Le café dissipa bientôt la brume où s'empêtrait son esprit.

— Comment va Sam ?

— Le mieux possible. Il est à peine conscient car Quinn le maintient sous morphine pour qu'il ne souffre pas. La tension est à peu près normale... Les choses se présentent donc plutôt bien.

— Et Lizzy ?

— Elle fait ses bagages, répondit Jessie en détournant les yeux.

— Quoi ?

— Oui, vous avez bien entendu. Quinn lui a annoncé voici une heure qu'on emmenait Sam sur le continent. Elle a bondi hors de son lit en disant qu'elle allait chercher sa valise et que, si nous laissions Sam partir sans elle, elle nous tuerait de ses mains.

— Oh...

— Il semblerait que Sam Hubert ait des décisions à prendre, dit Jessie d'un ton compatissant.

Fern secoua la tête.

— Non, murmura-t-elle. C'est déjà fait...

⁂

Les vêtements que Fern portait la veille étant souillés de sang, Jessie lui prêta une jupe et un corsage.

— Heureusement que nous sommes de la même taille, dit-elle avec un sourire.

— Non, je rentre tout juste dans votre jupe. Vous êtes mince comme un fil.

— Je n'ai pas toujours été aussi svelte. Comme quoi le proverbe a raison : « A quelque chose malheur est bon »...

Cette remarque énigmatique intrigua Fern ; elle sentait confusément que Jessie avait été durement éprouvée par la vie. Elle ne voulait pas se montrer indiscrète, mais elle espérait qu'un jour la jeune vétérinaire lui confierait son secret. Il lui semblait qu'elles pourraient devenir amies.

Lorsqu'elles sortirent dans le couloir, Quinn vint à leur rencontre. Ses traits étaient tirés et des cernes creusaient son visage. Le cœur serré, Fern dut déployer un effort considérable pour ne pas tendre la main vers ce beau visage, effacer d'une caresse la fatigue qui le grisaillait.

— Que faites-vous debout, docteur Gallagher ? murmura-t-elle. Allez vous coucher, je vous remplace.

Il la dévisagea, esquissa un sourire d'une douceur ineffable.

— Quand Sam sera parti, nous penserons à nous coucher.

Fern ne put s'empêcher de frissonner ; une lueur malicieuse brilla dans les yeux de Quinn.

— Je suppose que vous souhaitez le voir avant son départ. Il est réveillé, et il est seul dans la chambre. Frank est rentré chez lui ce matin. Vous serez tranquilles pour parler...

— Merci..., balbutia Fern en s'avançant vers la porte.

Quinn l'ouvrit et s'effaça pour laisser passer la jeune femme.

— Dites adieu à votre amour, Fern..., chuchota-t-il. A votre ami d'enfance, plus exactement.

Geraldine, l'infirmière, se tenait au chevet du blessé. Elle se leva, salua aimablement Fern et s'éclipsa. A l'évidence, Quinn avait donné des ordres pour qu'on ne dérange pas les fiancés.

— Appelez-moi quand vous aurez terminé..., déclara-t-elle à voix basse.

Acquiesçant en silence, Fern s'assit sur la chaise et posa sa main sur celle de Sam. Il tourna péniblement la tête vers elle.

— Fern...

— Je suis là, tout va bien. On t'emmènera tout à l'heure à Sydney où tu subiras une opération de chirurgie plastique.

— Où est Lizzy ?

— Elle est allée chercher sa valise. Elle veut t'accompagner.

Sam écarquilla les yeux.

— Lizzy... Elle quitterait l'île ?

— Elle refuse de te laisser partir tout seul. Elle t'aime, Sam. J'ignore ce que tu comptes faire, mais c'est la vérité.

Sam prit une inspiration, grimaça de douleur.

— Je vais l'épouser, dit-il d'un ton ferme.

Ces mots résonnèrent longtemps dans le silence. Fern contemplait les dessins mystérieux que le soleil traçait sur le sol.

C'était étrange... Sam était son fiancé et il lui annonçait comme ça, sans préambule, qu'il avait choisi une autre femme. Elle aurait dû se sentir blessée, et pourtant elle n'éprouvait aucune tristesse, aucune rancœur.

Sam était son ami.

Elle ne l'avait jamais aimé d'amour.

— Alors tu cèdes au chantage de Lizzy ? dit-elle, le taquinant gentiment.

Sam lui pressa la main.

— Non... j'ai beaucoup réfléchi...
— Ah bon ?
— Oui... Toi et moi, nous avons beaucoup d'affection l'un pour l'autre, n'est-ce pas ?
— En effet.
— Mais tu n'aurais pas l'idée d'empoisonner les gens à cause de moi... ou d'essayer de te noyer...
— Non, tu as raison.
— Tu vois, je crois que j'ai besoin de ça.
Fern lui sourit. Rassuré par sa réaction, il lui rendit son sourire.
— Cette nuit, j'ai failli mourir... et j'ai compris... tout ce que je perdais.
A cet instant, la porte s'ouvrit et une frêle silhouette parut sur le seuil.
— Lizzy, mon amour..., murmura Sam.
Le visage de la jeune femme s'illumina ; avec un sanglot, elle se précipita et tomba à genoux près du lit.
— Oh, Sam...
— Ne pleure pas, ma chérie, dit-il en lui caressant les cheveux. Tout ira bien, maintenant. On ne se quittera plus, je peux parfaitement travailler ici. Finalement... je n'ai plus très envie de devenir le meilleur avocat de Sydney...
— Non... je vivrai en ville avec toi, bredouilla Lizzy en pleurant. Je n'ai plus peur, je ne veux pas t'obliger à revenir à Barega...
— On verra ça, murmura Sam, épuisé.
Fern lui sourit de nouveau. Elle devinait ce qu'il pensait : Lizzy Hurst était un véritable ouragan, et Dieu savait quels ravages elle pouvait causer si on la lâchait sur le continent...
Elle se redressa ; se contemplant avec émerveillement, les amoureux ne lui prêtaient plus attention.
Sam s'aperçut néanmoins qu'elle s'éloignait.
— Merci, Fern..., dit-il avec tendresse. Merci...

⁂

— Eh bien, quel effet cela fait-il de n'avoir plus de fiancé ?

Quinn l'attendait dans le couloir ; Lizzy n'ayant pas refermé la porte de la chambre, il avait probablement entendu toute la conversation.

Fern ne répondit pas tout de suite. Elle se sentait délivrée du fardeau qui pesait sur ses épaules depuis si longtemps.

Le regard brûlant de Quinn s'accrochait au sien, et il lui sembla soudain que tout était possible.

— C'est vexant, dit-elle d'un air faussement éploré. Il semblerait, docteur Gallagher, que je sois condamnée au célibat.

— Ah bon ? rétorqua-t-il en croisant les bras. Et pourquoi ça, je vous prie ?

— Sam m'a demandé si je serais capable d'empoisonner les gens pour ses beaux yeux, ou de me noyer par amour pour lui. Or il m'est apparu que je ne ferais ça pour aucun homme au monde.

— Pas même pour moi ?

— Non, pas même pour vous...

Il eut une moue de dépit tellement cocasse qu'elle éclata de rire.

— Je croyais que vous deviez aller vous coucher, fit-elle remarquer, reprenant son sérieux.

— Comme je vous l'ai dit, je souhaitais d'abord me débarrasser de votre fiancé. Maintenant...

Avant qu'elle ait eu le temps de réagir, il l'attira contre lui, l'embrassa avec fièvre, et la relâcha tout aussi vivement.

Comme Geraldine arrivait au bout du couloir, Quinn

s'adossa nonchalamment au mur ; une flamme dansait dans son regard noir, il arborait la mine réjouie d'un chat qui vient de croquer le canari.

— Ah, Geraldine..., lança-t-il avec un calme surprenant. Vous me cherchiez ?

L'infirmière considéra le visage empourpré de Fern, puis lança un coup d'œil appuyé à Quinn. A l'évidence, elle n'était pas dupe. Dès ce soir, tous les habitants de l'île seraient informés.

— L'avion a atterri, docteur, annonça-t-elle d'un ton un peu sévère, comme pour lui signifier qu'il ne devait pas la prendre pour une idiote. M. Hubert est-il prêt ?

— Et comment ! rétorqua Quinn, impassible. Vous pensez bien que j'y ai veillé. Il ne reste plus qu'à l'emmener.

Tandis que Quinn s'entretenait avec les deux médecins venus de Sydney qui veilleraient sur Sam durant le voyage, Fern se rendit dans la chambre de sa tante.

Maud dormait ; son teint était moins pâle, cependant la maladie ravinait peu à peu son visage.

Comment réagirait-elle quand elle apprendrait que Fern et Sam avaient rompu ?

Elle serait désespérée.

« J'ai trahi ma promesse », songea tristement Fern. Comment pourrait-elle se marier dans l'île à présent ? Avec qui ?

Il lui sembla qu'une petite voix insidieuse lui soufflait un nom à l'oreille...

Elle secoua la tête avec irritation. Quelle absurdité !

Il fallut près d'une heure pour installer Sam sur un brancard, puis dans l'ambulance de la clinique.

Fern attendait sur le perron. Quand les hommes passèrent devant elle, elle saisit la main du blessé et la pressa doucement.

— Bonne chance..., murmura-t-elle.

Il ouvrit les yeux et fixa sur elle un regard embrumé par la morphine.

— Fern..., marmonna-t-il. Tu me comprends, n'est-ce pas ?

— Mais oui, rétorqua-t-elle en se penchant pour l'embrasser. Nous n'aurions jamais dû penser à nous marier. Nous avons toujours été amis, et j'espère que nous le resterons.

— Mais... ta tante...

— Je la convaincrai de se faire opérer quand même, dit-elle avec une assurance qu'elle était loin d'éprouver. Ne t'inquiète pas.

— Tu n'as qu'à épouser un autre insulaire. Le Dr Gallagher, par exemple... Tu lui plais beaucoup.

Ainsi, même Sam l'avait remarqué.

— Ne sois pas stupide, s'il te plaît...

Lizzy qui se tenait tout près, sa valise à la main, lança à Fern un regard où tremblait encore une lueur de méfiance.

— Fern n'aura pas de mal à trouver un autre compagnon, intervint-elle. Mais certainement pas le Dr Gallagher.

— Pourquoi pas ? demanda Sam.

Même blessé, assommé par la drogue, quand Sam tenait une idée, il n'en démordait pas.

— Gallagher est un type bien, et notre Fern est adorable.

Notre Fern... C'était ainsi que les habitants de l'île parlaient d'elle.

— C'est vrai, dit Lizzy d'un ton gentil, estimant sans doute qu'elle pouvait se le permettre maintenant. Mais comment pourrait-elle épouser un homme marié ?

Quinn était marié...

Les deux médecins, avec l'aide de Quinn, achevèrent d'installer Sam dans l'ambulance et Lizzy s'engouffra à l'arrière du véhicule. Quinn referma les portières, puis se tourna vers Fern.

Avait-il entendu les paroles de Lizzy ?

Sans doute, à en juger par son expression.

Il hésita, la salua d'un geste de la main, et se mit au volant. Quelques secondes plus tard, l'ambulance disparaissait au bout de la rue.

Quinn ne reviendrait pas avant une bonne demi-heure.

Fern demeura immobile sur le perron. Elle songea vaguement au spectacle qu'elle devait offrir à ceux qui l'observaient depuis l'intérieur de la clinique : une jeune femme accablée, contemplant le véhicule qui emportait son bien-aimé.

On penserait qu'elle pleurait à cause de Sam.

Quinn était marié...

Les mots de Lizzy résonnaient de façon sinistre dans tout son corps. Finalement, quelque chose en elle se révolta. Lizzy se trompait sans aucun doute. Voyant que Jessie et Quinn vivaient sous le même toit, elle en avait conclu qu'ils étaient mari et femme...

Pivotant, elle rentra dans la demeure et se dirigea vers la cuisine. Jessie, qui était en train de nourrir le wallaby, l'accueillit avec un chaleureux sourire.

— Tout va bien ?

— Oui...

— Vous avez une drôle de mine... On dirait que le ciel vient de vous tomber sur la tête.

De fait, c'était à peu près ce que ressentait Fern.

— Ce n'est pas tous les jours qu'on perd un futur époux..., marmonna-t-elle, dans un effort pathétique pour se ressaisir.

— Quinn était pourtant convaincu que ça ne vous bouleverserait pas trop.

— Qu'est-ce qu'il en sait? rétorqua Fern d'un ton farouche.

S'approchant de l'évier, elle se mit à tripoter distraitement la bouilloire.

— Jess... est-ce que Quinn est marié?

Il y eut un lourd silence, comme si les petits pensionnaires qui habitaient cette pièce retenaient leur souffle.

— Oui, il l'est, répondit Jessie.

— Avec qui?

La jeune vétérinaire recoucha précautionneusement le wallaby dans sa poche.

— Avec moi.

A l'en croire, c'était évident, naturel!

Quinn avait pourtant spécifié qu'ils avaient des logements séparés, qu'ils partageaient simplement la cuisine.

Quel couple formaient-ils donc?

La réponse importait peu. Quel que soit leur mode de vie, ils n'en étaient pas moins unis par les liens du mariage.

Une violente nausée secoua Fern. Il lui sembla que le sol s'ouvrait sous ses pieds, qu'elle se tenait au-dessus d'un abîme qui allait l'engloutir.

Hébétée, elle ramassa ses vêtements sales, marmonna un vague au revoir et sortit.

Comme un automate, elle quitta l'hôpital. Elle n'avait plus qu'un désir : fuir, rentrer à Sydney. Mais elle ne pouvait pas quitter sa tante malade. Son devoir était de rester dans l'île.

Non, ce n'était plus un devoir, songea-t-elle. Et, soudain, la douleur qu'elle s'était efforcée de refouler, de nier depuis la mort de ses parents et de sa sœur, la submergea telle une lame de fond. Durant des années, elle avait refusé de s'attacher à quiconque, par peur de souffrir de nouveau, et voilà qu'elle s'était laissé piéger par ses sentiments.

Elle vouait une profonde affection à sa tante. Et elle aimait Quinn...

— Non ! dit-elle dans un souffle avec une sorte de sauvagerie. Non, je ne l'aime pas !

Elle se mit en route, en ayant soin de marcher derrière la haie d'arbustes qui bordaient la chaussée. Quinn Gallagher passerait par là en revenant de l'aéroport, or elle ne voulait plus jamais le revoir.

Pour lui, à l'évidence, le mariage ne comptait guère. Si cet homme attachait si peu de prix au serment prononcé devant l'autel, comment croire à ses déclarations d'amour ?

Elle s'était éprise d'un séducteur qui jouait ignominieusement avec le cœur de deux femmes.

Deux ou peut-être plus... Pourquoi y avait-il tant de souffrance dans le regard de Jessie ?

Elle se remémora la soirée de la veille et ne put s'empêcher de frémir. Lorsque Jessie les avait surpris dans la salle d'opération, Quinn n'avait même pas eu la délicatesse de lâcher Fern qu'il tenait par la taille. Pis, il l'avait portée dans ses bras jusqu'à la chambre.

« Jessie préfère les animaux aux humains », lui avait-il dit, en substance, l'autre jour. Elle commençait à comprendre pourquoi.

— C'est un monstre ! marmonna-t-elle à l'intention d'une vache qui, immobile dans un pré ensoleillé, la regardait passer.

La vache remua sa grosse tête d'un air docte, comme pour acquiescer.

Il s'agissait à présent de prendre son mal en patience et de persuader Maud de se rendre sur le continent. Ce ne serait pas une mince tâche.

Pour se défouler, Fern nettoya de nouveau la maison de

fond en comble, puis s'attaqua au jardin. La sécheresse régnait dans l'île, l'eau était rationnée, si bien que la pelouse parsemée de fleurs anémiques ressemblait à un tapis mité et roussi par le soleil. Consciente de l'inutilité de son travail, Fern entreprit néanmoins d'arracher les mauvaises herbes.

En fin d'après-midi, quand son oncle partit pour la clinique, elle enfila son maillot de bain et se dirigea vers la plage. En contrebas de la maison s'étendait une petite crique en croissant de lune, nichée entre les rochers, qui formait une sorte de piscine naturelle peuplée d'extraordinaires poissons tropicaux.

Un couple de dauphins s'ébattait joyeusement dans les vagues, à quelques centaines de mètres du rivage. Dès que Fern entra dans l'eau, ils approchèrent pour voir quel était l'intrus qui pénétrait ainsi dans leur territoire. Leurs corps fuselés scintillaient comme de l'argent dans l'embrasement du crépuscule. Ils étaient si beaux et si amicaux qu'elle en eut les larmes aux yeux.

Dans les mois qui avaient suivi la mort de ses parents, elle était venue ici jour après jour. Elle avait nagé des heures durant avec les dauphins, dans ce cadre magique. Finalement la mer, le soleil, la gaieté de ses compagnons avaient usé son chagrin. Mais il avait fallu des mois, des années.

Et maintenant, combien de temps lui faudrait-il pour oublier ?

Quand il ne resta des feux du couchant que quelques traînées pourpres à l'horizon, elle regagna lentement la plage.

Quinn était là qui l'attendait.

Assis sur le sable, il l'observait pensivement. Tandis qu'elle s'avançait vers lui, elle lut de la compassion dans ses yeux noirs.

— Vous êtes un vrai poisson..., dit-il en lui tendant sa serviette. Comme Lizzy...

— Que faites-vous ici ? rétorqua-t-elle d'un ton accusateur.

— Je voulais vous voir.

— Eh bien, vous m'avez vue ! riposta-t-elle, s'enveloppant prestement dans sa serviette comme si elle revêtait une armure. Allez-vous-en !

— Qu'est-ce qui ne va pas, ma douce ?

— Ne m'appelez pas comme ça !

Elle se détourna et s'élança en direction de la maison. Au bout de quelques pas, cependant, elle s'arrêta, envahie par une fureur dévastatrice.

— Comment avez-vous osé m'embrasser, Quinn Gallagher ? Devant Jessie... comment avez-vous osé ?

Il la contemplait avec tendresse, comme on regarde un chaton déchaîné essayer ses griffes et ses dents sur plus fort que lui.

— Jessie est votre femme !

Ces mots claquèrent comme un coup de feu, brisant à jamais la paix enchanteresse de ces lieux. Au loin, les dauphins bondirent par-dessus les vagues et filèrent vers le large.

Un silence terrible s'abattit sur la plage.

— C'est vrai, murmura enfin Quinn. Mais cela ne signifie pas...

— Quoi donc ? coupa-t-elle avec rage. Cela ne signifie pas que vous ne pouvez pas vous accorder une petite distraction de temps en temps ? Et Jessie est censée applaudir le spectacle ? Je ne m'étonne plus qu'elle ait cet air hanté. Avec un mari comme vous, il y a de quoi !

— Fern, vous ne comprenez pas...

Il s'approcha, mais elle recula d'un bond, les yeux étincelants.

— Ce n'est qu'un mariage de... convenance. Jess et moi... nous avions besoin d'être mariés pour plusieurs raisons... que je ne peux pas vous expliquer. Mais nous sommes libres l'un et l'autre de mener notre vie à notre guise.

— J'ai l'impression que cet arrangement est surtout satisfaisant pour vous ! Peu importe, de toute manière. Je n'ai aucune envie de nouer une relation avec le mari d'une autre, docteur Gallagher. Jessie est charmante, elle ne mérite pas d'être humiliée de cette façon. Je vous préviens : si vous vous avisez de poser de nouveau la main sur moi, je fais un scandale ! Et maintenant, laissez-moi tranquille !

— Fern, vous ne comprenez pas..., répéta-t-il d'une voix sourde.

— Vraiment ? dit-elle, ironique. Vous avez mal appris votre texte, docteur Gallagher. En principe, les hommes comme vous disent : « Ma femme ne me comprend pas » !

Quinn se raidit.

— Ça marche avec certaines filles, n'est-ce pas ? poursuivit-elle, implacable. Eh bien, pas avec moi ! Je me sens terriblement coupable vis-à-vis de Jessie, et j'ai honte d'avoir contribué sans le vouloir à la blesser. Mais je vous le dis à présent solennellement : c'est fini, il n'y aura rien de plus entre nous. Jamais.

— Jamais, Fern ? murmura-t-il d'un ton douloureux.

Elle dut rassembler toute sa volonté pour ne pas se laisser émouvoir.

— Jamais...

Elle se détourna et s'éloigna en hâte. Le chemin jusqu'à la maison lui parut interminable.

Quinn n'essaya pas de la suivre...

8.

Le lendemain, ils reçurent de bonnes nouvelles de Sydney. Sam semblait être en bonne voie de guérison. Il devrait encore subir plusieurs greffes de peau, mais il était tiré d'affaire. Grâce au remarquable travail de Quinn Gallagher, il ne souffrait d'aucune infection.

Fern en fut profondément soulagée ; cependant rien ne pouvait, semblait-il, entamer la dépression qui lui engourdissait l'esprit et le corps.

Durant les deux jours qui suivirent, elle fit le va-et-vient entre la maison et la clinique en déployant des trésors d'ingéniosité pour éviter de rencontrer Quinn.

Comme elle le redoutait, sa tante fut bouleversée d'apprendre qu'elle avait rompu ses fiançailles.

— Sam n'était pas vraiment celui qu'il te fallait, balbutia Maud en lui agrippant la main, mais j'espérais tellement...

— Me voir mariée, je sais..., murmura Fern. Peut-être que je ne suis pas faite pour le mariage.

— Tôt ou tard, tu rencontreras un autre homme, dit sa tante avec un soupir. Je souhaite être encore de ce monde quand ça arrivera.

— Tu le seras si tu subis cette opération, rétorqua Fern d'un ton ferme.

Maud, épuisée, se renversa contre ses oreillers, les yeux pleins de larmes.

— Je ne sais pas... Oh, je suppose que tu réussiras à me convaincre... mais, pour l'instant, laisse-moi tranquille, ma chérie. Je veux dormir un peu.

Il était urgent de la transporter à Sydney, songea Fern avec désespoir, avant qu'elle soit trop affaiblie. Mais comment la persuader de quitter l'île ? Si on l'emmenait de force, le stress achèverait de détraquer son cœur malade.

Désemparée, elle sortit de la chambre. Dans le couloir, elle rencontra Geraldine.

— Le Dr Gallagher veut te voir. Il te demande de l'attendre.

— Si cela concerne ma tante, qu'il s'adresse plutôt à mon oncle, rétorqua Fern d'un ton morne. Pour ma part, je n'ai rien à dire au Dr Gallagher.

Sur quoi, ignorant le regard stupéfait de l'infirmière, elle s'éloigna à grands pas. Une fois dans sa voiture, elle éclata en sanglots.

Cette nuit-là, elle fit d'atroces cauchemars. Elle déambulait dans un inextricable labyrinthe, quelqu'un l'appelait...

— Fern !

La voix de son oncle finit quand même par dissiper le mauvais rêve et pénétrer la conscience de la dormeuse. Hébétée, elle se redressa dans son lit et alluma la lumière.

— Fern ! cria de nouveau Albert Rycroft.

Maud... elle était morte.

Saisissant à tâtons son peignoir, elle se précipita sur le palier. Son oncle se tenait dans le vestibule, le visage levé vers sa nièce. Il avait l'air inquiet, sans plus.

Elle fut tellement soulagée qu'elle chancela et se cramponna à la rampe pour ne pas tomber.

— Qu'y a-t-il ? bredouilla-t-elle.

— Ma chérie, ça t'ennuierait de t'habiller et de m'accompagner ?

— Où ça ?

— Oh, je suis peut-être idiot, mais... Comme je ne parvenais pas à dormir, je suis descendu me préparer une tasse de thé. De la fenêtre de la cuisine, on aperçoit la maison de Bill Fennelly. Figure-toi que la lumière est encore allumée.

— Et alors ?

Bill Fennelly, un homme d'une vingtaine d'années, vivait seul depuis le mariage de sa sœur. Asthmatique, il avait parfois des crises assez sérieuses ; cependant, la dernière fois que Fern l'avait vu, il semblait en bonne forme. Mais quand l'avait-elle vu ? Le jour du mariage ou lors de son précédent séjour à Barega ? Elle ne s'en souvenait plus.

— Il est peut-être en train de lire un roman particulièrement palpitant...

— Non, il est patraque depuis quelque temps. Il a eu une pneumonie qui a traîné pendant des semaines. Je sais que le Dr Gallagher lui a rendu visite avant-hier, et il voulait l'hospitaliser, mais Bill a refusé tout net. Je l'ai rencontré aujourd'hui à l'épicerie, il avait une mine effrayante, et il toussait sans arrêt. Il m'a dit qu'il était crevé, qu'il rentrait se coucher... et la lumière est toujours allumée !

— Il a oublié de l'éteindre.

— Tu ne connais pas notre Bill, il n'est pas du genre à gaspiller l'électricité.

— Nous n'avons qu'à téléphoner...

— Je l'ai fait, rétorqua Al Rycroft en saisissant sa veste accrochée à la patère. Il n'a pas répondu. J'y vais, Fern. Tu m'accompagnes ?

— Oui, bien sûr...

Bill était un insulaire. Les gens d'ici n'avaient pas pour habitude de rester indifférents aux malheurs de leurs voisins. Or Fern était une enfant du pays, que ça lui plaise ou non.

Quand ils arrivèrent, la maison était fermée et silencieuse. Bill, l'unique garçon de la famille Fennelly, avait été élevé par des parents taciturnes et rigoristes, dont l'esprit d'économie frisait la pingrerie. Chez eux, on menait une existence spartiate. Fern remarqua néanmoins qu'on avait planté de superbes rosiers près du perron. Depuis qu'il était orphelin, le cher Bill s'offrait des fantaisies, songea-t-elle.

Ils frappèrent longtemps à la porte, en vain, puis Al jeta de petits cailloux contre la fenêtre de la chambre. Pas de réponse.

— Il a passé l'arme à gauche, marmonna M. Rycroft. Avec le boucan que nous avons fait, il aurait dû se réveiller.

La mine sombre, il se dirigea vers l'appentis. Fern l'entendit fouiller dans les outils, puis il ressortit armé d'un pied-de-biche.

— Il faudrait peut-être prévenir Quinn, suggéra-t-elle à contrecœur.

— Pourquoi ? Tu es médecin, toi aussi.

— Qu'est-ce que tu fabriques avec cet engin ?

— Je vais ouvrir la porte.

— Et s'il était parti passer la nuit chez sa sœur, puisqu'il ne se sentait pas bien ?

Son oncle écarquilla les yeux.

— Tiens, je n'avais pas pensé à ça... J'espère que tu as raison. Entrons quand même. Demain matin, j'aiderai Bill à réparer les dégâts.

Fern ne discuta pas. Quand Al Rycroft avait une idée en tête, rien ni personne ne pouvait l'empêcher de la mettre à exécution.

Bill n'était pas allé chez sa sœur.

Il gisait dans la cuisine, couché sur le côté, la joue reposant sur le carrelage étoilé de taches rouges. A force de tousser, il avait craché du sang. Il respirait péniblement.

Lorsqu'il les vit entrer, la gratitude se peignit sur son visage blême. Il n'eut pas la force, cependant, d'articuler un mot.

Fern fouilla la pièce des yeux. La plupart des asthmatiques gardaient en permanence à portée de main des bronchodilatateurs en aérosol.

— Où sont tes médicaments, Bill? lança-t-elle d'un ton brusque. Ici ou dans la chambre?

Bill leva le regard vers le plafond.

— Tiens bon!

Elle monta l'escalier quatre à quatre. Effectivement, l'aérosol se trouvait sur la table de chevet. Elle s'en saisit, redescendit à toute allure et s'accroupit près de Bill.

— Ça va aller maintenant, détends-toi...

Elle s'efforçait de le rassurer, cependant elle était inquiète. Les asthmatiques savaient reconnaître les signes avant-coureurs d'une crise et se laissaient rarement surprendre. Or Bill était tombé dans la cuisine, cela signifiait donc qu'il avait eu un malaise. De plus, pourquoi avait-il craché du sang?

Elle lui posa la main sur le front. Il était brûlant de fièvre.

S'agirait-il d'un nouvel accès de pneumonie?

— Nous t'emmenons à l'hôpital, déclara-t-elle.

— Il faudrait peut-être demander au Dr Gallagher de venir avec l'ambulance? suggéra son oncle.

— Appelle-le et dis-lui que nous arrivons. Il n'y a pas une seconde à perdre.

Ils firent le trajet jusqu'à la clinique en un temps record. Al Rycroft conduisait le pied au plancher et la main sur le Klaxon. Pour un peu, on aurait pu croire que cette aventure ne lui déplaisait pas.

Il n'en allait pas de même pour Fern. Assise sur la banquette arrière, soutenant Bill de son mieux, elle s'interrogeait.

Elle connaissait bien ce garçon, bien qu'il eût trois ans de moins qu'elle, et savait que son asthme ne l'avait jamais vraiment handicapé. Il jouait au football et au cricket, travaillait avec vaillance, il était solide et plein d'énergie. Or maintenant qu'elle le tenait dans ses bras, elle se rendait compte qu'il avait énormément maigri.

Cette perte de poids n'était certainement pas due à la pneumonie. Elle évoquait plutôt un cancer.

Mais, dans ce cas, Quinn aurait prescrit un traitement approprié. Alors, de quoi s'agissait-il ? Légionellose ? Sida ? Psittacose ?

Elle en était là de ses réflexions lorsque la voiture s'arrêta dans un hurlement de pneus devant la clinique. Quinn les attendait sur le perron. Il se précipita pour ouvrir la portière.

Il appliqua aussitôt un masque à oxygène sur le visage de Bill, et installa le jeune fermier, qui ne pesait pas plus lourd qu'une plume, sur un chariot.

Fern lui jeta un regard à la dérobée. Il avait les mâchoires crispées, la mine soucieuse. Pour la première fois sans doute, elle comprit ce qu'il devait ressentir. Pratiquer la médecine dans cette île n'était pas facile. Il ne pouvait compter sur aucune aide extérieure — hormis l'avion sanitaire qui transportait les malades sur le continent en cas d'extrême urgence. Mais cet avion mettait quelquefois plusieurs heures pour rallier Barega, et beaucoup d'insulaires refusaient de partir pour Sydney.

Comme tante Maud...

— Je mourrai chez moi, là où j'ai passé ma vie. Je ne veux pas me laisser charcuter par des gens du continent, merci bien.

Combien de fois Fern avait-elle entendu ces paroles ? La plupart des personnes âgées de l'île tenaient ce genre de propos, même avant l'arrivée de Quinn Gallagher.

Cet homme était un monstre, d'accord, cependant les habitants de Barega pouvaient remercier le ciel de le leur avoir envoyé.

— De quoi souffre-t-il au juste ? demanda-t-elle à voix basse, tandis qu'ils poussaient le chariot vers l'entrée de la clinique.

— Dieu seul le sait..., répondit-il. Bill ne va pas bien depuis des mois, mais ce soir... j'avoue que je suis inquiet. J'apprécierais que vous m'accordiez un peu de votre temps, docteur Rycroft.

Impossible de refuser. A la place de Quinn, elle se serait sentie dépassée, malade d'angoisse. Ils avaient sur les bras un patient dans un état critique, or ils étaient dans l'incapacité d'établir un diagnostic précis.

A Sydney, ils auraient demandé l'avis de leurs confrères, des plus grands pontes de la médecine.

Ici, ils étaient seuls.

— Je t'attends dehors, Fern..., marmonna Al Rycroft, visiblement impressionné et un peu effrayé.

— Je la raccompagnerai, rétorqua Quinn.

Soulagé, M. Rycroft tourna les talons et regagna son véhicule. Fern prit une inspiration, rassemblant son courage. Pour l'instant, elle devait oublier son ressentiment envers Quinn et ne penser qu'à Bill. Malgré le masque à oxygène, il demeurait inerte. Une vilaine coloration bleuâtre se répandait sur son visage.

— Il a besoin d'adrénaline, déclara Quinn.

— J'y vais.

Elle se précipita vers le bureau des infirmières, sachant qu'elle y trouverait tout le matériel d'urgence, comme dans n'importe quel établissement hospitalier. Quand elle rejoignit Quinn, il avait déjà installé le malade dans un lit.

Il leur fallut deux heures pour le ramener à la vie. Lorsqu'ils quittèrent la chambre, cédant la place à l'infirmière de garde, Bill sommeillait. Il avait toujours la respiration sifflante, mais du moins ses poumons fonctionnaient.

— De toute évidence, la pneumonie a repris, marmonna pensivement Quinn. Mais pourquoi... pourquoi ?

Secouant la tête, il s'immobilisa et s'adossa au mur. Dans la lumière feutrée du couloir, ses yeux paraissaient plus noirs encore qu'à l'ordinaire.

— Quand Bill a commencé à perdre du poids, je l'ai persuadé de se rendre à Sydney pour subir des examens radiologiques. J'avais demandé au radiologue de chercher dans toutes les directions possibles. Il n'a rien trouvé. Les antibiotiques ont stoppé la maladie, mais Bill a eu deux rechutes, sans compter celle-ci. Il y a donc un autre problème.

Il se passa une main nerveuse dans les cheveux. Malgré son accoutumance au manque de sommeil, ce soir, le Dr Gallagher était manifestement exténué.

— Quand il était à Sydney, Bill a consulté un autre médecin. Mon confrère a estimé que j'avais arrêté les antibiotiques trop tôt. Depuis, Bill n'a quasiment pas cessé de prendre de la pénicilline, et voilà qu'il rechute... Je suppose que je devrais le renvoyer sur le continent. Malheureusement j'ai l'impression qu'on ne le soignera pas mieux là-bas. Je crains fort qu'il soit condamné.

Cette idée lui était manifestement insupportable. Quinn Gallagher traitait les femmes d'odieuse façon, mais c'était un bon médecin, attaché à ses malades.

— Qu'est-ce qui a provoqué l'hémoptysie, selon vous ? s'enquit-elle. Ce n'est pas fréquent, dans un cas de pneumonie.

— C'est peut-être dû à la toux ou à la persistance de l'infection qui a causé la rupture d'un vaisseau sanguin. Jusqu'ici, il n'y a pas eu de rejet de sang abondant.

— Ce soir, il l'était..., objecta-t-elle. Vous avez envisagé la possibilité du sida ?

— Bien sûr...

Loin de s'offenser de toutes ces questions, Quinn semblait soulagé de pouvoir analyser la situation en détail, de confronter son point de vue avec celui d'un autre médecin, de n'être plus seul face à un problème apparemment insoluble.

— Ce n'est pas le virus HIV, poursuivit-il. Ce n'est pas non plus une fièvre Q, une légionellose ou une psittacose. Le scanner du thorax et de l'abdomen est normal. Les sérodiagnostics sont également normaux. Il n'empêche que son asthme prend des proportions alarmantes. Bill a perdu plus de vingt kilos, et il continue à maigrir.

De nouveau, Quinn soupira et fourragea dans ses cheveux.

— Vous avez pensé à la tuberculose ? demanda Fern.

La tuberculose était désormais une maladie rare dans cette partie du monde, cependant elle n'avait pas complètement disparu. On la rencontrait surtout chez des émigrés venus de pays sous-développés, chez des sujets atteints du sida ou chez des personnes âgées vivant dans des conditions d'extrême pauvreté. De fait, Bill n'appartenait à aucune de ces catégories.

— Les prélèvements sont négatifs. La biopsie pleurale et bronchique n'a rien révélé de précis. Si je le renvoie à l'hôpital de Sydney, je doute qu'ils refassent tous les tests et, de toute façon...

— De toute façon, avant que les tests soient achevés, Bill sera mort, dit-elle d'un ton brusque.

— C'est possible, en effet.

Fern se mit à gratter le plancher du bout du pied, comme toujours quand elle réfléchissait intensément.

— Il a une forte fièvre...

— Depuis des semaines, il a des accès de fièvre nocturne. Je l'ai vu le lendemain de... de votre pseudo-mariage... parce que je redoutais qu'il ait mangé des huîtres. En réalité, il était resté chez lui. Je l'ai trouvé mal en point, mais il a refusé de venir à la clinique. Il m'a dit qu'il en avait plus qu'assez d'être examiné sous toutes les coutures. On peut le comprendre.

— Hmm... Je crois qu'il ne faut pas exclure la tuberculose..., marmonna-t-elle.

— Mais les tests sont négatifs...

— Il arrive souvent qu'on n'ait pas de preuves formelles. Et les traitements contre l'asthme peuvent provoquer des affections tuberculeuses. C'est rare, mais c'est possible.

— Vraiment ? rétorqua Quinn.

Il scrutait son visage, comme pour mieux suivre le cheminement de sa pensée. Malgré toute son expérience, il ne manifestait aucune condescendance. Si Fern avait une idée susceptible de l'aider, il était avide de l'entendre.

— Oui, on a répertorié des cas semblables. Je me rappelle que l'un de mes professeurs répétait sans cesse : « Si un patient présente une fièvre persistante et inexplicable, demandez-vous toujours s'il ne s'agit pas d'une tuberculose. » C'était un vieil homme et il avait souvent eu affaire à cette maladie, ce qui fait que son opinion reste valable. Il n'avait aucune confiance dans les tests et se fiait uniquement à son instinct.

— Et alors ?

— Alors... soit nous envoyons Bill à Sydney, en espérant qu'il survivra au voyage, soit nous traitons sa pneumonie de manière agressive tout en commençant le traitement pour la tuberculose. Je suis absolument convaincue que ça peut marcher. Nous pratiquerons des prélèvements ultérieurs ; cependant, même si les résultats sont négatifs, je crois qu'il faudra continuer.

— Mais si nous n'avons pas la certitude de...

— Nous ne sommes sûrs de rien, n'est-ce pas ?

— C'est vrai, toutefois...

— Quel choix avons-nous, docteur Gallagher ?

Il la dévisagea longuement, comme s'il la voyait pour la première fois. Elle parlait calmement, d'un ton ferme, fixait sur lui un regard qui ne se dérobait pas. A l'évidence, elle avait pris une décision et était prête à en accepter toutes les conséquences.

— Votre tante m'a expliqué que vous suiviez votre internat... J'avoue que, pour une interne, vous faites preuve d'une assurance étonnante...

Fern esquissa un timide sourire.

— Dans quelques mois, mes études seront terminées, je serai un médecin diplômé.

— Vous vous rendez compte de l'équipe que nous pourrions former, tous les deux ?

Elle eut un mouvement de recul.

— Tous les deux ? répéta-t-elle.

— Oui... Je suis chirurgien, spécialisé dans la médecine d'urgence. Vous avez les compétences nécessaires pour m'assister en tant qu'anesthésiste, et vous êtes médecin généraliste...

— Pas encore.

— Moi aussi, il faudrait que je passe quelques mois à Sydney pour suivre une formation en obstétrique, poursuivit-il, balayant l'objection d'un geste impatient. La clinique fonctionne, et il suffirait de trouver quelqu'un pour assurer l'intérim jusqu'à notre retour. Ça ne devrait pas poser de problème... Beaucoup de médecins seraient ravis de passer un an dans ce petit paradis. Ensuite, à nous deux, nous pourrions accomplir un travail formidable.

— Et Jessie viendrait avec nous à Sydney, je suppose ?

— Non, elle resterait ici.

— Sans son mari ?

Ce fut comme si elle l'avait giflé. Il tressaillit et ses mâchoires se crispèrent. Son bel enthousiasme s'était envolé. De nouveau la fatigue le submergeait.

— Jessie n'y verrait pas d'inconvénient, marmonna-t-il.

— Eh bien, moi si, rétorqua-t-elle sèchement. Maintenant, je suggère que nous établissions le protocole de soins. Je n'ai pas de temps à perdre en vaines discussions, docteur Gallagher. Ne comptez pas sur moi pour vous aider à abandonner une femme qui, à l'évidence, vous est très attachée.

Elaborer le traitement qui serait administré à Bill ne fut pas facile. Fern avait rarement été confrontée à des cas de tuberculose, aussi dut-elle se plonger dans le codex pour établir la liste des médicaments nécessaires.

Quinn la laissa faire sans intervenir — ce n'était pas son domaine, lui déclara-t-il. Depuis qu'elle l'avait vertement remis à sa place, il affichait une politesse glacée et l'observait en silence, comme un fauve guette sa proie.

— Je vous reconduis chez vous, annonça-t-il quand elle eut terminé.

— Et Bill ?

— L'infirmière le veille, et j'ai mon téléphone portable. Au moindre problème, elle me préviendra.

— Elle ne pourrait pas me raccompagner ? Il vaudrait mieux que vous restiez auprès de lui.

Quinn haussa les sourcils ; l'ombre d'un sourire effleura ses lèvres.

— Mme Haynes ne roule qu'à bicyclette, et Jessie est couchée. Hormis votre serviteur, il n'y a personne pour vous véhiculer.

— Eh bien, j'irai à pied.

— Vous me suivez de votre plein gré ou il faut que je vous emmène de force ?

— C'est une menace ?

— Absolument, docteur Rycroft.

La nuit était magnifique.

Fern contemplait sans mot dire le paysage nocturne qui défilait derrière la vitre de la voiture. Elle était blottie contre la portière, comme si elle avait peur de Quinn.

De fait, elle avait peur, mais surtout de ses propres sentiments. Jamais un homme ne l'avait autant bouleversée, or il était marié à une autre.

Il demeurait silencieux, les traits figés dans un masque impénétrable. Quand il s'arrêta devant la maison des Rycroft, avant que Fern ait eu le temps de réagir, il actionna la commande centrale de fermeture des portières.

— Laissez-moi sortir, ordonna-t-elle d'un ton brusque.

— Je veux d'abord que nous ayons une petite conversation, rétorqua-t-il en consultant sa montre. Fern, je ne peux pas m'attarder trop longtemps, aussi je vous demande de m'écouter. Je ne vous toucherai pas, quoique j'en aie une envie folle. Je souhaite seulement vous parler.

— Eh bien, parlez !

— Voilà ce que j'apprécie chez vous, docteur Rycroft : votre sens du dialogue.

— Finissons-en, s'il vous plaît !

Il prit une inspiration, les mains crispées sur le volant, regardant droit devant lui.

Elle l'observa à la dérobée, et eut soudain le sentiment qu'une terrible bataille se livrait en lui. Cette pensée dissipa d'un coup sa colère. Malgré tous ses efforts, cet homme avait le don de la désarmer...

— Fern, j'aimerais que vous reconsidériez votre position. Il est important pour tout le monde que vous restiez dans l'île.

— Pas question...

— Et si je vous avouais que je suis amoureux de vous ?

Il ne lui lança pas un regard, continuant à scruter la nuit qui les enveloppait.

— Je me suis épris d'une mariée en robe blanche, murmura-t-il. Jamais je n'avais vu une jeune femme aussi belle et aussi effarouchée. Depuis, j'essaie de me guérir de cette fièvre qui me ronge, mais il n'existe pas de remède.

— Je ne vous crois pas, balbutia-t-elle. On ne tombe pas amoureux si facilement.

— Oh ! si... Je me suis rendu à votre mariage par courtoisie envers votre oncle et votre tante. C'était plutôt une corvée, car je n'ai guère de goût pour les mondanités... et puis je vous ai vue...

Il se tourna vers elle, mais n'esquissa pas un geste.

— Prétendrez-vous que vous ne partagez pas mes sentiments ? poursuivit-il avec douceur. Je ne vous croirai pas, Fern. A l'église, vous m'avez regardé... et je sais que vous étiez aussi troublée que moi. Ai-je tort ?

— L'attirance physique ne fait pas tout, marmonna-t-elle avec amertume.

— Vous la ressentez donc ? rétorqua-t-il d'une voix où tremblait une note de soulagement.

— Je ne suis pas de bois... Mais à quoi cela nous avance-t-il ? Si nous étions amants, notre aventure ne durerait pas plus d'une semaine.

— Essayons...

— Ne soyez pas abject! riposta-t-elle sourdement. Vous êtes marié avec Jessie, non?

Il y eut un long silence. Quinn crispa ses doigts sur le volant, comme s'il cherchait à le broyer. Puis il eut un soupir accablé.

— Notre mariage n'est qu'une façade...

— Mais Jessie est toujours votre femme, et elle n'a pas l'intention de quitter l'île. Quel rôle voudriez-vous que je joue, docteur Gallagher? Celui de la maîtresse... ou peut-être de l'épouse morganatique?

— Jessie comprend très bien, elle sait ce que j'éprouve... Vous n'avez qu'à lui poser la question.

Fern songea au visage si pâle de la jeune vétérinaire, à son regard hanté.

— Mais bien sûr! dit-elle avec amertume. Je n'ai qu'à lui parler franchement, lui demander si ça ne l'embête pas que je lui vole son mari. Quel homme êtes-vous donc, Quinn Gallagher? C'est une femme adorable, et vous ne la méritez pas.

— Ce mariage n'aura bientôt plus de raison d'être.

— Ignorez-vous qu'il existe une loi dans notre pays, selon laquelle les couples mariés doivent être séparés depuis au moins un an avant de divorcer? En d'autres termes, ils ne doivent plus habiter sous le même toit. Avez-vous l'intention de vous séparer?

— Ce n'est pas possible, répondit-il d'un ton las. Il faut que vous compreniez...

— Non... excusez-moi, mais non..., balbutia-t-elle. Je ne comprends pas ce que vous voulez de moi. Je ne comprends pas ce que je ressens. C'est insupportable. S'il vous plaît, Quinn... laissez-moi tranquille.

Il secoua la tête.

— Je vous laisse sortir de cette voiture... et même retourner à Sydney... mais ne me demandez pas de renoncer à vous.

Tendant la main, il lui effleura la joue. Il y avait dans son regard toute la douleur du monde.

— Allez-vous-en, Fern..., murmura-t-il. Et, je vous en prie, revenez-moi un jour...

9.

Fern ne ferma pas l'œil de la nuit — elle avait de pénibles décisions à prendre.

Le lendemain matin, elle attendit que Quinn ait commencé ses consultations à domicile pour retourner à la clinique et se rendit d'abord au chevet de Bill.

Le jeune homme dormait et respirait à peu près normalement, cependant il continuait à tousser dans son sommeil. Des taches de sang maculaient son oreiller.

Pourvu qu'elle ne se soit pas trompée dans son diagnostic...

Soucieuse, elle consulta le tableau accroché au pied du lit. La température était toujours élevée, mais il était trop tôt pour que le traitement agisse. Il fallait coûte que coûte maintenir Bill en vie, le temps que les médicaments fassent leur effet...

En tout cas, Quinn observait le protocole de soins à la lettre.

Un instant, son esprit battit la campagne. Si elle acceptait la proposition de Quinn, s'ils travaillaient ensemble...

« Arrête de rêvasser ! » se tança-t-elle. Sa décision était prise, plus question de revenir en arrière.

Sans bruit, elle sortit dans le couloir et se dirigea vers la chambre de Maud. Sa tante était assise dans son lit, un magazine entre les mains. Elle ne lisait pas, toutefois, mais contemplait le jardin et l'océan au loin, comme si elle s'efforçait d'imprimer dans sa mémoire les moindres détails du paysage.

Impulsivement, Fern ouvrit la fenêtre pour laisser entrer la brise marine. Maud poussa un soupir de plaisir.

— Merci, ma chérie... J'avais besoin d'air, mais je n'ai pas eu la force de me lever.

— Il faut que tu te fasses opérer, murmura Fern en lui prenant la main. Tu n'as pas le choix. Pardonne-moi d'être brutale, mais je crains que, sans ce pontage, tes chances de rentrer à la maison soient bien minces.

Maud détourna la tête, fixant de nouveau son regard sur l'océan.

— Je le sais. Mais je voudrais...

— L'île ne disparaîtra pas pendant ton absence, coupa gentiment Fern. Elle sera toujours là à ton retour, je te le promets.

— Et toi ? Pourquoi ne reviens-tu pas ?

Fern s'écarta, cherchant ses mots. Une larme roula sur la joue ridée de Maud.

— Je viens régulièrement vous rendre visite, tatie..., balbutia-t-elle. Je t'accompagnerai à Sydney et je te ramènerai à la maison.

— Mais tu repartiras...

— Je ne peux pas travailler ici. Même si je le souhaitais, ce n'est plus possible. Vous avez le Dr Gallagher.

— Il m'a dit qu'il t'avait proposé de devenir son associée.

— Il t'a également dit qu'il était marié ?

— Bien sûr... Jessie est une fille adorable, malgré sa timidité. Je ne vois pas en quoi le fait qu'il soit marié t'empêche de t'associer avec lui. C'est ridicule, ma chérie.

Oui, c'était ridicule, en effet.

— Il m'est impossible de rester à Barega, je t'assure.

— Nous n'avons pas réussi à te guérir...

Fern écarquilla les yeux.

— Mais... qu'est-ce que tu racontes ?

— Nous souhaitions tellement avoir des enfants, ton oncle et moi..., dit Maud avec un soupir. A la mort de tes parents... nous avons pensé que le ciel nous donnait enfin une petite fille à aimer, à choyer. C'était égoïste de notre part, j'en conviens. Malheureusement, nous n'avons pas pu t'apprivoiser, abattre les murailles derrière lesquelles tu t'abrites. Ça nous a déchiré le cœur...

— Vous savez bien que je vous aime, murmura Fern, la gorge nouée.

— Tu donnes, mais tu ne veux pas recevoir, par peur de t'exposer et de souffrir. Tu refuses notre affection.

— Mais non...

— Si, insista Maud avec douceur. Et je crains que tu agisses de même avec tout le monde. Accepteras-tu un jour de lier ton destin à celui d'un autre être humain ?

Fern ne répondit pas. Si Maud savait à quel point sa nièce avait changé... A présent, elle n'avait plus qu'un désir : partager l'existence de Quinn Gallagher. Pour la première fois de sa vie, il lui semblait comprendre la signification profonde du mariage.

Hélas, Quinn n'était pas libre...

— Que décides-tu ? demanda-t-elle d'un ton ferme. De subir cette opération ? Il y a un avion vendredi, nous pourrions le prendre. Je ne te quitterai pas un instant, je te le promets.

— Oh, mais...

— J'ai beaucoup réfléchi cette nuit, et j'ai résolu de quitter l'île vendredi, avec ou sans toi. Je pense néanmoins que tu devrais m'accompagner.

— Tu partiras de toute façon ?

— J'y suis obligée.

— Et si je ne viens pas ?

— Tu mourras à brève échéance..., murmura Fern.

Maud ferma les yeux.

— Bon, d'accord... J'irai à Sydney et je me ferai opérer, même si ça doit me tuer. Cependant je ne te relève pas de ton serment, Fern. Quand tu te marieras, la cérémonie aura lieu ici, dans notre île.

— Je... franchement, je ne crois pas que je me marierai...

— Ma chérie... quoi qu'il advienne de moi... n'oublie jamais mes paroles : il est facile de donner, mais si tu n'apprends pas à recevoir, tu ne connaîtras pas le bonheur. Tu vois, j'accepte cette opération parce que je ne veux pas faire de la peine à ton oncle. Ça me serait égal de mourir, mais Al a besoin de moi comme j'ai besoin de lui. Nous dépendons l'un de l'autre. Ne ferme pas ton cœur à cette sorte d'amour...

— J'essaierai..., murmura Fern.

C'était le pire mensonge qu'elle eût prononcé de toute sa vie.

Elle était dans sa voiture et s'apprêtait à démarrer, lorsque Jessie l'interpella :

— Fern, attendez ! Il faut que je vous parle !

Fern baissa la vitre de la portière.

— J'ai le déjeuner de mon oncle à préparer...

Si elle s'attardait, elle risquait de rencontrer Quinn. Mais Jessie la regardait d'un air presque implorant. A contrecœur, elle descendit du véhicule et suivit la jeune vétérinaire à l'intérieur de la clinique.

— Vous ne portez plus votre protégé autour du cou ? s'enquit-elle d'un ton faussement léger, car elle se sentait mal à l'aise.

Une expression de désarroi se peignit sur le visage délicat de Jessie.

— Mon petit wombat est mort ce matin. Je n'avais pas beaucoup d'espoir car, quand on l'a trouvé, il était gravement déshydraté. Il avait dû passer un long moment hors de la poche ventrale de sa mère.

— Elle avait été blessée ?

— Je l'ignore, répondit Jessie en pénétrant dans la cuisine. Peut-être l'avait-elle abandonné parce qu'il n'était pas tout à fait normal. Cela se produit parfois.

— Alors vous vous êtes donné tout ce mal pour rien ?

— Je ne le regrette pas. Il faut se battre, même quand on n'est pas sûr de réussir.

Jessie s'approcha du fourneau pour sortir Walter, le petit wallaby, de sa poche chauffante.

— Celui-ci, en revanche, est tiré d'affaire. Ça ne vous ennuie pas de le nourrir pendant que nous bavardons ? Quinn m'a dit que vous étiez une experte.

En un instant, Fern se retrouva assise avec dans les bras un Walter aux yeux plus brillants que jamais. Dès qu'il aperçut le biberon, il ouvrit grand la bouche et se mit à téter goulûment.

— Pendant ce temps, je vais préparer les médicaments pour l'échidné.

Tout en dorlotant Walter, Fern observait la jeune vétérinaire qui s'affairait, broyait des cachets avec un pilon et malaxait diverses substances. Elle posa le tout sur le réfrigérateur, puis prit sur l'étagère une boîte de nourriture pour chats.

— Vous avez un chat ? dit Fern, étonnée. A Barega, ce n'est pas autorisé.

— C'est pour ma perruche, répondit Jessie en montrant la cage qui trônait dans un coin de la pièce. Je mélange cette pâtée à de la bouillie pour bébés, j'y ajoute un peu de calcium et de vitamines. Avec ça, elle est en pleine forme.

— Dans quel manuel avez-vous trouvé cette recette miracle ?

— Je l'ai inventée, répliqua Jessie avec un sourire, après bien des tâtonnements...

Quand elle ouvrit la cage, la perruche vint aussitôt se percher sur sa main et engloutit la nourriture en un clin d'œil, avec une évidente satisfaction.

Après quoi, Jessie s'empressa de lui apporter de l'eau fraîche. Elle s'affairait, comme pour retarder le moment de dire ce qu'elle avait sur le cœur.

— Pourquoi vouliez-vous me voir ? demanda finalement Fern qui n'y tenait plus.

— Quinn m'a dit... qu'il vous avait proposé de rester ici... et que vous aviez refusé à cause de moi.

Jessie lui tournait le dos ; elle paraissait si vulnérable, accablée par un poids trop lourd pour ses frêles épaules.

Comment Quinn pouvait-il la traiter de cette façon ?

— Ce n'est pas vrai, déclara-t-elle d'un ton ferme. Quin est votre mari, et il ne devrait pas vous parler ainsi. C'est trop cruel.

— Notre mariage n'est pas un mariage normal, murmura tristement Jessie, caressant du bout des doigts la tête de la perruche. Quinn et moi... nous avons toujours été amis. En fait, nous sommes cousins. Nous ne vivons pas vraiment ensemble car chacun mène sa propre existence. S'il souhaite vous avoir à son côté, je n'ai pas le droit... de l'en empêcher.

— Mais si, vous en avez le droit ! rétorqua Fern avec force.

Surpris, le petit wallaby sursauta et manqua s'étrangler. Elle le berça un instant et poursuivit d'une voix plus calme :

— Quinn est votre époux. Il ne désire pas divorcer, n'est-ce pas ?

— Non..., balbutia Jessie. Nous ne pouvons pas divorcer — du moins pas encore — et ce pour plusieurs raisons. C'est moi qui ai deviné ce qu'il y avait entre vous, sinon il ne m'aurait rien dit. Je ne l'ai jamais vu aussi... vibrant, débordant de vie.

— Il n'y a rien de sérieux entre nous, objecta doucement Fern.

— Si je partais..., dit Jessie avec peine, comme si elle extirpait chaque mot du plus profond d'elle-même. Si je partais... l'épouseriez-vous ?

— Non !

Cela avait été le cri du cœur, mais Fern savait que c'était vrai. Comment construire une relation durable avec Quinn sur des ruines fumantes, sur le désespoir de Jessie ?

— C'est moi qui m'en vais.

Elle était certaine à présent d'avoir pris la bonne décision, et son courage en était raffermi. Quinn n'avait pas le droit de torturer cette jeune femme... C'était inhumain, indigne. Comment avait-elle pu s'éprendre d'un homme pareil ? Ses sens l'avaient trahie. Elle était le jouet d'une passion perverse. Ce qu'elle éprouvait n'avait rien à voir avec de l'amour.

— Je partirai vendredi.

— Mais...

— Je rentre à Sydney, chez moi.

— Mais Quinn veut que vous restiez ici.

— Mon oncle et ma tante le veulent également, cependant je n'ai rien à faire dans cette île. Je travaille à Sydney, ma vie est là-bas.

Walter avait achevé son biberon. Fern l'enveloppa dans sa couverture et le recoucha précautionneusement dans la poche, près du fourneau.

— Quinn a peut-être fantasmé sur mon compte... Mais ce ne sont que des fantasmes.

— Je l'ai vu vous embrasser, le soir où Sam Hubert a été attaqué par le requin.

— Il l'a fait, marmonna Fern d'un air sombre. Et malheureusement, je ne l'ai pas repoussé. J'étais exténuée, bouleversée, et j'ignorais qu'il était marié. Un baiser échangé entre deux portes... des inconnus qui s'étreignent furtivement... quelle importance ? Quoi que vous décidiez, que vous rompiez ou non votre mariage, ça ne me concerne pas. Ici, je ne suis qu'une passante.

Une passante... Ces mots familiers, si souvent répétés au cours des années, semblaient avoir perdu leur sens.

— Bon..., dit Jessie avec un soupir. J'aurais pourtant aimé...

Elle s'interrompit, fixant sur sa compagne un regard brillant, reflétant une force d'âme que Fern n'aurait pas soupçonnée.

— Je voudrais que Quinn soit heureux, poursuivit-elle. Lui et moi... comment dire ? Nous avons de bonnes raisons de rester mariés quelques mois encore. Ensuite... chacun ira son chemin, et Quinn sera libre. Je tenais à ce que vous le sachiez.

A quoi bon ?

Ça ne changeait rien...

Fern regagna sa voiture à pas lents ; les paroles de Jessie tournaient inlassablement dans son esprit.

« Nous avons de bonnes raisons de rester mariés quelques mois encore... »

C'était incompréhensible. A moins que... Jessie était peut-être enceinte ? Cela expliquerait ses yeux battus, ses traits creusés par la fatigue. Certaines femmes, dans les premières semaines de la grossesse, souffraient de terribles nausées.

Mon Dieu, quel gâchis...

Alors qu'elle sortait du parking de la clinique et passait devant d'épais fourrés, il lui sembla apercevoir la silhouette d'un homme qui disparut aussitôt...

Elle ralentit, perplexe.

Non, elle se trompait...

Son hésitation ne dura que quelques secondes. Marmonnant un juron, elle fit brusquement demi-tour et prit la direction du bourg, plus précisément du poste de police.

Le sergent Russell, que Fern connaissait depuis son adolescence, était un colosse au cœur tendre, d'une placidité à toute épreuve. Il avait même l'air plutôt mou, une apparence trompeuse à laquelle certains voyous s'étaient laissé prendre.

Car, lorsque la nécessité se présentait, il n'y avait pas plus rapide, plus implacable que le sergent Russell.

Il écouta le récit de Fern sans l'interrompre, tout en griffonnant sur son bloc-notes.

— Selon toi, il était armé, dit-il en se carrant dans son fauteuil. Quelle sorte d'arme ?

— Je ne sais pas... Ça ressemblait à un fusil. Ecoutez, je me trompe peut-être, mais ça m'a inquiétée. Je n'ai pas reconnu cet homme. S'il s'agit d'un étranger et qu'il chasse dans la réserve...

— Il est trop près de l'hôpital. Une balle perdue pourrait blesser quelqu'un...

Soupirant, il se leva et saisit son couvre-chef.

— Il vaut mieux que j'aille voir...

— Merci, sergent.

— De rien, Fern, rétorqua-t-il en lui ouvrant galamment la porte. C'est bien agréable de t'avoir parmi nous... Je suis désolé pour Sam et toi...

Il prit une inspiration, comme pour rassembler son courage.

— Il y a des rumeurs qui courent dans l'île à propos de tes relations avec le Dr Gallagher. Elles ne sont pas fondées, n'est-ce pas, petite ?

— Non, absolument pas...

Il hocha la tête, scrutant le visage de la jeune femme qui s'efforçait de soutenir son regard sans flancher.

— Il est marié, marmonna-t-il enfin, et elle comprit qu'il n'était pas dupe.

— Je suis au courant...

— Tu retournes bientôt à Sydney ?

— Vendredi.

— C'est bien, Fern. Il vaut mieux que tu te tiennes à l'écart de tout ça, crois-moi.

Songeuse, Fern regagna sa voiture pour rentrer chez son oncle. Les paroles du sergent Russell sonnaient comme un avertissement, une mise en garde.

Pourquoi ?

Il se passait ici des choses étranges, inquiétantes. Pourquoi Jessie avait-elle perpétuellement cet air hanté ? Pourquoi sortait-elle si peu de la clinique ?

Une idée, encore confuse, commençait à germer dans l'esprit de Fern. Durant ses études, elle avait eu l'occasion de visiter un centre d'accueil pour les femmes battues ou violées.

Ces femmes avaient la même expression que Jessie.

Non, ce n'était pas possible... Toutes les fibres de son être se révoltaient contre cette idée.

Elle n'y comprenait plus rien...

Ce soir-là, Fern se rendit dans la crique et se baigna en compagnie des dauphins. Contrairement à leur habitude, ils ne jouaient pas à saute-mouton sur les vagues, ne criaillaient pas. Sentant qu'elle n'était pas d'humeur à s'amuser, ils l'escortaient en silence.

De fait, elle ne leur prêta guère attention. Elle nageait obstinément, indifférente à la beauté du crépuscule, comme si elle avait tous les démons de l'enfer à ses trousses.

Enfin, exténuée, elle revint vers le rivage. Tout en se

séchant, elle jeta machinalement un coup d'œil vers les broussailles qui bordaient la plage et aperçut un homme qui s'éloignait.

Son cœur fit un bond dans sa poitrine. Malgré la pénombre, elle eut la certitude qu'il s'agissait bien du même individu — grand, mince, avec un fusil en bandoulière...

De retour à la maison, elle appela aussitôt le sergent Russell.

— Je ne sais pas qui c'est, lui dit-il d'un ton préoccupé. J'ai inspecté le bush autour de la clinique, je n'ai rien trouvé : pas d'empreintes ni de douilles. Rien... Un groupe de touristes est arrivé lundi dernier, deux cents personnes environ, et ce type doit en faire partie. Seulement je ne suis pas autorisé à les fouiller dans la mesure où il n'y a pas eu de plainte. On n'a pas entendu de coup de feu, et aucun animal n'a été abattu. Peut-être qu'il se promène avec ce fusil pour avoir l'air viril.

A l'évidence, le sergent Russell plaisantait pour essayer de la rassurer.

Il n'y parvint pas, cependant.

Elle ne revit pas Quinn avant le jeudi soir.

Il lui fallait préparer le départ, emballer ses affaires et celles de sa tante, boucler les valises. Elle évoluait dans la maison comme un automate, le cœur lourd. Il lui semblait avoir perdu à tout jamais la faculté de rire.

Quinn ne l'importunait plus et elle aurait dû lui en être reconnaissante, mais elle ne l'était pas.

Elle se sentait aussi désemparée qu'après la mort de ses parents. A cette époque-là, elle pensait n'avoir plus aucune raison de vivre.

Elle se coucha tard ce soir-là, sachant qu'elle ne parviendrait pas à dormir. Demain, à midi, elle s'en irait.

Cette pensée tournoyait inlassablement dans son esprit, tel un oiseau de malheur. Quand la sonnerie du téléphone retentit, elle n'y prêta d'abord pas attention. Les bruits du monde ne l'atteignaient plus.

Elle finit toutefois par réagir et consulta sa montre. Minuit... Son oncle était sorti une heure plus tôt. Il avait besoin de marcher, avait-il dit à Fern. Le travail de la ferme l'empêchait de les accompagner à Sydney, et la pensée que sa femme serait seule pour affronter l'opération le rendait malade d'angoisse.

Le téléphone continuait à sonner. S'extirpant de son lit, elle gagna le vestibule et décrocha le combiné.

— Fern ?

La voix de Quinn...

— Oui.

— J'ai besoin de vous.

Ces mots lui firent mal. Elle dut fournir un effort considérable pour ne pas raccrocher.

— Je vous écoute...

— Pete Harny est à la clinique. Pouvez-vous venir ?

Pete, le petit hémophile...

— Que lui arrive-t-il ?

— On lui a tiré dessus.

— Quoi ? s'exclama-t-elle.

— Ses parents me l'ont amené tout à l'heure. Je ne sais pas vraiment ce qui s'est passé, mais il a des chevrotines dans la jambe. Je suis obligé de l'endormir pour nettoyer tout ça. Je lui ai fait une injection de concentré de facteur VIII, mais il ne faut pas perdre de temps. Jessie se chargera de l'anesthésie si nécessaire, cependant vous êtes plus qualifiée. Par conséquent...

Quinn parlait d'une voix rauque, étrangement vibrante. S'il disposait de concentré de facteur VIII — indispensable pour stopper l'hémorragie —, il n'avait pourtant rien de tragique à redouter. Alors pourquoi était-il si stressé ?

— La blessure est grave ?

— Venez.

C'était un ordre. Fern n'avait pas le choix.

— Je serai là dans cinq minutes, marmonna-t-elle.

Elle devait le faire pour les Harny et surtout pour Pete qui était un petit garçon merveilleux. Puis, son devoir accompli, elle s'en irait.

Quand elle se gara devant la clinique, le sergent Russell descendait les marches du perron.

— Que s'est-il passé ?

— Je suppose que c'est le type que tu as vu..., grommela-t-il, le visage rouge de colère. Et il a tiré sur le pauvre Pete...

— Mais pourquoi ?

— Qui peut le dire ? Pete a cru entendre des coups de feu dans la crique. Il aime les dauphins presque autant que toi, alors il est sorti sans prévenir ses parents. Il a aperçu un homme qui s'approchait de l'eau. Il a crié, l'inconnu s'est retourné et a épaulé son fusil. Pete a été touché à la jambe, mais il a réussi à regagner la maison avant de s'évanouir.

— Qui aurait l'idée de tirer sur Pete... ou sur les dauphins ?

— C'est justement ce que je veux savoir, rétorqua le sergent d'un air menaçant. Je vais à la crique de ce pas. Bonne chance avec Pete...

La jambe du garçonnet était littéralement criblée de chevrotines qu'il fallait retirer une à une. Quinn s'y employait avec célérité, sans adresser un mot à Fern ou aux infirmières.

Il paraissait furieux, en proie à une extrême tension.

Pourquoi ?

Si cela s'était passé à l'époque où il n'y avait pas de médecin à Barega, Pete serait mort de ses blessures car il aurait perdu tout son sang avant d'atteindre le continent. Mais Quinn possédait à présent les moyens de le sauver, et même si la situation était préoccupante, elle n'était pas désespérée.

Tout en se concentrant sur sa tâche, Fern ne pouvait s'empêcher de s'interroger.

Malgré son évidente nervosité, Quinn avait fait preuve d'une extraordinaire douceur avec le petit blessé ; il l'avait si bien rassuré, calmé, que l'enfant s'était abandonné sans crainte à l'anesthésie.

Comment un homme si gentil était-il capable d'infliger une véritable torture mentale à son épouse ? Pourquoi se disaient-ils obligés de rester mariés ? Parce que Jessie était enceinte ?

Plongée dans ses réflexions, elle avait machinalement tourné son regard vers Quinn. Il leva soudain la tête ; ses yeux flamboyèrent.

— Vous surveillez bien la tension artérielle, docteur Rycroft ? grommela-t-il.

Elle préféra ne pas répondre, sentant qu'il était sur le point d'exploser. Décidément, elle ne comprenait rien à ce qui se passait.

La dernière chevrotine fut enfin retirée et déposée dans le haricot de métal émaillé. Dès qu'il reviendrait à l'école, Pete serait fier de montrer les plombs à ses camarades.

Quinn sutura et pansa soigneusement les plaies, puis poussa un soupir de satisfaction.

— Voilà, c'est terminé... Vous pouvez enlever le cathéter, docteur Rycroft.

Quelques minutes plus tard, la respiration du garçonnet était de nouveau profonde et régulière.

— Inutile d'attendre, docteur Gallagher, déclara Fern d'un ton bref. Je vais terminer...

— Je veux vous parler.

— Je n'ai rien à vous dire, rétorqua-t-elle à mi-voix, car Geraldine les observait avec beaucoup d'intérêt.

Quinn haussa les épaules, cependant il ne bougea pas.

— Emmenez-le dans la chambre, auprès de sa mère, ordonna-t-il à l'infirmière. Il aura peur quand il se réveillera.

— Pas lui, objecta Fern.

Comme le garçonnet ouvrait les yeux, elle lui prit la main et la serra fortement.

— Pete, tu m'entends ? Nous avons retiré les chevrotines de ta jambe, tout va bien.

— Combien... il y en avait ? balbutia-t-il.

— Huit, répondit Quinn avec un sourire.

— Ne... les jetez pas, hein ? Dis, Fern... les dauphins...

— Le sergent Russell s'en occupe. De toute façon, ne t'inquiète pas, ils ne sont pas assez bêtes pour se laisser tirer dessus.

Mais le petit garçon ne l'écoutait plus. Il avait de nouveau sombré dans l'inconscience. Quinn fit signe à Geraldine de l'emmener.

Quand le chariot eut disparu, Fern ôta ses gants.

— Avez-vous encore besoin de moi, docteur Gallagher ?

— J'aurai toujours besoin de vous, Fern. Vous le savez bien.

Fern se détourna, le cœur transpercé par une atroce douleur. Trouverait-elle le courage de quitter cette salle, de sortir de la vie de Quinn Gallagher ?

Chancelante, elle se dirigea vers la porte.

Quinn n'ébaucha pas un geste pour l'arrêter...

10.

Le lendemain à l'aube, après sa dernière nuit dans l'île, elle enfila un jean et un corsage sur son maillot de bain, et se dirigea vers la crique.

On voyait encore des traînées de sang sur le chemin, là où était passé Pete. Quel fou avait pu vouloir tirer sur les dauphins puis retourner son arme contre un enfant ?

Il fallait prier pour que le sergent Russell l'arrête au plus vite et le mette sous les verrous. Cet irresponsable devait être châtié.

Parvenue sur la plage, elle se déshabilla et courut vers les vagues. Ce serait sa dernière baignade.

Elle se mit à nager vigoureusement puis, à quelque deux cents mètres du rivage, se retourna sur le dos et se laissa flotter, contemplant l'île qui s'éveillait peu à peu.

Son pays, sa maison...

Non, elle n'avait jamais eu de racines et n'en aurait jamais. Les bras de Quinn Gallagher étaient sa seule patrie.

A cette pensée, les larmes lui montèrent aux yeux. Il lui avait avoué son amour, et quelque chose dans sa voix, dans l'expression de son beau visage, la poussait à croire en sa sincérité. En tout cas, elle l'aimait de toute son âme.

« J'aurai toujours besoin de vous », avait-il dit. Mais

Jessie était sa femme, et Fern la respectait trop pour la faire souffrir.

Peut-être un jour, s'ils divorçaient...

« Ne rêve pas ! » se tança-t-elle.

Soudain, elle sentit un remous tout près d'elle. Rouvrant les yeux, elle distingua une forme sombre et familière. Un dauphin...

— Bonjour, toi ! Où est ton copain ? En principe, vous êtes inséparables...

Elle scruta l'eau alentour.

— Où est-il ? J'espère que ce cinglé...

Elle n'acheva pas sa phrase. Au bout de la crique, près des rochers, elle apercevait quelque chose de sombre, difficilement identifiable à cette distance.

Le dauphin esseulé se mit à tourner frénétiquement autour d'elle, comme s'il cherchait à lui transmettre un message, un appel au secours.

— D'accord..., murmura-t-elle. On y va...

Quand elle fut à quelques mètres du rivage, elle faillit pousser un cri d'horreur. C'était bien le second dauphin qui gisait sur le sable. Il était encore vivant, mais paraissait à bout de forces, et ses soubresauts désespérés ne lui permettraient pas de regagner le large.

Fern se précipita vers la pauvre créature. Une plaie zébrait son dos luisant, cependant elle ne paraissait pas trop profonde. On lui avait tiré dessus. Fou de douleur, terrorisé, il avait sans doute filé droit devant lui et s'était échoué sur la terre ferme.

Elle se mordit les lèvres, désemparée. Le dauphin était trop lourd pour qu'elle le remette à l'eau. Sa peau était en train de sécher, et il finirait par mourir suffoqué, d'autant que le soleil commençait à s'élever dans le ciel.

Une bouffée de rage, de révolte, lui gonfla le cœur.

Tournant les talons, elle courut jusqu'à l'endroit où elle avait abandonné son jean et son corsage, trempa les vêtements dans les vagues et retourna auprès du dauphin.

Avec d'infinies précautions, elle enveloppa le corps du blessé avec les vêtements humides. Il se laissa faire sans protester, fixant sur elle un regard empli d'une bouleversante confiance.

— Ça va aller, mon grand..., murmura-t-elle en lui caressant la tête. Je cours chercher de l'aide.

Il lui fallut cinq interminables minutes pour atteindre la maison et composer le numéro de la clinique. Par chance, ce fut Jessie qui décrocha.

— Vous ? dit-elle, étonnée. Qu'y a-t-il ?

Fern lui résuma brièvement la situation.

— Bon..., rétorqua Jessie qui, comme Quinn, réagissait vite en cas d'urgence. Si la plaie n'est pas trop profonde, il devrait s'en tirer. A condition que nous puissions le remettre à l'eau... Je viens avec des renforts.

La voix de la jeune vétérinaire était comme assourdie par la fatigue. A l'évidence, elle avait aussi passé une nuit sans sommeil. A cause de Fern...

Celle-ci raccrocha, le cœur gros. Dieu savait qu'elle ne voulait pas faire de peine à Jessie. Dans quelques heures, elle serait loin de Barega...

Jessie la rejoignit sur la plage dix minutes plus tard. Comme promis, elle n'était pas seule : le sergent Russell... et Quinn Gallagher l'escortaient.

Malgré l'heure matinale, le sergent était en uniforme et portait son arme de service à la ceinture.

— Jessie m'a prévenu, déclara-t-il à Fern. J'ai inspecté la plage, hier soir, mais je n'ai rien vu.

Jessie, agenouillée sur le sable, examinait le dauphin.

— A mon avis, dit-elle, il n'est pas là depuis très longtemps. Ses yeux sont encore brillants. S'il avait passé la nuit ici, il aurait le regard vitreux.

Fern, qui avait apporté des seaux, continuait à mouiller délicatement le dos du dauphin, tout en évitant de regarder Quinn. D'ailleurs, il ne lui prêtait pas attention. Le front plissé, il scrutait les alentours.

— Ça m'étonnerait que ce type soit dehors à 6 heures du matin, grommela le sergent.

Quinn hocha la tête.

— Vous avez raison. Jessie, que veux-tu que nous fassions ?

— Pourquoi êtes-vous venu ? intervint Fern d'un ton brusque. Et si on a besoin de vous à la clinique ?

— Je foncerai..., rétorqua-t-il en désignant son téléphone portable. Pour l'instant, je préfère être ici et m'assurer... qu'il n'y a pas de problème. Alors, Jessie, quels sont tes ordres ?

— La plaie est nette, apparemment il n'y a pas de plombs dans la chair. Je vais lui faire une injection d'antibiotique, ensuite nous le remettrons à l'eau. J'ai besoin de la bâche qui se trouve dans la camionnette.

— D'accord...

Tous quatre se mirent au travail en silence. Ils travaillaient vite et bien, comme une équipe parfaitement soudée. Quinn et le sergent ne cessaient cependant de jeter des coups d'œil vers la falaise qui surplombait la crique. Ils semblaient redouter des ennuis.

Jessie se concentrait sur son patient, ses doigts menus inspectaient et nettoyaient la blessure. Enfin, avec l'aide de ses assistants improvisés, elle creusa le sable pour glisser la bâche sous le corps du dauphin.

Ils durent unir leurs efforts pour le transporter jusqu'à l'océan. Ils entrèrent dans l'eau, sans se soucier de leurs vêtements.

— Continuez à le soutenir, ordonna Jessie.

Le dauphin ne bougeait pas.

— Il lui faudra un moment pour recouvrer son équilibre, expliqua la jeune vétérinaire. Nous allons le balancer doucement.

Les minutes s'égrenèrent. Une demi-heure s'écoula. Le dauphin demeurait inerte.

Le silence les enveloppait, chargé d'une tension presque palpable. Les hommes continuaient à scruter les alentours. Ils attendaient quelque chose... quelqu'un.

Fern était trop désespérée pour s'inquiéter. D'amers sanglots lui mordaient la gorge, et elle devait déployer des efforts surhumains pour les ravaler. Quinn se tenait tout près d'elle, et leurs épaules, leurs mains se frôlaient sans cesse. C'était insupportable.

Enfin, le dauphin s'agita sur la bâche. Un tressaillement crispa son corps fuselé, comme s'il testait ses muscles.

— Voilà..., murmura Jessie. Reculons...

Ils s'écartèrent lentement. Le dauphin s'enfonça dans l'eau avec un nouveau soubresaut. On aurait dit qu'il s'ébrouait.

Au loin, son compagnon l'attendait en décrivant des cercles de plus en plus rapprochés.

Alors il se calma, braqua son regard si vif et intelligent vers le large. Une onde courut sur sa peau.

Il était prêt...

D'instinct, les quatre humains qui l'avaient secouru s'écartèrent encore, lui ouvrant ainsi les portes de la liberté. Comme propulsé par un élan de joie, il s'éloigna.

Ce fut un instant fabuleux. Le dauphin fendait les vagues, telle une puissante flèche d'argent. Quand il rejoignit son compagnon, tous deux bondirent au-dessus des flots, comme pour saluer les sauveteurs, et leurs silhouettes se découpèrent durant une seconde dans le soleil.

Puis le couple enfin réuni fila vers l'horizon.

Fern sentit les larmes ruisseler sur ses joues. Jamais elle n'avait rien vu d'aussi beau. Tout à coup, Quinn l'entoura de son bras. Lui aussi était bouleversé.

Elle s'appuya contre lui, le regarda. Leurs bouches se cherchèrent, se trouvèrent...

Ils étaient seuls au monde. Jessie n'existait plus, il n'y avait plus de lendemain...

— Quinn ! hurla le sergent Russell.

Tourné vers la plage, il avait dégainé son arme. Quinn sursauta, lâcha brutalement Fern qui trébucha et manqua tomber à la renverse.

Un homme était apparu sur la falaise, il pointait un fusil dans leur direction.

— Jess ! s'écria Quinn d'une voix vibrante.

Il se précipita vers la jeune vétérinaire, l'agrippa et la fit passer derrière lui, la protégeant de son corps.

Soudain, Fern eut l'impression que l'univers tout entier explosait, s'éparpillait en une multitude de fragments étincelants quand une douleur aiguë lui transperça le crâne. Elle porta une main à son front et vit ses doigts. Ils étaient rouges de sang.

Puis un voile s'abattit devant ses yeux, et elle sombra dans une nuit froide...

11.

Quand elle rouvrit les yeux, elle fut d'abord complètement désorientée. Peu à peu, cependant, il lui sembla reconnaître la chambre de Jessie.

Oui, elle avait déjà dormi dans cet endroit.

Mais le décor avait changé. On avait installé dans la pièce un lit d'hôpital, et on y avait étendu Fern.

Elle n'avait rien à faire ici. Elle voulait s'en aller, loin, le plus loin possible.

Elle tâta son front, sentit un bandage sous ses doigts. Que lui était-il arrivé ?

Elle s'en moquait. Son cœur saignait. A chaque battement un flot d'amertume se répandait dans tout son corps. Quinn avait couru vers Jessie. Il l'avait crue en danger, et il s'était précipité pour la protéger. C'était naturel, bien sûr, puisque Jessie était sa femme.

Fern avait désormais la preuve que l'amour qu'il disait éprouver pour elle n'était qu'une illusion.

Un léger mouvement attira soudain son attention. Il y avait quelqu'un à son chevet...

— Bonjour, Fern..., murmura Jessie avec un gentil sourire. Vous voilà enfin de nouveau parmi nous...

— Que... que s'est-il passé ?

— On vous a tiré dessus, vous vous rappelez ? Heureusement, la balle a simplement égratigné le cuir chevelu.

Oui, Fern se souvenait, hélas, trop bien du drame, et surtout de l'attitude de Quinn.

— Vous vous rappelez ? insista Jessie d'un ton anxieux.

— L'homme..., balbutia Fern. Est-ce que... quelqu'un d'autre a été blessé ?

— Votre agresseur. Le sergent a riposté et l'a atteint à l'épaule. Il est dans la pièce voisine, sous bonne garde. Je crois cependant qu'il ne risque pas de s'enfuir, le bandage que lui a fait Quinn est une vraie camisole de force.

— Mais... je ne comprends pas pourquoi...

— Je me doute que vous ne comprenez pas, rétorqua Jessie avec un sourire lumineux.

Fern la dévisagea avec stupéfaction. Jamais elle ne l'avait vue aussi radieuse. Elle semblait pleine d'énergie, libérée du fardeau qui l'accablait.

— Je connais quelqu'un qui brûle de vous raconter toute l'histoire, poursuivit-elle. Il est à côté, je l'appelle.

— Quinn... non !

Jessie, qui se dirigeait déjà vers la porte, s'arrêta net.

— Pourquoi non ?

— Parce que... oh, vous le savez bien.

— Quinn a des choses à vous dire. Si je parle à sa place, il me tuera.

— Exactement !

Cette voix grave et mélodieuse les fit sursauter. Quinn avait ouvert la porte sans bruit et se tenait sur le seuil.

— Tu nous espionnais ? demanda la jeune vétérinaire avec affection.

— Hmm... Rassure-toi, je ne tuerai personne. Il y a eu suffisamment de violence comme ça.

S'approchant du lit, il posa la main sur le bras de Fern. Une ineffable tendresse se lisait dans son regard.

— Vous êtes réveillée, ma chérie..., murmura-t-il en se penchant pour l'embrasser. Grâce au ciel...

Fern tourna la tête, essayant désespérément de se dérober à ces lèvres si douces qui baisaient ses joues inondées de larmes.

Quinn se redressa et tendit la main à Jessie. A sa femme...

— Fern, il est temps de tout vous expliquer.

— Non, je ne..., bredouilla-t-elle.

Elle esquissa un mouvement et gémit de douleur.

— Ne vous agitez pas, ordonna Quinn d'un ton pressant, vous êtes encore en état de choc. Et maintenant, écoutez-moi. Jessica Harvey, que voici, n'est pas mon épouse mais ma cousine. Il y a huit mois, elle a commencé à fréquenter un certain John Talbot qui, pour résumer, s'est révélé être un escroc et un meurtrier. Mais c'est aussi un grand avocat, très réputé. Il l'a emmenée dîner à deux reprises dans un bon restaurant. La troisième fois, il l'a invitée chez lui. Comme il était charmant, elle a accepté. Quand elle est arrivée, la porte de l'appartement était entrebâillée. Talbot était en train de se quereller violemment avec un autre homme. Pour finir, il s'est emparé d'un revolver et a froidement abattu son interlocuteur.

— Mon Dieu..., s'exclama Fern, qui reprenait peu à peu ses esprits. Pourquoi ?

— La drogue, répondit Quinn d'un ton bref. Talbot dirigeait un réseau de trafiquants. Quand il s'est rendu compte que Jessie avait tout vu, il l'a battue comme plâtre et a menacé de la tuer si elle prévenait la police.

— Alors j'ai appelé Quinn, enchaîna Jessie d'une voix tremblante. Je l'ai toujours considéré comme un frère. C'est lui qui a alerté les autorités.

— Mais Talbot a disparu avant qu'on puisse l'arrêter. J'avais promis à Jess qu'elle serait en sécurité si elle me laissait faire. Cette nuit-là, cependant, on a tiré sur elle. Par chance, elle n'a pas été blessée. Mais il fallait la mettre à l'abri de toute urgence car je savais que Talbot ne reculerait devant rien pour éliminer le seul témoin capable de l'envoyer en prison pour le restant de ses jours. La police lui a suggéré de se faire passer pour ma femme et lui a procuré les papiers nécessaires. Nous étions forcés de jouer cette comédie jusqu'à ce que Talbot soit sous les verrous. Quand vous avez signalé au sergent qu'un homme armé rôdait dans le secteur, il a tout de suite deviné de qui il s'agissait. Comment Talbot a-t-il retrouvé la trace de Jessie ? Mystère... Toujours est-il que Russell et moi nous ne l'avons plus quittée des yeux. Nous avons tenté de l'empêcher d'aller sur la plage... Mais il y avait un animal blessé, elle ne nous a pas écoutés. Il ne nous restait plus qu'à l'accompagner et à prier. Au fond... c'est aussi bien ainsi. Cette histoire est terminée, à présent.

Main dans la main, Quinn et Jess la regardaient en souriant. Fern, abasourdie, les dévisagea tour à tour.

— Alors, vous n'êtes pas...

— Quinn est mon meilleur ami, déclara Jessie avec douceur. Il n'a jamais été mon mari, et nous ne sommes liés que par une profonde affection. Quand il a aperçu Talbot sur la falaise, il a cru que j'étais en danger. Je l'étais probablement, d'ailleurs, mais Talbot a manqué son coup. Et tandis que Quinn se précipitait à ma rescousse, sa bien-aimée recevait la balle qui m'était destinée. J'ai bien cru que mon cher Quinn, toujours si calme et raisonnable, devenait fou...

— S'il te plaît, marmonna-t-il, dardant sur elle un regard noir.

— D'accord ! répliqua Jessie en riant. Je sens que je suis de trop... Eh bien, je cours rejoindre mes amours à moi. C'est l'heure du biberon de Walter !

Avec un petit rire, elle tourna les talons et quitta la chambre d'un pas dansant.

Fern et Quinn demeurèrent seuls. Elle baissa les yeux, intimidée soudain. Dans son cœur, vacillait une timide lueur d'espérance.

Quinn s'assit au bord du lit.

— Pourrez-vous me pardonner? murmura-t-il en lui prenant les mains. Vous n'imaginez pas à quel point je voulais tout vous dire... Mais c'était trop risqué. Si je vous avais avoué la vérité, je n'aurais pas eu la force de continuer cette mascarade... Or la vie de Jessie était en jeu.

— Je... il n'y a rien à pardonner, balbutia-t-elle.

Il lui sembla que des milliers d'oiseaux se mettaient soudain à chanter. Etourdie, elle agrippa la main de Quinn.

— Alors tu acceptes de m'épouser, mon amour? murmura-t-il.

— Mais je ne...

— Tu refuses? coupa-t-il d'un ton blessé.

— Je... je ne suis pas faite pour le mariage...

— Bien sûr que si. La première fois que je t'ai vue, rappelle-toi, tu marchais vers l'autel. Simplement tu t'étais trompée de fiancé.

— Mais...

Il se pencha et, avec une infinie douceur, l'entoura de ses bras.

— Je sais que je ne devrais pas te bousculer, tu es encore faible. Mais j'ai si peur que tu t'entêtes, que tu trouves cent mauvaises raisons pour repousser celui qui t'aime. Car je t'aime plus que tout au monde, ma sauvageonne, plus que la vie même...

Elle le dévisageait, hésitant entre le sourire et les larmes.

— Oh, Quinn...

— Ce n'est pas la réponse que j'attends, marmonna-t-il.

— Ah... et que suis-je censée répondre ?

Il approcha son visage du sien ; le rire pétillait dans ses yeux noirs.

— Contente-toi de dire : oui, je serai ta femme.

Du bout des doigts, timidement, elle lui effleura la joue, les lèvres.

Elle aimait cet homme et il l'aimait, elle le lisait dans son regard débordant de tendresse.

Ce regard lavait le cœur de Fern de toutes les peines, tous les doutes et toutes les angoisses qui l'empêchaient de battre depuis tant d'années.

Elle aimait et elle était aimée. Sa longue errance s'achevait ici, dans les bras de cet homme. Elle avait enfin trouvé un foyer, une patrie.

— Oui, je serai ta femme..., murmura-t-elle.

12.

Six interminables semaines s'écoulèrent avant le mariage. Fern les passa à Sydney, avec sa tante qui se remettait peu à peu de son opération.

Elle avait promis de se marier dans l'île, cependant il n'était pas question que Maud n'assiste pas à la cérémonie. Même Quinn, qui bouillait pourtant d'impatience, ne l'aurait pas envisagé.

Cette attente les mettait à la torture.

Quinn lui téléphonait deux fois par jour, et sa voix était comme un vent brûlant et doux qui embrasait l'esprit et le corps de Fern.

Entre ces conversations qui rythmaient ses journées, elle ne manquait pas d'occupations.

Elle avait adressé les prélèvements pratiqués sur Bill Fennelly au laboratoire, et les résultats prouvaient qu'elle ne s'était pas trompée dans son diagnostic : Bill était bien atteint de tuberculose; heureusement, le traitement qu'elle lui avait prescrit commençait à porter ses fruits. Le jeune homme se rétablissait, et il serait sans doute assez solide pour participer à la fête.

Elle rendait de fréquentes visites à Lizzy et Sam, dont la convalescence se déroulait sans anicroche. Eux aussi avaient décidé de se marier à Barega.

Enfin, elle tenait compagnie à Maud qui pestait et critiquait vertement les us et les coutumes du continent. L'île était sans aucun doute le dernier bastion de la civilisation, affirmait-elle.

Fern n'était pas loin de partager son avis.

Elle comptait les jours...

Le jour du mariage de Fern, la chapelle était déserte.

Tous les habitants de Barega s'étaient rassemblés pour assister à la cérémonie, mais les fiancés avaient convaincu le prêtre, qui s'était incliné de bonne grâce, de déserter le saint lieu pour se transporter jusqu'à la crique.

Fern était vêtue d'une simple robe blanche dont la courte jupe s'enroulait souplement autour de ses jambes bronzées.

Elle avait la tête et les pieds nus.

Une vraie fille de Barega...

Les invités qui l'entouraient la contemplaient avec émotion.

« Qu'elle est jolie, notre petite Fern... », chuchotait-on ici et là.

Maud et Al Rycroft, enlacés, pleuraient de joie.

— Vous pouvez embrasser la mariée, conclut le prêtre en contemplant le jeune couple avec un sourire de contentement.

Ce mariage serait heureux, il en avait la certitude.

Quinn étreignit son épouse.

— Je t'aime, ma douce.

— Je t'aime, Quinn.

Ils étaient désormais mari et femme.

Les vagues aux crêtes blanchies étincelaient sous le soleil, et de fragiles éventails d'écume se déployaient sur le sable. Il en serait ainsi jusqu'à la fin des temps, songea Fern avec gratitude. Un jour, leurs enfants puis leurs petits-enfants joueraient dans cette crique...

A cet instant, deux dauphins jaillirent de l'eau tels deux éclairs d'argent avant de replonger dans les profondeurs de l'océan miroitant.

— Bonne route à vous aussi..., murmura Fern en se blottissant contre son époux.

Collection Blanche

HARLEQUIN

PROCHAINS RENDEZ-VOUS LE

15 **Mars 2002**

L'INVITÉ DU DR JENNY TREMAINE, *Alison Roberts* • *N° 590*
Parce qu'elle s'épuise à faire face à toutes les situations d'urgence dans le petit hôpital d'Akaroa, le Dr Jennifer Tremaine est prête à toutes les concessions pour obtenir l'aide d'Andrew, de retour dans leur ville natale pour sa lune de miel…

DÉFI POUR UNE PÉDIATRE, *Joanna Neil*
Pédiatre, installée pour quelques mois aux Caraïbes, Gayle s'est fait une promesse : rendre le sourire à sa sœur en lui ramenant en Angleterre son fils, enlevé par son ex-mari. Mais Gayle devra compter avec un ami de son beau-frère, le Dr Carlos Barrantes, qui ne semble pas vouloir entendre ses arguments.

LA FAUTE D'UNE INFIRMIÈRE, *Jessica Matthews* • *N° 591*
Hantée par sa responsabilité dans le décès, sur la table d'opération, de sa meilleure amie, Rachel Wyman tremble de lire mépris et dégoût dans le regard de Nick, son ami d'enfance…

PROJETS D'AVENIR, *Barbara Hart*
L'avenir est tout tracé pour Petra Philipps, à la fois professionnellement au cabinet médical de Milchester, et personnellement puisqu'elle prépare son prochain mariage avec Mark. Mais sa rencontre avec le Dr Adam Driscoll va quelque peu changer la donne !

RENCONTRE-CHOC, *Josie Metcalfe* • *N° 592*
Alors que depuis plus de cinq ans, elle croyait Daniel Hennessy mort, Samantha Taylor le retrouve, le premier jour de son arrivée au Denison Memorial Hospital, dans l'équipe avec laquelle elle doit travailler…

UNE FAMILLE POUR LE DR STEWART, *Carol Wood*
Près d'un an après avoir quitté Alison pour aller faire carrière en Australie, la laissant seule avec leur petite fille, Gemma, Scott lui exprime son désir de reprendre la vie de famille. Mais la jeune femme, qui ne lui a pas pardonné son abandon, hésite…

LE BÉBÉ D'UNE AUTRE, *Jennifer Taylor* • *N° 593*
Mère porteuse, Anna garde sa grossesse secrète lorsqu'elle est engagée pour quelques mois comme infirmière au cabinet Winton…

MARIAGE DE RAISON, *Betty Neels*
Après avoir accepté le mariage de raison que lui propose le Dr Paul Wyatt, Emma ne tarde pas à se demander si elle n'a pas fait une terrible erreur…

l'*Encounter*, disparaît sans laisser de trace. Tandis que la police enquête sur la mort du capitaine, Riley refuse de croire à la culpabilité de son grand-père, un vieux loup de mer à qui elle voue une tendresse sans limite. Une tendresse que partage, heureusement, John Straker, un agent du FBI en convalescence. Car ils ne seront pas trop de deux pour éviter les pièges tendus par le vrai coupable...

Le refuge irlandais, *de Emilie Richards • N° 147*

Une ancienne tragédie familiale a marqué trois jeunes femmes d'un sceau indélébile. Les soeurs Donaghue tiennent aujourd'hui un bar irlandais, un endroit qui est devenu de génération en génération le rendez-vous des Irlandais de Cleveland. C'est justement à proximité de ce lieu presque mythique que surgit contre toute attente la tragédie d'autrefois: un vieil homme, un bracelet retrouvé, un journal intime tenu par le prêtre de la paroisse cent ans plus tôt, et voilà un siècle de drames, de mystères et de culpabilité qui se dévoile aux yeux des jeunes femmes, libérant enfin leur avenir...
Une grande saga irlandaise, qui nous emmène du Cleveland misérable du XIXe siècle au Cleveland moderne, à travers une passionnante intrigue.

L'enfant du chantage, *de Margot Dalton • N° 76* ***Réédition***

A Spokane, dans l'Etat de Washington, l'enlèvement du petit Michael bouleverse tout le monde: la ville, les médias, l'inspecteur Jackie Kaminski chargée de l'enquête... Tout le monde, sauf les parents de l'enfant, divorcés depuis peu, qui affichent une angoisse modérée. Trop calmes, de l'avis de Jackie, pour être tout à fait innocents. Mais qui est vraiment l'auteur du forfait? De visite en visite, Jackie tente de démêler l'écheveau, et quand enfin elle parvient à en tirer le premier fil, le dénouement ne laisse pas de la surprendre jusqu'à l'horreur...

Composé sur le serveur d'EURONUMÉRIQUE, À MONTROUGE
PAR LES ÉDITIONS HARLEQUIN
Achevé d'imprimer en janvier 2002

BUSSIÈRE
GROUPE CPI

à Saint-Amand-Montrond (Cher)
Dépôt légal : février 2002
N° d'imprimeur : 16768 — N° d'éditeur : 9155

Imprimé en France